Manfred H. Krämer

MaiMarktMord

Ein Mannheimer Rhein-Neckar-Krimi

Titelidee: Manfred H. Krämer
Satz & Gestaltung: Verena Kessel

ISBN Taschenbuch 978-3-86476-040-2
ISBN E-Book EPUB 978-3-86476-508-7
ISBN E-Book PDF 978-3-86476-509-4

Seit 1542

Verlag Waldkirch KG
Schützenstraße 18
68259 Mannheim
Telefon 0621-79 70 65
Fax 0621-79 50 25
E-Mail: verlag@waldkirch.de
www.verlag-waldkirch.de

Manfred H. Krämer

MaiMarktMord

Ein Mannheimer Rhein-Neckar-Krimi

Verlag Waldkirch

Liebe Leserinnen und Leser,

dies ist ein Roman. Jede Ähnlichkeit der handelnden Personen mit lebenden oder toten ... Halt! Das stimmt nicht. Als Autor, der bemüht ist, möglichst nah am richtigen Leben zu schreiben, bediene ich mich ziemlich unverfroren aus meinem persönlichen Umfeld und dem Rest der Welt. Sollte Ihnen neben meinem Professor Erich Maria Luzent also noch ein weiterer Heidelberger Anatom bekannt sein, der gerne schwarze Hüte trägt, so seien Sie versichert, ich kenne (und bewundere) ihn auch. Wenn Bella Block im TV ermittelt, so schaut sie in manchen Szenen haargenau so aus wie Elke Lukassow und Tarzan ist zwar einen ganzen Kopf kürzer als Andreas Hoppe, aber sonst ...

Ach ja: Solo ist nicht, ich wiederhole NICHT, meine Frau Monika. Ganz anderer Typ, Bier statt Prosecco, Barrashosen statt Seidenkleid und Meckifrisur statt Barbiemähne. Okay, das Mundwerk könnte passen, die Respektlosigkeit gegenüber dem „Herrn" im Haus und der ausgeprägte Gerechtigkeitssinn auch. Trotzdem: Solo ist eine der wenigen Kunstfiguren in meinen Büchern. Meine Schöpfung. Ich bin stolz auf sie! Dann gibt es noch die Komparserie: Angefangen von meinen Nachbarn mit dem stimmlosen W im Nachnamen über Kollegen und Vorgesetzte der Spedition, bei der ich immer noch (gerne!) meinen Hauptberuf ausübe, bis zu estnischen Fußballspielern und Regierungsmitgliedern, die mich mit baltischem Namensgut versorgten.

Frau Maimarkt, Pardon, Stefany Goschmann, spielt sich selbst und ein aus Südhessen stammender Krimiautor geistert in Sekundenauftritten durch den Stoff. Was Hitchcock recht war, ist mir nur billig.

Apropos Hitchcock: Very british bastelte ich mir auch den smarten Jungverleger Maximilian Appelgaaden aus meinem Neffen, meinem Sohn und dem Schauspieler Benedict Cumberbatch aus der BBC-Produktion „Sherlock“ zusammen. Warum ich so gerne schreibe? Jetzt wissen Sie’s.

Eines noch: Dies ist ein Roman. Nehmen Sie ihn bloß nicht zu ernst! Trotzdem sollten Sie beim nächsten Maimarktbesuch besser eine Kamera oder Ihr Smartphone bereit halten. Wer weiß ...

Spannendes Lesevergnügen wünscht Ihnen

Direkter Link zur Lesung
http://youtu.be/3T6IdOPmZjA

Prolog

Urawa
Estland
18. März

Das Land atmete Dreck. Aus den Pfützen, die der kurze Frühlingsschauer hinterlassen hatte, stiegen die Dämpfe des Todes, und von den Blättern der schwindsüchtigen Birken tropften silbern glitzernde Tränen in den Morast der Verzweiflung. Taavi spuckte aus. Zu Hause würde er das aufschreiben. Wenn er es schaffte, auf dem Weg zum Küchentisch an der Flasche vorbeizukommen, ohne sich um den Verstand zu saufen. Wenn er es schaffte, dieses armselige Begräbnis hinter sich zu bringen.

Er hatte sie ferngehalten. Fern von den verdorbenen Früchten dieses verrottenden Landstrichs, von allem, was hier allen Verboten zum Trotz noch angebaut wurde. Fern vom angeblich so streng kontrollierten Trinkwasser aus den Leitungen. Er hatte Wasser in Flaschen gekauft. War einmal im Monat mit seinem klapprigen Lada ins fast fünfzig Kilometer entfernte Tartu gefahren, um importierte Lebensmittel zu kaufen. Er wollte weg. Anneli nicht. Sie pflegte ihre alte Tante, die für sie Mutter und Vater gleichzeitig gewesen war, seit ihre Eltern 1992 bei der Explosion in der Chemiefabrik umgekommen waren. Die Fabrik. Alle nannten sie nur die Fabrik. Seit der Katastrophe war es, als beschwöre allein die Nennung des Firmennamens neues Unheil über den ökologisch verheerten Landstrich, in dem selbst die Würmer eingingen, wo kein Vogel mehr sang und die Bäche und Flüsschen rochen wie eine chemische Reinigung.

Er hatte sie ferngehalten vom Gift im Essen und im Trinken. Doch er hatte nicht verhindern können, dass sie atmete, dass Regen ihre Haut benetzte und Staub durch ihre verschlissenen dünnen Kleider kroch, in ihre Poren drang, sich auf den Schleimhäuten niederließ und in den Tiefen ihres Leibes das winzige neue Leben verseuchte, das seit zehn Wochen in ihr wuchs.

In den wenigen lichten Augenblicken zwischen zwei Flaschen hatte er sich das Hirn zermartert über die Frage, ob sein Kind gleichzeitig mit seiner Frau gestorben war oder ob es noch eine gewisse Zeit in dem erkaltenden, versiegenden Körper gelebt hatte. Hatte es gekämpft? Hatte der kleine Fötus sich aufgebäumt gegen die giftige Flut aus dem Kreislauf der Mutter? Er würde es nie erfahren. Er würde auch nie wissen, ob es ein Junge oder ein Mädchen gewesen war. Hauptsache gesund, hatten sie einander immer versichert. Hauptsache gesund. Ein Satz, an den sie sich klammerten wie Ertrinkende an einen Rettungsring in haiverseuchtem Gewässer. Naiv? Dumm? Verzweifelt. Gesund war im Umkreis von dreißig Kilometern um die armselige, halbverfallene Werkssiedlung nichts mehr. Urawa war ein Dorf ohne Hunde und Katzen. Nur Raben. Raben gab es genug. Ihr Krächzen war allgegenwärtig. So auch hier auf dem verwilderten Friedhof mit den halb versunkenen schiefen Grabsteinen.

Asche zu Asche? Staub zu Staub? Taavi zog einen Schleimbatzen hoch, als er hinter den vier Sargträgern her schlurfte. Selbst die Maden schreckten vor der mit weißlich-gelben Schlammblasen durchsetzten Masse zurück, die man beim besten Willen nicht Erde nennen konnte. Taavi in seinem dunklen Geschäftsanzug und mit dem sorgfältig getrimmten Bart wirkte zwischen den zerlumpten Dorfbewohnern wie ein Außerirdischer. Er war einer der wenigen, aus dieser Gegend, die es geschafft hatten. Elektronikingenieur. Arbeitete als Entwicklungsleiter in einer erst vor einem Jahr gegründeten Firma, die Aufträge für die estnische Marine ausführte.

Die kleine Trauergesellschaft hatte das offene Grab erreicht. Die Totengräber trugen Schutzmasken wie Chirurgen und hüfthohe Gummistiefel wie Angler. Das Räuspern, Würgen und Rotzen verstummte, als der Priester eine Hand hob.

„Im Namen des Vaters, des Sohnes und des Heiligen Geistes ...“, trotz schweren Suffs und vom Gift zerfressener Innereien besaß er eine erstaunlich klare Stimme. Die Ansprache war kurz. Normalerweise durften hier schon seit vielen Jahren keine Begräbnisse mehr stattfinden. Doch die Bezirksverwaltung drückte beide Augen zu, wenn es sich um Bewohner aus der Umgebung handelte. Zu groß wäre der finanzielle Aufwand gewesen, um eine Leiche aus Urawa ordnungsgemäß zu entsorgen. So warteten die Oberen mit der Geduld von Tempelwächtern, bis eines Tages der letzte ost-estische Sturkopf ins toxische Gras gebissen hatte.

Taavi faltete die Hände. Sein Gesicht war eine steinerne Maske. Die Sargträger hoben die Balken, auf denen die einfache Kiefernkiste ruhte, wieder an, um sie über der triefenden Grube zu platzieren, als es passierte: Jarmo, der vorne links den Balken auf der Schulter trug, knickte in den Knien ein. Ein Raunen ging durch die Trauernden, als sich der Sarg neigte, ins Rutschen geriet und mit einem hässlich schmatzenden Geräusch gegen die Wand des Lochs prallte. Der nur notdürftig mit billigen Zinknägeln gehaltene Deckel sprang auf und gab den Blick frei auf zwei pralle Sandsäcke, die noch die Aufschrift des sieben Jahre zuvor geschlossenen Landhandels trugen ...

Mannheim, 25. März 2013

„Zehntausend. Sie haben richtig verstanden. Zehntausend Euro in nicht fortlaufend nummerierten, gebrauchten Scheinen." Roggenfell kostete die Situation voll aus. Dabei hatte der ungepflegt wirkende Mann mit dem fettigen Haarkranz noch nicht einmal eine Waffe auf die alte Kassiererin der Neckarauer Volksbankfiliale gerichtet. Trotzdem strahlte er eine Sicherheit aus wie ein unzufriedener Ölscheich, der die Bude aufkaufte, in der er schlecht behandelt worden war, um den Chef zu feuern.

Die Frau schaute ihn misstrauisch an, seine Kundenkarte in der Hand.

„Jetzt zieh die schon in deinen Scheißcomputer rein, Mutti, dann wird dir das blöde Glotzen schon vergehen!" Das war eindeutig zu laut gewesen. Die beiden Kunden, die im Vorraum am Geldautomaten und am Kontoauszugsdrucker standen, reckten die Hälse, und auch der Jungbanker im hinteren Teil der kleinen Filiale blickte hinter seinem Computerterminal hervor. Roggenfell war bekannt in dieser Bank. Ein guter Kunde. Einer, der regelmäßig sein Konto überzog, bis Wasser kam, der sein Häuschen hier finanziert hatte und dem die Schufa höchstens noch einen Ratenkredit für einen elektrischen Wasserkocher genehmigte. Rockefeller nannten sie ihn, wenn keine Kunden zuhörten. Der Mann hatte ein geregeltes Einkommen. Er war Lkw-Fahrer bei einem namhaften Transportunternehmen in Mannheim. Die Frau war vor vier Monaten davongelaufen. Er strampelte sich ab. Immer kurz vor dem Bankrott, wie so viele. Einträglicher Kunde. Massenmarkt hieß das in der Bank. Leute wie Roggenfell bildeten die Muttererde des Kapitalismus.

„Weißt du was? Mach fünfzehn draus. Mir ist noch was eingefallen. Fünfzehn, verstanden? Capito? Comprende?" Derweil huschten die Finger der Kassiererin wieselflink über die Tastatur. Die Augen hinter der altmodischen Brille hatten ihre Verblüffung längst professionell unterdrückt. Die Summe, die sich auf dem Konto befand, war gewaltig. Jedenfalls für jemanden wie Roggenfell. Überwiesen von einer Firma mit Sitz in Cambridge. Schön für den dämlichen Proleten, dachte sie und schenkte ihm ihr verbindlichstes Lächeln:

„Fünfzehntausend, gern. Möchten Sie eine besondere Stückelung, Herr Roggenfell?"

„Hunderter, sonst sieht's ja nach nix aus, und so ein schwules Ledermäppchen hätte ich gerne dafür, falls es Ihnen nichts ausmacht." Wie die glotzte! Roggenfell hätte am liebsten laut losgelacht, als die arrogante alte Kuh seinen Kontostand auf dem Schirm hatte. Der bescheuerte Typ mit dem affigen Mantel und der Woody-Allen-Brille hatte Wort gehalten. Was für ein Spaß!

Vor der Bank blieb Roggenfell einen Augenblick stehen und sah sich um. Der triste Bahnhof mit den schreiend bunten Reklametafeln eines türkischen Supermarktes, die hastenden Menschen auf den Gehsteigen, der Obdachlose, der die Mülleimer checkte, die Bäckerei, in der er vor der Arbeit immer noch einen Kaffee trank. Diesmal nicht. Diesmal ging er nicht zur Arbeit. Er hatte frei. Benz kaufen, Urlaub buchen, den langen Ledermantel besorgen, den er sich schon so lange wünschte. Wie geil war das denn? Er ging die paar Schritte zu seinem geparkten Auto. Fast mitleidig betrachtete er den alten Opel. Fünfhundert würde der noch bringen, oder? Vielleicht sechshundertfünfzig, wenn er ihn noch durch die Waschanlage jagte ...

„Dreihundert, und damit tu ich Ihnen noch einen Gefallen, Herr Roggenfell." Der Mann im C&A-Anzug grinste ihn an, als hätte er dreitausend gesagt. „Und das auch nur, weil Sie Barzahler sind. Den Wagen kann ich nur nach Osteuropa schaffen. Allein der Transport dahin kostet mehr als das Doppelte." Der Türke log, dass sich die Balken bogen, aber das war Roggenfell egal. Er wollte den Mercedes. Heute. Jetzt. Sofort. Es leuchtete ihm aus den Augen wie Neonlicht. Taktisch klug hatte Mehmet Gül den alten E320er schon am frühen Morgen mit roten Kurzzeitkennzeichen bestückt und seinen Kunden gleich auf Probefahrt geschickt. Neuntausend für einen zehn Jahre alten Mercedes mit schlampig repariertem Unfallschaden und undichtem Motor. Die Bereifung war auch so ziemlich am Ende, und die linke hintere Felge hatte einen Schlag. Aber er glänzte wie eine Eins. Die TÜV-Plakette war neu, und die neun Vorbesitzer tauchten in den aktuellen Fahrzeugpapieren gar nicht mehr auf. Gute Fahrt, Herr Roggenfell.

Lächelnd schaute der Händler dem schwarzen Coupé nach, das in Richtung Bauhaus davon fuhr. Der Tag fing gut an. Alhamdulillah.

Zur selben Zeit, neunzehn Kilometer weiter nördlich: Strahlend weiß reflektierte der neue Anstrich des ehemaligen Fahrgastschiffes das Sonnenlicht. Ein leichter Wind kräuselte die Oberfläche des Lampertheimer Altrheins, und die Vögel sangen, als säße irgendwo ein gefiederter Dieter Bohlen herum. Vor dem Wohnschiff parkte ein 68er blauer Pontiac Firebird, auf dessen Lack noch die Nässe der Nacht perlte. Die Pappeln des Auwaldes am gegenüberliegenden Ufer trugen ihr hellgrünes Frühlingsblätterkleid, und die ersten Hundehalter führten ihre wesensgeprüften, muskelbepackten Lieblinge aus. Friedlich. Ein Bild wie gemalt. Das Wasser, die Natur, das flotte Schifflein. „Lady Jane“ prangte in frischer Farbe am Bug. Schiffe waren weiblich. Weil sie für gewöhnlich am besten aussehen, wenn sie ordentlich zurechtgemacht waren und weil sie Launen und Macken hatten. Wie im richtigen Leben. Das tobte gerade herzhaft in der geräumigen Wohnküche, die fast das gesamte Achterdeck einnahm:

„Sag sofort, dass das nicht dein Ernst ist! Du verarschst mich doch, oder? Du hast voll einen an der Klatsche, Lothar!“ Wenn Berta Solomon, die jeder, der keinen ähnlichen Wutausbruch wie den eben provozieren wollte, besser Solo nannte, ihren Lebensgefährten Lothar Zahn mit korrektem Vornamen ansprach, stand die Welt kurz vor dem Untergang. Der Angesprochene beziehungsweise Angefauchte hatte den im vergangenen Dezember von den Mayas angekündigten Weltuntergang überstanden. Nun hegte er jedoch Zweifel, ob das echte, das richtige Ende der Welt, welches sich in Gestalt der hochgewachsenen Frau mit den kurzen feuerroten Haaren gerade vor ihm manifestierte, genauso an ihm vorübergehen würde. Wenn Solo wenigstens die Pfanne weglegen würde. Die drei Spiegeleier rutschten mit jeder Handbewegung gefährlich darin herum, dabei war der Bodenbelag gerade erneuert worden.

„Liebes, ich ...“ Beschwichtigend hob er die Hände, aber weiter kam er nicht.

„Ich bin kein Liebes! Bestimmt nicht! Reicht es dir nicht, dass wir uns mit der Überholung des Schiffs bis an unser Lebensende verschuldet haben? Reicht dir das noch nicht? Musst du da noch einen draufsetzen, oder was? Musst du uns damit vollends das Genick brechen? Du Arsch!“

Oha! Wenn Solo, die gern oft und leidenschaftlich, jedoch stets in wohlgewählten Worten stritt, in Straßenjargon verfiel, war Vorsicht geboten. Dann stand der totale Ausraster unmittelbar bevor. Ganz egal, ob sie eine Bratpfanne, ein Brotmesser oder eine Streitaxt in der Hand hielt. All dies drohte in kürzester Zeit mit Höchstgeschwindigkeit in Richtung Tarzan zu fliegen. „Ruhig, Brauner“, dachte

Tarzan und suchte krampfhaft nach einem Deeskalationsrezept. Schließlich rettete er sich in eine Ausflucht:

„Es ist noch nichts entschieden. Gar nichts. Es war nur ein Vorschlag." Puh! Er sah förmlich, wie sich die geborstene Erdoberfläche wieder schloss, wie das glühende Magma sich wieder zurückzog und nur noch ein fernes Grollen von der abgewendeten Apokalypse zeugte. Solos Brust hob und senkte sich, als Adrenalin verzweifelt den richtigen Weg suchte. Sie ließ die Arme sinken.

„Nicht!" Tarzan sprang auf, aber es war zu spät, die Spiegeleier flutschten aus der Pfanne und pladderten auf den Küchenboden. Solos grüne Augen schleuderten immer noch Blitze. Sie senkte den Kopf, betrachtete die Schweinerei teilnahmslos, pfefferte die Pfanne mit Schwung in die Spüle und rauschte nach draußen, als wolle sie geradewegs über die Reling ins algengrüne Wasser springen. Tarzan begriff. Er erhob sich, faltete die Zeitung zusammen und riss eine Reihe Blätter von der Küchenrolle ab. Zum Glück hatten sie sich für PVC-Boden entschieden. Trotzdem. Die Eier hätte er lieber auf seinem Teller gehabt. Dumm gelaufen. Dabei hatte er schon seit zwei Tagen auf eine günstige Gelegenheit gewartet, mit Solo über das Thema zu sprechen. An diesem Vormittag schien alles zu passen. Sie hatten beide einen freien Tag. Ihre Firma beriet Unternehmen in der Logistik- und Transportbranche in Sicherheitsfragen und übernahm Überwachungsaufgaben. Ihre Spezialität waren verdeckte Ermittlungen. Gegen Abend traf sich Solo mit dem Geschäftsführer eines Möbelhauses, dessen Fuhrparkleiter im Verdacht stand, eigene kleine Geschäfte zu betreiben und dafür die LKW der Firma zu benutzen. Routine. Abendessen im Fody's auf Spesen, Vorlage eines Konzepts, Vertragsabschluss und Bewilligung des Vorschusses. Brot- und Butterarbeit. Etwas Ähnliches hatte Tarzan vor zwei Tagen auch gemacht. Er hatte mit Frau Goschmann im Restaurant MaRuBa gespeist, hatte Statistiken betrachtet, Prospekte gewälzt und war verschiedene Arten der Präsentation mit der kompetenten und zudem sehr sympathischen Frau durchgegangen um sich schließlich für eine davon zu entscheiden – und genau das war sein Fehler gewesen! Er hatte sich entschieden. Er allein! Aber so richtig. Mit Parker-Kuli und schwungvoll hingeworfener Signatur. Man hatte zum Abschied Bussi links, Bussi rechts getauscht. Ein gutes Geschäft! Für beide Seiten, so wie es sein sollte. Tarzan hatte die MaRuBa mit stolzgeschwellter Brust verlassen. Das Grummeln in seinen Eingeweiden kam erst später, als er den unauffälligen VW-Passat, den sie als Dienstwagen nutzten, am Viernheimer Dreieck weiter auf die A6 steuerte. Zehn Minuten, dann wäre er zu Hause. Zu Hause bei Solo ... grummel, grummel. Das kam mit Sicherheit nicht vom Pangasius und auch nicht vom Dessert.

Stefany Goschmann war die Geschäftsführerin der Mannheimer Ausstellungs GmbH, die Deutschlands größte regionale Verbrauchermesse, den Mannheimer Maimarkt, organisierte. Tarzan hatte gerade einen Vertrag über einen Messestand in Halle 25 abgeschlossen, wo auch Firmen, die Sicherheitszubehör vertrieben, ihre Ausstellungsflächen hatten. Toller Platz, unmittelbar neben einer der Türen. Nicht riesig, aber genug Raum für ein paar Stellwände und eine kleine Sitzgruppe für Kundengespräche. Tarzan sah sich schon im Business-Anzug mit den Großen der

Metropolregion über Personalauswahl und Präventionsmaßnahmen konferieren. Das war es! Das war der Sprung von der Klitsche zum seriösen Unternehmen. Einen Namen hatte er auch schon dafür. Solomon & Zahn Sicherheitsberatung war einfach zu brav und zu sperrig für das 21. Jahrhundert. LOGSAVE Consulting. Das ging runter wie ein edler Single Malt und klang richtig teuer. Sie würden ihre Tarife neu ausrichten müssen. Dumm nur, dass er mit dieser Idee dastand wie das berühmte Männlein im Walde: allein, still und stumm ... und genau das hatte er mit dem gründlich verunglückten Gespräch ändern wollen. Ändern müssen. Immerhin verfügte er über die Gabe, überzeugend zu sein. Er war schließlich schon als Rheumadeckenverkäufer, Vermögensberater und sogar als Tupper-Mann unterwegs gewesen. Er hatte sich noch gefragt, ob das reichen würde, in der stets skeptischen, eher pessimistisch veranlagten Solo Begeisterungstürme zu entfachen.

Es hatte nicht genügt. Tarzan stopfte das triefende Küchenpapier in den Mülleimer und wischte die Stätte des Zorns noch feucht nach. Zum Glück hatte die Edelstahlspüle schon genug Beulen, so dass die mit Elan hinein gepfefferte Bratpfanne keine ernstzunehmenden Schäden angerichtet hatte. Er drückte den Gummistopfen in die Abflussöffnung, gab einen Spritzer Spüli hinein und drehte das Wasser auf. Solo beobachtete ihn verstohlen von der Außenterrasse aus. Tarzan spülte nie freiwillig Geschirr …

Der schwarze Passat rollte mit knirschenden Reifen neben einem dunkelgrünen A6 aus. Das schöne Wetter vom Vormittag war einer Kaltfront mit böigem Wind gewichen. Außer dem Audi war kein anderes Auto zu sehen. Hier draußen am Rhein, am Ende der breiten Betonpiste, die die Lampertheimer Nato-Straße nannten, war unter der Woche nicht viel los. Höchstens ein paar Angler oder Schulschwänzer mit ihren Motorrollern. Ideal für ein geheimes Treffen. Der Audi war leer. Tarzan stieg aus, verriegelte seinen Wagen und steckte die Hände tief in die Taschen seines schäbigen Dufflecoats. Die Schiebermütze tief in die Stirn gezogen ging er in Richtung Rheinufer, wo neben einem eisernen Poller ein großes Halmamännchen stand.

Das Halmamännchen war grün. Als Tarzan nahe genug war, dass man seine Schritte hören konnte, drehte es sich um. Der grüne Lodenumhang reichte fast bis zum Boden, und den Kopf bedeckte ein zerknautschter, ebenfalls grüner Filzhut. Der schmale Streifen Gesicht, der zu sehen war, hatte rotgeäderte Apfelbäckchen, verkniffene kleine Äugelein, eine Knollennase und einen tief nach unten gebogenen Merkelmund.

„Grüß Gott." Die Schweinsäuglein blitzten belustigt, und das Doppelkinn hob sich etwas in der Andeutung eines Lächelns. „Was verschafft meinem Rheuma die Ehre eines solch hochkonspirativen Treffens an einem derartigen Ort?" Die Frau unter der bajuwarischen Burka war gut gelaunt, und Tarzan registrierte den hauchfeinen Unterschied zwischen wohlmeinendem Spott und der normalerweise beißenden Ironie des Rottweilers.

Rottweiler ... so hatten sie Elke Lukassow immer genannt, als sie noch Erste Hauptkommissarin bei der Heidelberger Kriminalpolizei gewesen war. Zwei Jahre zuvor war sie hochdekoriert und mit allen Ehren in den Ruhestand gegangen, was die Unterwelt in der gesamten Region mit großer Zufriedenheit erfüllt hatte. Die übrigens nicht sehr lange währte, stieg doch mit Frank Furtwängler ihr ganz spezieller „Spezi“ zu ihrem Nachfolger auf. Der trug zwar knittrige H&M-Anzüge anstatt oberfränkischer Tracht, hatte sich aber in der langen harten Dienstzeit als Kollege der robusten Ermittlerin sowohl deren Scharfsinn und manchmal wunderliche Kombinationsgabe, wie auch ihre einmalige Verhörkunst angeeignet und war geradewegs dabei, in die Riege der Topermittler im Regierungsbezirk aufzusteigen.

Seit einem halben Jahr war Lukassow mehr oder weniger stille Gesellschafterin der Solomon & Zahn Sicherheitsberatung, Verzeihung, der „LOGSAVE Consulting“. Der Rottweiler war Tarzans letzte Rettung. Sie hatte ihn vier Wochen zuvor mit Stefany Goschmann zusammengebracht. Dieser war kurz vor Schluss noch ein Aussteller abgesprungen, und sie suchte nun einen Ersatz. Lukassow teilte natürlich von Anfang an Tarzans Bedenken, was Solos Zustimmung zu diesem Projekt betraf, und hatte ihn entsprechend gewarnt. Aber Tarzan, stets begeisterungsfähig und Feuer und Flamme für neue Ideen, hatte nur abgewinkt und gesagt, er regele das schon.

„Tach“, Tarzan griente die Frau schief an, die Schultern hochgezogen, die Hände in den Manteltaschen vergraben, „Komm’ grad vom Küche putzen.“

„So arg?“

„Schlimmer ...“ Er wandte den Kopf ab und spuckte aus, „Ich glaub’, ich hab da einen Riesenfehler gemacht.“

„Unsinn!“ Dieses energisch hervor gepresste Wort machte Tarzan wieder Mut. Erleichterung breitete sich in ihm aus. Elke war auf seiner Seite. Der Rottweiler, des Menschen bester Freund.

„Ich rede mit ihr. Immerhin habe ich dich dazu animiert. Aber ich zahle ja auch die Hälfte. Solo soll sich nicht so anstellen. Trotzdem: Lass uns das auf neutralem Boden austragen. Wegen den Scherben und so. Spiegeleier. Hä?“ Tarzan starrte sie an wie ein Mondfisch.

„Da, auf deinen Jeans: Eigelb. Von der Konsistenz und Eindringtiefe her gebraten und gewendet. Hast dich richtig reingekniet in die Sache, was?“ Sie lachte, was sich anhörte wie das Keckern von Elstern. Ihr gewaltiger Busen brachte das Lodenzelt zum Zittern, und die Augen verschwanden kurz in einem Faltenmeer.

Tarzan grunzte und sah sich den gelben Fleck an. Zum Verbrecher war er nicht geboren. Eindeutige Spurenlage nannten sie das bei der Bullerei. Blieb er eben bei den Guten. War zwar schlechter bezahlt, aber sicherer. Obwohl ... wenn er an Solos Zorn dachte...

„Ich zahle, basta!“, beendete Elke die Diskussion nach der Kanzler-Schröder-Methode. Die Bedienung grinste freundlich und wartete, bis die korpulente Dame umständlich jede Menge Fünf-Euro-Scheine und Münzgeld aus einer riesigen Geldbörse gefischt hatte und auf dem Tisch ausbreitete, als gelte es eine Monopoly-Kasse zu ordnen.

„Was macht das?“, fragte sie, obwohl der Beleg vor ihr lag, denn sie hatte ihre Lesebrille in den Untiefen ihrer koffergroßen Handtasche verloren.

„Neunundfünfzig neunzig“, erwiderte die junge Servicekraft, immer noch lächelnd.

„Sechzig“, brummelte die Lukassow, nahm einen Schein von dem Haufen wieder an sich und verstaute den Beleg in ihrem Geldbeutel.

„Für Sie.“ Tarzan legte fünf Euro dazu, was ihm einen bösen Blick von Solo und eine spitze Schnute von Elke bescherte.

Das Fräulein schaltete sein Lächeln von professionell auf freundlich um.

„Danke, einen schönen Abend noch.“

Als sie den Parkplatz erreichten, sagte Tarzan grinsend: „Mir hat sie einen schönen Abend gewünscht, dass ihr’s wisst, ihr Geizhälse. Mir, nicht euch!“

„Trinkgelder kann ich nicht absetzen“, entgegnete Elke lapidar, und Solo fragte: „Wo willst du denn noch was absetzen? Du bist doch im Ruhestand?“

„Bei der UN, oder habe ich nicht gerade den dritten Weltkrieg verhindert?“

„Zumindest den atomaren Erstschlag“, frotzelte Tarzan, und Solo funkelte ihn wütend an.

„Das ist noch nicht gegessen, dass du’s weißt! Betrachte die Situation als Waffenruhe, nicht als Kapitulation vor deiner Großmannssucht!“

„Pst!“, zischte Elke und wackelte drohend mit ihrem riesigen Stockschirm, „Gebt's a Ruh jetzt, ihr Streithammel! Der Tarzan hat seine Abreibung für seinen Alleingang gekriegt und wird von jetzt an nie wieder ungenehmigte Alleingänge machen, und gut ist! Ob der nun vier Wochen keinen Sex hat oder nicht, ist euer Bier!“

Solo zuckte zusammen und wechselte einen augenrollenden Blick mit Tarzan.

Als sie hinter Elkes Audi herfuhren, schüttelte Solo den Kopf. „Schon herb die Elke, oder?“

Tarzan räusperte sich. „Man muss sie einfach gernhaben, die alte Brigg.“

Solo steuerte den Firebird konzentriert über die schmale Straße auf die Silhouette von Lampertheim zu. „Kommst du da klar mit?“

„Mit dem Rottweiler? Glaube schon, ich kenn' die ja genauso lange wie du.“

„Mit vier Wochen ohne Sex.“

„Vier Wochen ohne ...“ Tarzan drehte seinen Kopf mit der markanten Schiebermütze in Zeitlupe in Solos Richtung. Solo musste sich sehr zusammenreißen, um nicht laut aufzulachen. Der erschrockene Blick und der offenstehende Mund verliehen ihrem Lebensgefährten das Aussehen eines von einem Narkosegeschoss getroffenen Brüllaffen. Solos Wangenmuskeln traten hervor, so sehr biss sie die Zähne zusammen.

Tarzan schloss den Mund wieder, als er endlich merkte, dass Solo Spaß machte.

„Warum nicht", antwortet er mit gespielter Gleichgültigkeit, „wir sind ältere Leute. Es reicht, wenn wir's jede Nacht treiben: Weihnacht, Fastnacht ..."

„Na, dann ist ja gut", antwortete Solo und legte so viel Erleichterung in diesen Satz, dass Tarzan schon wieder misstrauisch aus der Wäsche guckte. Frauen. Da wusste man nie...

Tartu, Estland, am gleichen Tag

Taavi Kuramaa blickte über die weißgereiften Dächer der Innenstadt. Im eisigen Dunst des Nachmittages ragte der nahe Tigutorn-Tower wie eine gigantische vergessene Adventskerze in den bleigrauen Himmel. Taavi atmete tief die schwach nach Kohlefeuern und Abgasen riechende Luft ein. Einmal, zweimal, dreimal. Er arretierte das Dachfenster und drehte sich um. Das kleine Wohnzimmer war preiswert, aber geschmackvoll eingerichtet, eine Kunst, die in Estland viele beherrschten. Gebrauchte Möbel aus Nachlässen oder selbst restaurierte historische Stücke. Ein großes, selbst gebautes Bücherregal voller antiquarischer Schinken. Indrek Poom war Schreiner. Er arbeitete in einem Vorort der Universitätsstadt für den größten Sarghersteller des Landes. Die Wohnung in Zentrumsnähe, der acht Jahre alte BMW auf dem Parkplatz und die kleine Sammlung wertvoller Chronographen zeugten von bescheidenem Wohlstand, den ein Leben als angestellter Schreiner nicht hergab. Taavi öffnete auch das zweite Dachfenster und verriegelte es. Er stellte die Heizung ab und riss eine Seite aus einem Notizbuch, das auf einem Beistelltisch lag. Das Notizbuch mit den Adressen ... Poom war ein gewissenhafter Mensch. Ein leidenschaftlicher Statistiker und Buchhalter. Alles hatte er niedergeschrieben. Alles. „Bin im Urlaub, komme in zwei Wochen zurück“, schrieb Taavi auf den Zettel. Nach einigem Suchen entdeckte er in einer Schublade in der Küche eine Rolle Klebeband. Den Zettel würde er an der Eingangstür anbringen. Die offenen Fenster waren von der Straße aus nicht zu sehen, und die einströmende Kaltluft würde dafür sorgen, dass die Leiche nicht so schnell verweste. Taavis Herzschlag beruhigte sich allmählich wieder. Er hatte den alten Schreiner nicht zu hart angefasst. Gut, er hatte ihn gefesselt und ihm schlimme Dinge angedroht. Hatte mit einem Elektromesser herumgefuchtelt und einen Löffel über einer Kerze erhitzt. Irreführung, alles nur Irreführung. Taavi wollte Poom nicht verletzen. Schon gar nicht umlegen. Es war ja auch gar nicht nötig gewesen. Der eingeschüchterte Mann im Plüschsessel hatte ihm alles gesagt, was er wissen wollte. Dann bekam er diese eigenartigen Zuckungen, die Taavi zunächst für eine Finte gehalten hatte. Als Schaum aus dem Mund trat und die Augen nach hinten klappten, war es zu spät. Epilepsie oder Herzinfarkt oder so was. Taavis Mitleid hielt sich in Grenzen. Der Kerl hatte Geld damit verdient, Leichen zu stehlen und zu verkaufen. An diesen Russen namens Marat Bolkow, der in Tallinn eine Im- und Exportfirma betrieb. Auch Anneli war diesen Weg gegangen. Seine geliebte Anneli ...

Taavi warf der Leiche einen letzten Blick zu und ging in den Flur. Durch den Türspion schaute er nach, ob sich draußen jemand aufhielt. Alles ruhig. Er öffnete die Tür und befestigte den Zettel in Augenhöhe. Ein Vorsprung, mehr nicht. Taavi machte sich da keine Illusionen. Er war ein Mörder. Zumindest war ein Mensch durch Umstände gestorben, die er herbeigeführt hatte. Er hatte keine Zeit und keine Lust, die juristischen Feinheiten mit der Staatsanwaltschaft zu diskutieren. Taavi hatte Glück. Ohne dass ihm jemand begegnete, gelangte er aus dem vierstöckigen, schäbigen Mietshaus auf die Straße und erreichte nach wenigen Minuten seinen alten Lada, den er in einer Seitenstraße geparkt hatte. Die Versuchung, mit Pooms BMW seine Fahrt fortzusetzen, war mächtig, doch er widerstand ihr. Das Risiko war zu groß. Womöglich kam am selben Tag noch irgendein Verwandter, der einen Schlüssel hatte, und fand den Toten. Taavi startete sein Auto und steuerte es in Richtung Nordwesten aus der Stadt. In drei Stunden konnte er in Tallinn sein, wenn das Wetter mitspielte. Dort würde er sich einen abgelegenen Parkplatz suchen und im Auto schlafen. Am nächsten Tag würde er in den Hafen fahren und Bolkow aufsuchen. Der würde für seine Tat bezahlen. Alle sollten sie bezahlen. Kuramaa war unterwegs. Er würde seine Anneli heimholen. Er würde sie in Würde begraben. In der Erde ihrer Heimat, die sie so sehr geliebt hatte, obwohl sie ihr und dem Kind den Tod gebracht hatte. Taavi hatte nichts zu verlieren. Alles, was sein Leben ausmachte, war in die Hände von perversen Leichenhändlern gelangt, die schmutziges Geld damit verdienten. Der Mann aus Urawa war entschlossen, ihrer Spur zu folgen.

City-Airport Mannheim, 27. April, 6.30 Uhr

Der schwarze Mercedes Sprinter hielt vor der Schranke, die die Zufahrt zu den privaten Hangars markierte. Der Fahrer hielt einen Transponder vor das Lesegerät, und der gelbschwarze Aluminiumbalken hob sich. Der Transporter fuhr an abgestellten Kleinflugzeugen vorbei und stoppte vor dem großen Rolltor einer Leichtbauhalle. Im Gegensatz zu den anderen Hangars verfügte dieser über eine elektronische Zugangssicherung mit Tastenfeld, die in einem unauffälligen grauen Kasten untergebracht war. Der Beifahrer, ein rotblonder, dandyhaft wirkender junger Mann in tailliertem Kurzmantel und wehendem weißen Schal, stieg aus, klappte die Abdeckung des Kastens auf und tippte eine siebenstellige Kombination ein. Ein Piepton und eine grün leuchtende Lampe signalisierten die korrekte Eingabe und der Mann aktivierte den Tormechanismus. Ein metallisches Klacken ertönte, als die mechanische Sicherung zurückfuhr. Rasselnd hob sich das fünfzehn Meter breite Sektionstor. Das Innere der Halle blieb dunkel, nur die ersten paar Meter wurden von dem trüben Licht dieses regenverhangenen Morgens erhellt. Die Scheinwerfer des Sprinters waren abgeschaltet, und als das Tor die nötige Höhe erreicht hatte, fuhr der Fahrer den Wagen hinein. Augenblicklich drückte der Beifahrer den Schließknopf, und eine halbe Minute später war das Tor wieder zu. Jetzt aktivierte der junge

Mann mit den spitzen Designerschuhen und den gepflegten Händen eines Künstlers die Beleuchtung. Summend und klickend schalteten sich mehrere Reihen von Leuchtstofflampen ein und tauchten die große Halle in ihr kaltes Licht. An einer Seitenwand stand ein filigraner Tragschrauber, dessen Rotoren zusammengefaltet waren und daneben, auf Holzböcken, der leere Rumpf eines historischen Jagdflugzeugs, übersät mit Spachtelflecken und in einem tristen Schlachtschiffgrau grundiert. In der hintersten Ecke erahnte man unter einer Plane ein schweres Motorrad. Eine lange Werkbank und mehrere Metallschränke ergänzten die Einrichtung. An der Rückseite der Halle befand sich ein Anbau aus Kalksandsteinen, der eine spartanische Küche sowie Toilette und Waschraum beherbergte. Auf der anderen Seite der Halle dominierte ein rotbrauner Überseecontainer den Raum. An seiner Stirnseite summte ein elektrisches Kühlaggregat, von dem aus eine dicke Starkstromleitung zu einer der roten Steckdosen am Hauptverteilerkasten führte. Der Container war ein Zwanzig-Fuß-TEU, also die kleinere Version der zu Hunderttausenden in der ganzen Welt eingesetzten Normbehälter. Dieser hier war isoliert und für den Transport temperaturgeführter Waren ausgerüstet.

Der Fahrer, ein indisch aussehender Mann im gleichen Alter wie der Beifahrer, rangierte den Lieferwagen rückwärts an die schweren Türen des Stahlbehälters. Dann stieg er aus, ging nach hinten und öffnete die Laderaumtüren des Autos. Er befestigte eine leichte Aluminiumrampe an der Ladekante, löste einen Ladungssicherungsgurt und schob auf einem Rollwagen einen Stapel verschieden großer Flightcases heraus, wie sie Musiker zum Transport ihrer Instrumente und Verstärkeranlagen benutzten, stabil verarbeitet und mit kräftigen Metallrahmen verstärkt. Inzwischen hatte sein Partner die schweren Portale des Containers geöffnet, welche noch durch ein massives Vorhängeschloss gesichert waren. Frostnebel waberten heraus, und beide Männer zogen dick gefütterte Arbeitshandschuhe an.

„Können wir?“, fragte der Blonde, und der Inder nickte.

„Von mir aus. Ich hoffe, du hast gut gefrühstückt, Kumpel.“

„Na dann. Pass auf dein Kreuz auf, wir haben in den nächsten Tagen noch genug zu schleppen.“

„Ihr seid ja richtige Frühaufsteher, Leute. Ihr habt einen langen Tag vor euch!“ Der Mann in der signalgelben Jacke grinste gutmütig und öffnete die Lieferanteneinfahrt an der Nordseite des Maimarktgeländes. Der Inder zeigte ihm den Ausstellerausweis, aber der Mann winkte ab.

„Lass stecken. Ich kenne euch ja mittlerweile. Leg aber die Einfahrtserlaubnis hinter die Scheibe, sonst kriegt ihr Mecker von den Kollegen. Kommt ihr noch mal raus?“ Der Mann stieß das Tor auf und trat zur Seite.

„Nein, wir haben alles dabei, was wir brauchen. Erst heute Abend. Danke, Herr Kastner, und angenehmen Dienst noch.“

Ewald Kastner sah dem schwarzen Transporter hinterher. „Nette junge Burschen“, dachte er. „Wissen, was sich gehört und haben sich sogar meinen Namen gemerkt. Findet man selten bei diesen Yuppie-Typen.“

Der dunkle Sprinter schlängelte sich durch das Messegelände. Hier und da waren schon Aussteller damit beschäftigt, Ware abzuladen oder Dekorationen aufzubauen. Bei den großen Festzelten standen Getränkelaster und brummten Kühlaggregate. Der Inder steuerte den Wagen zu einer großen Freifläche, auf der ein Autohaus seine neuen Modelle ausstellte, Rasentraktoren um die Gunst der Käufer warben und ein Kranunternehmen aus der Region Hubsteiger und Autokrane präsentierte. Hier war alles ruhig. Die Verkäufer und Repräsentanten kamen erst unmittelbar vor Messeöffnung.

Der dunkle Sprinter verschwand hinter dem gewaltigen Fahrwerk des Hundert-Tonnen-Krans, dessen fahnengekrönter Ausleger achtzig Meter in den Morgenhimmel ragte. Von einem zufällig vorbeikommenden Menschen war er so gut wie nicht mehr zu sehen.

Die beiden Männer stiegen aus. Der Inder ging nach hinten, um den Laderaum zu öffnen, der Beifahrer legte den Kopf in den Nacken und schaute hinauf, wo die schwere Hakenflasche vor den schnell ziehenden Wolken zu fliehen schien. Ärgerlich wandte er sich um, als ein lautes Klappern erklang.

„Tschuldigung!“, nuschelte der Inder, hob die Aluminiumschiene, die auf den Asphaltboden gefallen war, wieder auf und arretierte sie an der Laderaumkante. Zu zweit bugsierten die beiden den Kofferstapel auf dem Rollgestell aus dem Auto.

„Jetzt zeig’ mal, was du drauf hast“, sagte der Inder. Sein Partner schaute auf die Armbanduhr und nickte kühl.

„Vier Minuten, mein Freund. Vier Minuten.“ Dann wandte er sich um und kletterte geschickt zum sogenannten „Oberwagen“ hinauf, wo sich die Führerkabine des Krans befand. Sechzig Sekunden später dröhnte der Windenmotor auf, stieß eine Rußwolke aus dem polierten Auspuffrohr und wurde sofort wieder auf eine niedere Drehzahl geregelt. Der Blonde auf dem Führersitz hatte jetzt eine Sonnenbrille auf und hob den Daumen. Die Winde begann, sich zu drehen und die Hakenflasche mit dem großen Doppelhaken sank nach unten.

Vier Minuten ... länger hatten die „Trockenübungen“ auch nicht gedauert. Vier Minuten!

„Voll die Achtziger, Mann!“ Solo schüttelte den Kopf, als sie ihren Lebensgefährten betrachtete, der mit stolzgeschwellter Brust letzte Hand an die Dekoration ihres Messestandes legte, da ein Display zurechtrückte, dort die Knabbereien neu ordnete und zum zehnten Mal den Laptop überprüfte, auf dem in kurzen Sequenzen die Imagefilme einiger ihrer Kunden, darunter die BASF, Mercedes Benz und andere namhafte Firmen der Region, zu sehen waren.

„Du warst das doch, die gesagt hat, ich soll hier nicht im Konfirmandenanzug rumlaufen oder?“, verteidigte er sich, wobei sein Blick wohlgefällig auf Solo ruhte, die sich ganz im Gegensatz zu ihren sonstigen Vorlieben in ein elegantes Businesskostüm gezwängt hatte, samt High-Heels, in denen sie zwar noch etwas wackelig wirkte, die ihr aber eine Gesamthöhe von fast einem Meter fünfundachtzig bescherten, womit sie Tarzan um beinahe Haupteslänge überragte. Das attraktiv verstrubbelte, kurze rote Haar samt der topmodischen Brille, die sie seit einigen Wochen besaß, verliehen ihr laut Tarzan den Habitus der Aufsichtsratsvorsitzenden einer Bordellkette. Einer äußerst beeindruckenden Puffmutter, das sprach er aber lieber nicht laut aus.

Er verstand nicht, was sie an seinem Aufzug auszusetzen hatte. Klar, der dunkle Anzug, den er für Beerdigungen und geschäftliche Anlässe im Schrank hatte, glänzte an den Ellbogen schon ein wenig, und das Jackett ging schon lange nicht mehr zu. Die dunklen Krawatten machten ihn zu einem Blues Brother, die grellbunten zu einem Luden und die schmalen Lederdinger zu einem „voll die Siebziger, ey". Also hatte er sich für das silbergraue Jackett in Naturseide-Imitat mit Schulterpolstern entschieden. Darunter trug er ein pastellfarbenes T-Shirt und weiße Leinenhosen mit Bundfalten, samt imitiertem Dolce & Gabbana-Gürtel. Die Espadrilles hatte sie ihm unter Androhung schlimmster körperlicher Konsequenzen ausgeredet und die weißen Lederslipper zähneknirschend akzeptiert, allerdings mit der Auflage, Socken zu tragen. Kurz gesagt: Der untersetzte Tarzan sah aus wie ein westlicher Flachlandgorilla, der zu viel Miami Vice gesehen hatte. Sein schütteres Haupthaar hatte er mit reichlich Gel nach hinten gekämmt, und Dieter Wedel hätte ihn vom Fleck weg als schmierigen Ganoven in einer Gaunerkomödie besetzt.

„Wo bleibt eigentlich der Rottweiler?", fragte er und sah auf die Uhr. Punkt neun. In diesem Augenblick öffneten die Ordner in ihren gelben Jacken die Eingänge, und Massen von Besuchern strömten voller Erwartung auf das weitläufige Gelände mit seinen langen Reihen von Ausstellungshallen, dem großen Festzelt, in dem die Kurpfälzer bewiesen, dass sie mindestens so viel Bier verbrauchen konnten wie die Bayern, den Freiflächen mit allen möglichen Attraktionen, dem gläsernen Studio von Radio Regenbogen und dem SWR und dem angeschlossenen Reitstadion. Der Maimarkt, der in diesem Jahr sein 400-jähriges Jubiläum feierte, war die größte regionale Verbrauchermesse Deutschlands und zog jedes Jahr über 400.000 Besucher an elf Messetagen an.

„Du sollst das nicht immer sagen!“, wies Solo ihn zurecht, „wenn die Elke das hört, dann kannst du dich warm anziehen!“

„Das heißt, sie ist durch die Wesensprüfung gefallen?“, grinste Tarzan und parierte den spielerischen Knuff, den er von seiner Partnerin erhielt.

„Weiß auch nicht, wo sie bleibt, sie wollte schon vor einer Stunde da sein“, sagte Solo und sah ungeduldig zum Eingang.

Die schwergewichtige Erste Kriminalhauptkommissarin i. R. war schon eine halbe Stunde vor den beiden auf den Großparkplatz gefahren und hatte das Gelände durch einen der Ausstellereingänge betreten. Sie war allerdings nicht direkt zur Halle 25 gegangen, sondern hatte den Polizeiposten auf dem Messegelände aufgesucht, um dort einen alten Bekannten, Polizeihauptkommissar Franz Nemeth von der Schutzpolizei, zu treffen. Dort hatte man dann bei Kaffee und Brötchen über alte Zeiten geplaudert und die Zeit vergessen. Gerade als sich Elke Lukassow verabschieden wollte, flog die Tür auf, ein junger Polizeimeister stürzte herein und sprach aufgeregt in sein Handy:

„Ich bin jetzt auf der Dienststelle. Kommissar Nemeth ist hier. Ja, wir benachrichtigen die Kripo. Alles erst mal absperren, bis gleich, tschau!“

Alle Lockerheit verflog sofort. Nemeth nahm den jungen Kollegen am Arm.

„Was ist passiert? Wieso die Kripo?“ Der junge Beamte steckte das Mobiltelefon ein, nickte Elke Lukassow kurz zu und wandte sich an Nemeth, der für die Dauer des Maimarkts als Dienststellenleiter fungierte.

„Wir haben eine Leiche. An einem Kranhaken. In zirka achtzig Meter Höhe ...“

Nemeth wandte sich an eine Kollegin, die hinter einem der drei Schreibtische saß und die Nachricht mit offenem Mund vernommen hatte: „Christine, verständigen Sie das Dezernat 10 und die KTU, wir kümmern uns um die Sicherung. Ich melde mich, sobald ich mehr weiß. Wo ist der Fundort, Thomsen?“

„Beim Reitstadion. Freifläche F21, der Stand der Firma Kran-Heinerichs. Müller-Drei und Massoth sind vor Ort.“

Das Lächeln des jungen Mannes war das eines Künstlers, der gerade ein außergewöhnliches Werk geschaffen hatte. Beinahe zärtlich streichelte sein Finger die Nachricht ins World Wide Web.

Der Text bestand nur aus einem einzigen Halbsatz: Die erste Maimarkt-Leiche. Als Anhang hatte er zwei hochaufgelöste Fotos beigefügt. Eines zeigte den Kran samt seinem grausigen Anhängsel aus größerer Entfernung, das andere war eine Nahaufnahme des toten Körpers, durch die große Brennweite zwar etwas unscharf, aber immer noch deutlich genug, um zu erkennen, dass es sich dabei nicht um eine Puppe handelte.

In der Adressleiste des E-Mail-Programms sammelten sich die Redaktionsadressen aller lokaler und überregionaler Tageszeitungen, der örtlichen Radio- und TV-Sender und von Deutschlands beliebtestem Boulevardblatt. Er loggte sich aus und klappte den Deckel des alten Notebooks zu. Ein Satz von Wilhelm Busch kam ihm in den Sinn: „Dieses war der erste Streich ...“

Elke Lukassow stockte der Atem. Nicht weil die Gestalt da oben in luftiger Höhe in der typischen Haltung eines Gehenkten ihr Angst machte. Viel zu oft hatte sie in ihrem langen Berufsleben schon ganz andere Eindrücke verarbeiten müssen. Ihre letzten achtzehn Dienstjahre hatte sie bei der Heidelberger Mordkommission verbracht. Nein, der Anblick des träge im leichten Morgenwind schwingenden Körpers, hoch über der gaffenden Menge, erinnerte sie fatal an einen schon lange zurückliegenden Mordfall. Damals hatten die Täter die Leiche eines Lokalpolitikers an das größte transportable Riesenrad Europas gebunden[1]. Es

1 s. Die Raben vom Mathaisemarkt, Heyne. München 2011

war beinahe schon gespenstisch: Auch damals hatten die Mörder ein beliebtes Volksfest als Bühne für die perverse Zurschaustellung genutzt. Sie folgte ihrem uniformierten Kollegen durch die Menschenmenge, registrierte die nach oben gereckten Köpfe, die gezückten Mobiltelefone und Kameras und die kleinen Kinder auf den Schultern von Vätern, großen Brüdern und Onkeln, damit sie auch ja nichts verpassten ...

Sie erreichten den Zeltpavillon, der eine Sitzgruppe, mehrere Vitrinen mit Kranmodellen und einen großen Monitor beherbergte, auf dem spektakuläre Kraneinsätze gezeigt wurden. Ein schlanker, fast dürrer Mann im Maßanzug und spiegelnder Glatze, begrüßte sie fahrig und nervös.

„Gerald Hernig, guten Morgen. Niederlassungsleiter in Mannheim. Wann können wir diesen Spuk beenden und den Mast einfahren?“

„Sobald die Spurensicherung ihr Okay gibt. Vorher geht keiner an den Kran!“ Nemeth blies seinen athletischen Brustkasten auf, dass die Uniform spannte und demonstrierte Staatsmacht pur. „Aber ich glaube, da kommt sie schon.“ Alle Augen folgten seinem Blick. Hinter den Gaffern war zwischen den Ausstellungshallen kurz Blaulicht aufgeflackert. Tatsächlich: Fünf Minuten später bahnten sich ein grauer VW Touran, ein Mercedes-Sprinter und ein Fiat-Kleinbus ihren Weg durch die von Nemeths Kollegen freigehaltene Gasse. Aus dem Sprinter stiegen sechs uniformierte Polizisten und begannen augenblicklich, die Schaulustigen noch weiter zurückzudrängen. Ein Fahrzeug der Messegesellschaft hatte Absperrbaken geladen, und zwei Männer in gelben Schutzjacken standen bereit.

Mit ihrer Hilfe sperrten sie das Gelände um den Ausstellungsstand der Kranfirma rasch ab. Der Touran fuhr dicht an den Kran heran, und zwei Männer und eine Frau stiegen aus. Sie öffneten die seitliche Schiebetür und zogen weiße Overalls über. Auf dem Beifahrersitz des Sprinters saß ein dicker Mann in einer speckigen Lederjacke und einem zerdrückten Hut mit weicher Krempe. Der Mann verzehrte in aller Gemütsruhe ein belegtes Brötchen und spülte den letzten Bissen mit einem Schluck aus einer Thermoskanne herunter, die er der Einfachheit halber gleich an die Lippen setzte. Die verbeulte Metallkanne warf er achtlos aufs Armaturenbrett und öffnete endlich die Tür. Schwerfällig kletterte er ins Freie, zog die Hose hoch, klopfte sich Krümel von der Jacke und blinzelte in die Morgensonne. Der Mann sah aus, als hätte er die Nacht unter einer Brücke verbracht. Er stemmte die Arme in die nicht vorhandenen Hüften und sah sich um. Ein Walrossbulle, der argwöhnisch seine Umgebung auf Nebenbuhler absuchte. Als er Nemeth und Lukassow entdeckte, nickte er und schlurfte auf sie zu. Das verwaschene Flanellhemd hing ihm zum Teil aus der ausgebeulten Cordhose mit den ausgefransten Beinen, die braunen Lederschuhe mit den schiefgelaufenen Absätzen waren so zerschrammt, als hätte er damit das ganze Wochenende Fußball gespielt. Aus dem Hemdausschnitt lugte der Rand eines Feinrippunterhemdes, das nicht verhindern konnte, dass grauweißes Gestrüpp darunter hervorquoll. Ein Bild von einem Mann.

„Morsche“, brummte er zu Nemeth, zog geräuschvoll die Nase hoch und legte seinen ungesund roten Kopf in den Nacken. Lukassow ignorierte er.

„Moin Bluhm, haben sie dich raus gejagt? Sind die Jungspunde wieder alle auf Lehrgang, was?“ Ein verschleimtes Räuspern und ein rascher Seitenblick aus blutunterlaufenen Augen mussten als Antwort genügen. Nemeth hatte das winzige belustigte Blitzen durchaus bemerkt, das unter dem Wust aus grauweißen Augenbrauen kurz aufflackerte. Der Bluhmepeter, wie ihn alle nach dem historischen Mannheimer Original mit dem traurigen Schicksal nannten. Kriminales Urgestein aus der Neckarstadt, meist abgemahnter Ermittler im Bezirk und hochangesehenes Ehrenmitglied der Berberszene der Quadratestadt. Es hieß, das Netzwerk aus Informanten, das der alte Bulle unterhielt, wäre knapp doppelt so groß wie Facebook und dreimal so effektiv. Immerhin: Wenn sich KHK Hans-Peter Bluhm mittels einer Tüte Discounterbier unter der Kurpfalzbrücke „einloggte“, servierte man ihm weder Katzenbilder noch endlose Fotoserien von der Renovierung der häuslichen Küche. Meist kam er nicht nur schwer angedudelt wieder ans Tageslicht, sondern auch um einige Informationen reicher, welche das viel gepriesene WWW nie preisgegeben hätte. Bluhmepeter hatte bis zuletzt gegen die Einführung des PCs in seine Amtsstube gekämpft, weigerte sich permanent, ein Smartphone zu nutzen und musste unter Androhung disziplinarischer Maßnahmen gezwungen werden, wenigstens das Diensthandy stets mit sich zu führen. Dieses war entweder stumm geschaltet, auf dem heimischen Küchentisch vergessen oder wanderte mit leerem Akku in den unergründlichen Tiefen der Lederjacke umher, die durch die löcherigen Taschen ein eigenes System kommunizierender Kleinbiotope bildete.

„Runter damit“, brummte er.

„Die Spusi ist noch nicht ganz fertig, wir sollten ...“ Weiter kam Nemeth nicht.

„Ich sagte runter, und ich scheiße auf die Spusi. Vielleicht sollten die Herrschaften Eintrittskarten verkaufen oder Filmlizenzen. Ich will diesen gottverdammten Gaffern den Spaß verderben! Wer, verdammt noch mal, kann den Kran bedienen?“

„Ich, Herr, äh, Kommissar, ich kann den Kran bedienen!“ Hernig, der Niederlassungsleiter, trat erleichtert an die kleine Gruppe heran.

„Worauf warten Sie?“ Bluhm stapfte zum Kran und redete auf die beiden Männer der KTU ein, bis diese achselzuckend die Kabine räumten, ihr Handwerkszeug verstauten und umständlich herunterkletterten. Eilends kletterte der Managertyp im Anzug auf den Oberwagen und startete die Maschine. Grollend erwachte der schwere Diesel zum Leben. Der Mann schaute Bluhm fragend an, und dieser machte das Handzeichen für Halsabschneiden, was nicht ganz dem Regelwerk für Kranführer entsprach, aber von dem Mann in der Kabine sehr gut verstanden wurde. Ein Raunen ging durch die Menge, als sich die Winde drehte und gleichzeitig der Mast des Krans eingefahren wurde.

„Planen!“, schrie Bluhm durch den Lärm des Windenmotors, „ich will hier Planen als Sichtschutz, das ist hier keine Zirkusvorstellung, verdammt noch mal!“ Nemeth teilte seine Leute ein und sah erleichtert, wie aus einem Rüstwagen der Feuerwehr, der von seinem Stand ganz in der Nähe herübergefahren war, vier voll ausgerüstete junge Feuerwehrmänner und zwei Frauen kletterten und in Windeseile spezielle Sichtblenden, wie sie auch bei schweren Unfällen im Straßenverkehr verwendet wurden, herbeischafften. Der Niederlassungsleiter der Kranfirma baute eine perfekte Punktlandung außer Sichtweite der Gaffer und ließ den Leichnam sanft auf eine Plastikplane sinken, welche die Spurensicherer ausgebreitet hatten. Drei Männer und eine Frau in weißen Overalls nahmen den Leichnam in Empfang und fotografierten und filmten zunächst alles aus verschiedenen Perspektiven, bevor sie daran gingen, vorsichtig die derbe Henkerschlinge von dem schweren Kranhaken zu lösen. Sie gaben dem Kranführer zu verstehen, den Haken einige Meter weiter auf einer anderen Plane abzulegen. Nemeth nickte. Die Kollegen verstanden ihr Handwerk. Trotz aller Improvisation und des Eingreifens Bluhms wurde hier nicht geschlampt. Selbst der hitzköpfige Schönauer Bluhmepeter hütete sich davor, sich ohne Aufforderung der Leiche zu nähern. Er war froh, dass das grausige Schauspiel sich nun wenigstens abseits der hochgereckten Mobiltelefone und Fotoapparate abspielte. Ermittler, die kreuz und quer durch Fund- oder Tatorte latschen, gab es eigentlich nur im Fernsehen. Erstaunt erkannte er die knochige Gestalt Professor Dr. Friederike Schopenhauers. Die Chefin des Heidelberger Instituts für Rechts- und Verkehrsmedizin ging neben der Leiche in die Hocke und sprach in ein Diktiergerät.

„Was macht denn Schoppi hier?“, fragte er den neben ihm stehenden Nemeth.

„Sie hält heute Vormittag einen Vortrag am Stand der Uni, drei Hallen weiter. Dass es hier Arbeit für sie gibt, war schwer zu übersehen.“

„Wenigstens haben wir den Kameraden dann gleich in den richtigen Händen“, brummte Bluhm. Schoppi, wie er die angesehene Rechtsmedizinerin so ehrfurchtslos nannte, war bundesweit eine Kapazität. Ihre drakonische Art und ihr legendärer Sarkasmus hatten schon so manche Doktoranden an andere Fakultäten vertrieben. Verwundert erkannte er, dass die Kleidung des Toten tropfnass war. Es bildete sich sogar schon eine Lache um den Körper.

Er drehte sich um, als hinten an der Absperrung ein Tumult entstand. Ein untersetzter Kerl in einem Zuhälteranzug, der andauernd „Elke, Elke“ schrie, wurde von zwei kräftigen Beamten daran gehindert, das Areal zu betreten. Ein durchdringender Pfiff ließ ihn herumfahren. Bluhm staunte nicht schlecht, als er die kleine, fette Frau in dem unförmigen Lodenmantel erkannte, die vorhin bei Nemeth gestanden hatte. Gerade steckte sie wieder zwei Finger in den Mund und pfiff wie ein Bauarbeiter. Einer der Beamten drehte sich um, und die Frau rief mit keifender Altweiberstimme:

„Lührsen! Lassen Sie ihn durch, er gehört zu mir!“ Bluhm sog die Luft ein. Da soll doch ... was bildete sich das alte Waschweib eigentlich ein? Es liefen hier doch schon genug Zivilisten herum. Jetzt trabte hier auch noch einer an, der aussah wie eine Kreuzung aus Vermögensberater und Hafen-Lude. Augenblick mal! Das war doch …? Lothar Zahn, sein alter Schulfreund, den er vor zwei Jahren erst unter äußerst spektakulären Umständen wieder getroffen hatte.[2] Was trieb der sich hier herum? Noch dazu in diesem komi-

---

2 s. Krämer, Manfred H.: Kohlemord, Waldkirch. Mannheim 2012.

schen Aufzug? Egal. Jetzt wurde es erst einmal Zeit, dass er hier ein für alle Mal klarstellte, wer hier wem etwas pfiff!

Der alte Hauptkommissar ahnte ja nicht, worauf er sich da einließ...

Tarzan floh wie ein verlorenes Kind in Richtung der auf ihn zuwatschelnden, pensionierten Kommissarin.

„Ich habe gerade noch mitbekommen, wie der Kran eingefahren wurde. Mein Gott, das hat mich an etwas erinnert, das sah ja aus wie ...“

„Das brauchst du mir nicht sagen, Tarzan. Wirklich nicht.“ Lukassow nahm Tarzan mit resoluter Geste am Oberarm.

„Lass uns zum Kollegen Nemeth gehen. Vielleicht lässt er uns einen Blick auf die Leiche werfen. Ich hoffe wirklich, das ist ein makaberer Zufall. Du warst damals dabei. Wenn dies hier tatsächlich mit dem Mathaisemord zusammenhängt, erkennst du vielleicht jemanden wieder.“ Tarzan schluckte. Zum einen, weil sorgsam verdrängte Erinnerungen wieder durch seine Hirnwindungen krabbelten, zum anderen, weil sie gerade schnurstracks auf einen ziemlich fies aussehenden Bullen zuliefen, der aussah, als würde er ihnen nicht erst lange ihre Bürgerrechte vorlesen, bevor er ihnen in den Hintern trat.

„Stehenbleiben!“ Nicht „Halt“, nicht „Stopp“, nein: „Stehenbleiben“, mit der Intensität eines Warnschusses. Unmittelbar vor dem enormen Bauch des Hauptkommissars blieb Lukassow stehen. Wie zwei gewaltige alte Schlachtschiffe boten sie einander die Breitseite. Wobei die Kommissarin a. D. fast einen ganzen Kopf kleiner war als der übellaunige Mannheimer Ex-Kollege.

„Hi, Bluhmepeter“, quetschte Tarzan zaghaft zwischen den Zähnen durch, unterstützt von einem linkischen Winken, das ihn in Verbindung mit dem unpassenden Outfit sehr, sehr tuntig wirken ließ.

„Du hältst das Maul!“, donnerte Bluhm und richtete die Zieloptik seiner wässrigen blauen Augen auf die grünwogende, schnaufende Masse vor ihm.

„Sie!“, keuchte Lukassow aufgebracht, „Sie hoben mir überhaupt keine Anweisungen zu gäben! Sie nit!“ Wenn sie zornig war, verfiel sie in ihren oberfränkischen Dialekt und hob ihre ohnehin nicht sehr liebreizende Stimme noch um eine Oktave, was ihr den Klang einer Baumarktkreissäge verlieh. Sie hatte dann auch deren Gefahrenpotential.

Bluhm hatte keine Angst vor elektrischen Arbeitsgeräten. Im Augenblick sah er aus, als würde er ganze Baumstämme mit seinen gelblichen Zähnen durchbeißen.

„Da irren Sie sich! Ich bin hier der leitende Ermittler, dies ist ein Tatort, und ich ersuche Sie, auf der Stelle Ihren Allerwertesten hinter die Absperrung zu bugsieren, und zwar im Schnellgang, verstanden?“

„Bluhmepeter, ich ...“ Tarzan warf sich todesmutig in den Kampf wie ein furchtloser Pinscher, der sein Frauchen vor dem Angriff eines Panzernashorns schützen wollte.

„Tarzan, ich habe kein Problem damit, dich in Eisen legen zu lassen, wenn du nicht in einer Zehntelsekunde deine Salontreter für einen unglaublich flinken Abgang benutzt!“

„Bluhmepeter ...“ Ein letztes verzweifeltes Aufbäumen.

„Platzverweis!“, donnerte der Kommissar.

„Lührsen! Rambach! Schaffen Sie die Leute hier weg!“

Selbst Lukassow wusste, wann sie verloren hatte. Sie drehte sich abrupt um, so dass ihr Lodenumhang flog, als stünde sie auf einer Polkabühne und walzte an den verunsichert wirkenden zwei Beamten vorbei, die dienstbeflissen herbeieilten. Tarzan zuckte die Achseln und trottete kopfschüttelnd hinterher.

Schnaubend ging Bluhm zurück und blieb in einigem Abstand zu der abgelegten Leiche stehen. Gerade erhob sich die Gerichtsmedizinerin. Als sie ihn erkannte, bleckte sie ihr riesengroßes Gebiss und verzerrte ihr stets hochmütig wirkendes, hageres Gesicht zu einer Grimasse, die nur Eingeweihte als Lächeln identifizieren konnten. Bluhm war eingeweiht. Schopenhauers Leichenschauen waren Legende. Die herbe Lady war die perfekte Symbiose aus Professor Boerne und Joe Bausch, ihren „Kollegen" aus der Tatort-Reihe der ARD. Wenn Schoppi Lebern wog, Gehirne in Scheiben schnitt und hingebungsvoll in Bauchhöhlen wühlte, vergaß man über ihren launigen Kommentaren sogar das Kotzen.

Sie schürzte die Lippen und richtete ihre großen, dunklen Augen, die tief eingesunken in ihrem Totenschädel lagen, auf ihn. Ihre behandschuhte Krallenhand ließ einen kleinen, zylindrischen Gegenstand unmittelbar vor seiner Nase pendeln.

„Das ist komisch."

„Ich lache später, wenn du gestattest", entgegnete der Kommissar.

„Es ist komisch, weil die Kerntemperatur der Leiche tiefer ist, als die Umgebungstemperatur. Nach meiner rektalen Messung ..." Bluhm zuckte zurück, als er das Teil, dass da nur Zentimeter vor seinem Gesicht baumelte, endlich erkannte: ein Fieberthermometer ...

„... stell dich nicht so an. Also: Nach meiner Messung müssten an der Mastspitze zwischen fünfzig und achtzig Grad minus herrschen oder ...“ erleichtert atmete Bluhm auf, als die Ärztin das Thermometer in eine Tüte mit der Aufschrift „Biohazard“ fallen ließ und diese einem vorbeigehenden Assistenten reichte.

„... oder der Tote kommt direkt aus einer Tiefkühltruhe. Einer sehr leistungsfähigen, da haushaltsübliche Geräte lediglich einen Bereich zwischen zehn und vierundzwanzig Grad minus abdecken. Meine Kühlung im Institut schafft locker fünfundachtzig.“

„Klingt, als ob der schon in deiner Formalin-Villa war, bevor man ihn hier aufgehängt hat?“

„Eben. Das meine ich mit komisch. In der Regel läuft das andersrum.“ Sie grinste wieder ihr Maultiergrinsen. „Frag nicht. Mir ist keiner desertiert. Bei mir herrscht Ordnung!“

„Das heißt, wir haben ein Problem mit der Todeszeit“, stellte Bluhm fest.

„Ganz genau. Er ist mit ziemlicher Sicherheit auch nicht am Seil gestorben. Nach meiner ersten Untersuchung erfolgte das Erhängen recht dilettantisch und zu 90% post mortem. Das Genick ist nicht gebrochen, er fiel also nicht in die Schlinge. Meine erste Theorie geht davon aus, dass der bereits tote Körper hier nur zur Schau gestellt wurde.“

„Fundort ist also nicht gleich Tatort.“

„Darauf kannst du einen lassen und, wenn deine Verdauung mitspielt, noch einen auf die Tatsache, dass der wochen- oder monatelang sach- und fachgerecht gelagert worden sein könnte. Näheres kriegst du wie üblich erst nach der Obduktion. Bist herzlich eingeladen."

„Hast du Anzeichen für die Todesursache entdeckt?"

„Nada. Er ist nach erster Einschätzung gesund gestorben. Etwas, das uns mit Sicherheit erspart bleibt. Gib mir mal 'ne Zigarette!"

Bluhm gab ihr eine zerknautschte Eckstein aus der Weichpackung und ließ sein Zippo aufschnappen.

„Vielleicht ist er auch erfroren. Vielleicht hat ihn sein Mörder ja lebendig in die Kühltruhe verfrachtet", mutmaßte der Kommissar.

Schoppi nahm einen tiefen Zug und blies den Rauch durch die Nase aus. Fehlte nur noch, dass der Drache auch noch Feuer spuckt, dachte Bluhm.

„Dafür gibt es keinerlei Anzeichen", antwortete sie, „vorerst jedenfalls. Du weißt, das hier sind nur Mutmaßungen. Wenn ich ihn auf dem Tisch habe, weiß ich hoffentlich mehr. Ach ja, das hier ...", sie zog einen Klarsichtbeutel aus der Tasche ihres Kittels und gab ihn ihm, „habe ich in der Mundhöhle gefunden."

Ungläubig starrte Bluhm auf den knittrigen Geldschein in der beschlagenen Tüte. Ein Zwanzig-Euro-Schein

„Wer immer dieses Stillleben hier arrangiert hat will uns etwas zeigen. Passt ja auch irgendwie, oder? Die größte Regionalmesse Deutschlands. Da ist Aufmerksamkeit doch garantiert."

„Eine tiefgefrorene Leiche am Kran, keine Papiere oder sonstige Hinweise auf deren Identität, keine erkennbaren Verletzungen, ein Zwanni in der Mundhöhle. Scheiße."

„Ich hätte es nicht passender ausdrücken können. Wenn deine Leute mit der Aufnahme fertig sind, würde ich ihn gerne ins Institut bringen lassen. Nach meinem Vortrag mache ich mich gleich ans Werk. Umso schneller kriegst du deinen Bericht.“

Polizeipräsidium Mannheim
Vier Stunden später:

„Friedhof will dich sehen“, Kriminaloberkommissarin Marianne Funke, Bluhms attraktive junge Kollegin, die seit über einem Jahr das Dienstzimmer mit dem grantigen Grizzlybären teilte, blickte von einer Akte auf, als er sich seufzend in den knarrenden alten Schreibtischsessel fallen ließ. Das speckige Kunstlederungetüm gehörte zu dem alten Bullen wie seine duftenden Leberwurststullen oder der formlose Cordhut, der das grauweiße, wuchernde Gestrüpp, das seine beginnende Glatze einzäunte, notdürftig bändigte. Friedhof, wie Kriminalrat Dr. Friedrich Hofen im Präsidium klammheimlich genannt wurde, hatte vor acht Monaten den Etat für die Anschaffung neuer, rückenschonender Bürostühle durchgedrückt. Bluhm weigerte sich als Einziger, seine durchgesessene Sitzgelegenheit dem Behördensperrmüll zuzuführen.

„Was will er?“, grunzte der Hauptkommissar.

Das „Funkemariechen“, wie die spitznamenbesessenen Mannheimer Ermittler die hellblonde Beamtin nannten, lächelte Bluhm strahlend an.

„Der Zeuge verweigert die Aussage. Er ist außerdem unkooperativ und wirkt äußerst dominant. Ich musste ihn wieder gehen lassen. Besser, du kommst in die Gänge, Blümchen."

Blümchen. Immerhin hatte sie bisher verhindert, dass dieser „Kriegsname" die Runde im Dezernat machte. Das rechnete Bluhm ihr hoch an. Das fehlte gerade noch. Bluhmepeter war schon schlimm genug, aber immerhin rischdisch Monnemerisch. Blümchen ... Blimmelsche, wie der Kurpfälzer sagte. Blimmelsche!

Er förderte aus seiner alten Aktentasche mit den Schnappverschlüssen eine Aluminiumdose und ein kariertes Geschirrhandtuch zutage, legte beides auf seinen Schreibtisch, holte aus einer Schublade ein Glas Gurken und ein mörderisch großes „Brotzeitmesser" hervor und öffnete die Dose. Augenblicklich breitete sich das Aroma von Hausmacher Leberwurst und Senf im Dienstzimmer aus. Vor Funkes Einzug hatte noch kalter Rauch diese olfaktorische Symphonie ergänzt. Immerhin, das illegale Quarzen hatte sie ihm ausgetrieben. Ganz allein. Ohne Vorschriften und Gepetze.

Mit dem spitzen Messer stocherte Bluhm nach einer Gurke und biss herzhaft hinein. Das Messer, so eine unverbürgte Legende, stammte aus der Asservatenkammer und soll einst dem Serienmörder Martin Hansdermüller als Tatwaffe gedient haben, der seine reichen Liebschaften mittels Kehlschnitt zu Erblasserinnen gemacht hatte. Siebenmal. Unsinn, natürlich. Oder? Bluhm tat nichts, um diese krude Geschichte aus der Welt zu schaffen.

Just als die Gurke im Mund des Kommissars Gesellschaft von Schwarzbrot und Leberwurst bekam, klingelte das Telefon.

„Für dich“, sagte Marianne nach einem schnellen Blick auf das Display, „Cheffe.“

Bluhm nahm ab.

„Blmmmf. “ Sein mächtiger Adamsapfel hob und senkte sich, als große Mengen Nahrung durchgeschleust wurden. Eine steile Falte erschien auf seiner Stirn.

„Binschunnerwegs“, nuschelte er, knallte den Hörer auf und biss erneut in seine gewaltige Stulle. In aller Ruhe goss er sich noch einen Kaffee in die fleckige Tasse mit der Aufschrift „Polizei: Wir kriegen jeden!“ und schlürfte die teerige Brühe geräuschvoll. Endlich wuchtete er sich in die Höhe, bedachte Marianne mit einem schiefen Grinsen und schlurfte zur Tür hinaus.

Er konnte sich nicht vorstellen, was Friedhof von ihm wollte. Zu viel war in den letzten Wochen nicht so gelaufen, wie er beziehungsweise wie der Chef das gerne gehabt hätte. Es gab einen ganzen Strauß von Anschissgründen da drinnen, dachte er, als er nach dem energischen „Herein!“ die Tür öffnete. Nicht, dass ihn so was belastet hätte. In dieser Hinsicht war er einem Grizzlybär tatsächlich ähnlich. Er hatte ein dickes Fell und, das war das Entscheidende, die beste Aufklärungsquote der Abteilung. Was scherte es eine deutsche Eiche...

Friedhof thronte in seinem neuen rückenschonenden Hochlehner, die gepflegten Hände entspannt auf der spiegelblanken Tischplatte, und lächelte. Was höchste Alarmstufe bedeutete. Die schmalen, stets misstrauisch wirkenden schwarzen Knopfaugen verliehen seinem hageren Gesicht mit den ausgeprägten Wangenknochen etwas von einem Shaolin-Mönch, und Bluhm erwartete jedes Mal, dass ihn der Kriminalrat mit der merkwürdigen Diktion Meister Yodas ansprach, was natürlich nie geschah. Friedrich Hofen sprach als Spross einer Hannoveraner Familie ein fast übertrieben korrektes Hochdeutsch. Was man von der zweiten anwesenden Person nun wirklich nicht behaupten konnte: massig und grün drehte sie ihren Sessel mit der Bedrohlichkeit eines Geschützturms zu dem Neuankömmling hin.

„Grüß Gott, Herr Kommissar", schnarrte eine wohlbekannte Stimme und Bluhms Hals schickte sich an, den Hemdknopf wegzusprengen.

„Guten Morgen, Bluhm." Das war Friedhof. Wie üblich absolut wert- und emotionsfrei.

„Hrrrm, äh, Moin, Hrrrm." Die Leberwurst wollte auch mitreden, und Bluhm kaschierte den aufsteigenden Rülpser mit grollendem Räuspern.

„Die Kollegin Lukassow haben Sie ja schon kennengelernt, nicht wahr?" Friedhof hätte auch Bestatter werden können, so pathetisch und leise wie er sprach. Dann wären die blöden Witze über seinen Namen auch gleich Programm gewesen. Lukassow hieß die grüne Knutschkugel ... irgendwo in Bluhms linkem unteren Hinterkopf glaubte er, etwas läuten zu hören. Kollegin ... die alte Vettel sah aus, als drehe sie Touristen auf dem Viktualienmarkt faule Rettiche an. Das Läuten wurde zum Schrillen, als die massige Matrone sich erstaunlich vital erhob, ihm eine rosige, fette

Babyhand entgegenhielt und ihm ein ehrlich wirkendes Lächeln schenkte.

„Lukassow, Elke. Erste Hauptkommissarin a. D. Heidelberg. Japsenrevier. Dr. Hofen hat mir empfohlen, mich mit Ihnen zu vertragen. Gehn's, san's mir net bös wegen meinem Auftritt auf dem Maimarkt. Manchmal vergess i, dass i nur no a altes Weib im Ruhestand bin."

Völlig konsterniert ergriff Bluhm die Hand. Der Rottweiler! Ja, war er denn schon dement? Wie hieß Dr. Alzheimer wieder mit Vornamen?

„Geh, samma wieder gut." Verschlagen blitzten kleine, hellblaue Augen unter der Hutkrempe. Der Rottweiler. Der tut nix. Der will nur spielen...

Nachdem sich Bluhm in den verbliebenen Besuchersessel gesetzt hatte und auch die Ex-Kollegin wieder auf ihrem gewaltigen Hintern hockte, ergriff Hofen wieder das Wort.

„Frau Lukassow war am Fundort auf dem Maimarktgelände, wie Ihnen sicher nicht entgangen ist." Das Lächeln sprach Bände. Was hatte die Alte ihm alles erzählt? Was fiel ihr überhaupt ein, hier aufzuschlagen?

„Elke Lukassow und ich, wir kennen einander schon seit über dreißig Jahren". Teufel, konnte Friedhof Gedanken lesen?

„Wir waren zusammen auf der Polizeischule. Im Sport waren wir erbitterte Rivalen. Sie war die beste Schwimmerin des Jahrgangs."

Bluhm schürzte die Lippen und versuchte, sich nicht anmerken zu lassen, was er dachte. Na ja, Pottwale waren auch gute Schwimmer...

„Sie ist zu mir gekommen, weil ihr an der Art und Weise, wie die Leiche zur Schau gestellt wurde, einiges aufgefallen war. Es gibt Parallelen zu einem spektakulären Mordfall in den Neunzigern."

Lukassow ergriff das Wort: „Statt an einem Kran drapierte man die Leiche am Scheitelpunkt eines Riesenrades. Ludwig Helland war der aussichtsreichste Kandidat für den Bürgermeisterposten. Man hatte ihn mit Geld regelrecht ausgestopft. Vielleicht haben Sie davon gehört."

Bluhm nickte benommen. Wer hatte das nicht? Die Sache hatte damals Kreise bis nach Mannheim gezogen. Ganz großes Kino. Millionenschiebereien. Die halbe bessere Kurpfälzer Gesellschaft war darin verwickelt gewesen. Das Köpferollen hatte geklungen wie ein Bowlingabend. Eine der Sternstunden für die Kommissarin. Irgendein vertrottelter Sicherheitsmann hatte dabei eine Schlüsselrolle gespielt ... das Bild eines alten Schulfreunds tauchte vor seinem inneren Auge auf. Tarzan. Du Nagel zu meinem Sarg.

„... darum möchte ich, dass Sie Frau Lukassow als Beraterin zur Unterstützung mit in Ihr Team nehmen ..."

Hä? Hatte er gerade eine Bewusstseinstrübung, oder was? Was sabbelte Friedhof da? Unterstützung? Team? In was für einem B-Film saß er hier eigentlich?

Kurz darauf gingen Lukassow und Bluhm nebeneinander den Gang in Richtung Treppenhaus entlang. Der junge Uniformierte, der ihnen begegnete, musste sich sehr dünn machen, als die beiden wie zwei Schlachtschiffe in Gefechtsformation an ihm vorbeirauschten, gehüllt in ein Aroma aus feuchter Wolle und Leberwurst.

„I bin die Elke." Sie knuffte ihn kameradschaftlich in die Seite. „I hob di net schlecht gemacht. Bin net nachtragend. Versteh di ja. Bloß des mit der Leich, des hot mir ka Ruh glost."

„Peter", brummelte er. Schleimte die sich jetzt hier ein, oder was?

„I was. Bluhmepeter, gell? Ka Angst, mir is Bluhm lieber."

Angst hatte er nicht. Wer solche Kolleginnen, äh Ex-Kolleginnen hatte...

„Eine Leiche am Kranhaken? Warst du im Weinzelt, stimmt's?" Solo brauchte ihren Partner bloß anzuschauen, um zu wissen, dass der weder betrunken noch zu makaberen Späßen aufgelegt war. Sie brauchte den Spruch, um Zeit zu gewinnen. Zeit, in der sie die hastig hervorgestoßenen Worte des aufgeregten Tarzan erst einmal sortierte und einordnete. Aber wo ordnete man so was ein?

„Elke war auch da. Die hat gleich Zoff mit dem Bluhmepeter bekommen. Ich auch", fügte er betreten hinzu. „Er hat uns fortgejagt wie x-beliebige Gaffer, der Arsch. Elke ist danach ins Präsidium. Solo, weißt du, wie das ausgesehen hat? Weißt du, an was mich das erinnert hat?" Solo nickte. Ihre graugrünen Augen sahen ihren Lebensgefährten sanft an, wie die einer Mutter, deren Kind ihr gerade einen bösen Traum erzählt hat. Ein böser Traum ... leider war das damals kein Traum gewesen. Es hatte mit einer Leiche begonnen, die man an ein Riesenrad gehängt hatte. Ausgestopft mit Geld. Fast wäre sogar ihre Beziehung in die Brüche gegangen. Für Tarzan war das ein Alptraum gewesen. Ein Alptraum, aus dem er nicht einfach so aufwachen konnte. Der Tote am Riesenrad auf dem Schriesheimer Mathaisemarkt war jedoch nur der Auftakt gewesen...

Solo musterte Tarzan, der plötzlich seltsam verletzlich aussah, trotz des Macho-Anzugs und der pomadigen Frisur. Sie umarmten einander, und Solo kostete die Berührung mit geschlossenen Augen aus. Dies war einer jener Augenblicke, in denen sie spürte, dass ihr Leben eines für zwei war. Mochte es bei ihnen vielleicht öfter mal scheppern und klirren, als bei anderen Paaren, aber sie wussten nach all den Jahren, dass man so ein Leben, wie sie es führten, nicht leichtfertig wegwarf. Komme, was da wolle.

Was kam jetzt?

Tarzans Handy meldete sich, und er befreite sich sanft aus ihren Armen.

„Ja", meldete er sich und schaltete den Lautsprecher ein. Er bedeutete Solo, ihm hinter eines der großen Plakate zu folgen, hinter denen sie eine behelfsmäßige Garderobe eingerichtet hatten. Interessenten gab es im Moment keine. Ein Junge füllte sich die Taschen mit Bonbons, sein Vater stibitzte zwei Kugelschreiber, und gegenüber gähnte der Vertreter einer Tresorbaufirma wie ein gesättigter Löwe. Was Solo vor wenigen Minuten noch einigermaßen frustriert hatte, begrüßte sie jetzt mit Erleichterung. Sie brauchten jetzt erst mal ein paar Minuten für sich.

„Ich bin auf dem Präsidium!", gellte die Stimme der pensionierten Kommissarin, und Tarzan regelte die Lautstärke etwas herunter. „Stell dir vor, was die gefunden haben: Die

Leiche hat einen Geldschein im Mund gehabt! Möglicherweise finden die noch mehr. Der Tote ist in der Gerichtsmedizin. Kannst du dir das vorstellen?“ Tarzan konnte. Nur zu gut.

„Damit wird die zufällige Ähnlichkeit so langsam zur Gewissheit. Das willst du doch damit sagen, oder?“

„Das ist Absicht!“, keifte es aus dem Smartphone. „Ich bin im Team. Der Hofen, der in Mannheim der Cheffe ist, den kenne ich von früher noch. Der hat mich als Beraterin mit reingenommen. Dem Bluhmepeter passt das zwar nicht, aber der ist nicht gefragt worden. Schmeißt mir den Stand erst mal allein. Dafür halte ich euch auf dem Laufenden, klar?“

„Klar ...“ Doch das sagte er nur noch zu seinem Handy. Lukassow hatte, wie stets bei Telefongesprächen, grußlos geendet.

„Ein Zitat“, grübelte Solo halblaut, „wenn der Tote am Kran ein Zitat ist, dann frage ich mich, in welchem Zusammenhang.“

„Mensch Solo, das ist zehn Jahre her, wieso kommt einer jetzt ...“

„Elf“, kam es ruhig zurück, „es sind elf Jahre. In Geschichte war ich eine Niete, aber an 2002 erinnere ich mich, als sei es gestern gewesen.“ Solos Blick riss alte Wunden auf. Wunden, die längst vernarbt und verheilt geglaubt waren. Doch Seelenverletzungen heilten nie ganz ab.

„Du hast Kundschaft.“ Solo deutete auf einen elegant gekleideten, blonden jungen Mann, der interessiert in den ausgelegten Prospekten blätterte. Tarzan warf seiner Partnerin einen vielsagenden Blick zu, zog die Anzughose hoch und setzte sein schönstes Dienstleistergrinsen auf.

„Guten Morgen, mein Name ist Zahn. Interessieren Sie sich für Sicherheit im betrieblichen oder im privaten Bereich?“ Dale Carnegie: Wenn du etwas verkaufen willst, dann stelle nie eine Frage, die der Kunde mit Nein beantworten kann.

„Ich beliebe, beides zu verquicken.“ Der Blick des Mannes wirkte, als sei Tarzan nackt vor ihn getreten. Die eisblauen Augen schauten nicht, sie scannten. In Millisekunden. Mit einer unfassbaren Auflösung. Tarzan spürte förmlich, wie jedes Molekül seines Körpers vibrierte. Dann diese Sprache! Der Kerl war höchstens dreißig. Ein Milchgesicht mit fast mädchenhaften Zügen. Geschminkt war er auch, aber das war ja heute nicht ungewöhnlich. Schwul. Garantiert. Oder Schauspieler. Ja, Schauspieler könnte hinkommen. Seidenhemd, Krawattenschal, taillierter, halblanger Mantel, wahrscheinlich reine Schurwolle von namentlich erfassten Schafen. Ein Collegering und eine schlichte Uhr mit Lederarmband. Professionell manikürte Hände. Maßschuhe. Ja, auch Tarzans Schlupflidlinsen konnten scannen.

Ein amüsierter Ausdruck breitete sich auf dem feingeschnittenen, höchstwahrscheinlich mit dem Messer rasierten Gesicht aus, als der Besucher Tarzan eine Visitenkarte und eine Präsentationsmappe reichte.

„Mein Partner und ich haben die Absicht, unser kleines Unternehmen in naher Zukunft an einen standesgemäßen, repräsentativen Ort zu verlagern. Das Objekt unseres Interesses ist ein Haus aus der Gründerzeit. Details finden Sie in dieser Mappe. Wir erwarten ein Angebot über Maßnahmen, die zu einer umfassenden mechanischen und elektronischen Absicherung nötig sein werden. Ich denke, Sie und Ihre Partnerin sind hierfür formidabel geeignet. Guten Tag."

Verdutzt schaute Tarzan dem mit raschen Schritten davoneilenden Mann nach. Sein Mantel wehte wie der Umhang eines mittelalterlichen Edelmannes. Ausgezeichnete Haltung! Ein Abgang wie von einer Opernbühne. Hatte er wirklich formidabel gesagt?

Tarzan schaute sich die Visitenkarte an:

Verlagshaus Sherrinford & Sacker Ltd.

Mannheim – London – Mumbai

Maximilian Appelgaaden

CEO

CEO hieß Chief Executive Officer. Chef eben. Teufel, warum hatte er in der Schule nicht besser aufgepasst?

Solo trat neben Tarzan und griff sich die Mappe. „He, du siehst aus, als hätte der Junge dir ein unsittliches Angebot gemacht. Attraktives Kerlchen. Was war das für einer?"

„Ein Verleger", brummte Tarzan, „ziemlich international, wenn man dem Kärtchen glauben darf, und ziemlich abgehoben. Ganz formidabel abgehoben, würde ich sagen."

„Formi…was? Hast du was geraucht?" Solo erwartete keine Antwort; sie blätterte in der Mappe. „Verleger, so. Wohl eher Oligarch, wenn ich mir anschaue, wo er seinen Laden ansiedeln will. Der war doch noch gar nicht trocken hinter den Ohren. Garantiert verbrät er hauptberuflich Papas Milliarden."

Tarzan zuckte die Achseln. „Wenn das so ist, werden wir unsere Gebührensätze an die Gegebenheiten anpassen, was meinst du?“

Solo schlug Tarzan geräuschvoll auf die Schulter. „Ich meine, dass ist das Klügste, was du in den letzten zehn Jahren von dir gegeben hast.“ Für einen Augenblick vergaß Tarzan sogar den Anblick des am Kranhaken baumelnden Toten.

Heidelberg, Institut für Rechtsmedizin

„Tiefgekühlt, mein Lieber. Käpt'n Iglo würde vor Neid erblassen.“ Schoppi wies auf den feuchtglänzenden, nackten Leichnam auf dem Edelstahltisch, „Er ist noch immer nicht voll aufgetaut. Ich tippe auf eine Verweilzeit in einer Tiefkühlung zwischen vier Tagen und zwei Wochen.“

Bluhm schnaubte enttäuscht wie ein Kaltblutpferd. „Sehr hilfreich. Hast du wenigstens eine Todesursache für mich?“

Die Professorin wiegte den Kopf. „So wie es aussieht, ist der Mann an multiplem Organversagen gestorben. Der Zustand einiger Organe deutet daraufhin, dass dieser Tod aber schon vor weitaus längerer Zeit eingetreten ist. Ich rede hier nicht mehr von Tagen oder Wochen, sondern von Monaten, Herzchen, außerdem ...“ sie machte eine bedeutungsvolle Pause, „... habe ich Spuren von Schwermetallen und deren Abbauprodukten in solchen Mengen gefunden, dass jeder Flughafenscanner wahrscheinlich einen Kabelbrand bekommen hätte. Wenn du mich fragst, hat der sich entweder jeden Morgen einen Esslöffel Quecksilber ins Müsli gerührt oder regelmäßig Inhalationskuren in einer Eisengießerei genossen. Geschätztes Alter zwischen dreißig und achtunddreißig, schwere Skoliose, beginnende Osteoporose, stark abgenutzte Gelenke. Der Körper eines Hundertjährigen. Die Lunge ist ein Schlackebrocken, aber die haben wir beide auch. Kaukasischer Typus, die Kleidung, die er trug, ist definitiv nicht seine eigene und wohl eigens für diese merkwürdige Präsentation beschafft worden. Die Klamotten habe ich bereits an euer Labor geschickt. Mein Resümee lautet daher: Der arme Teufel ist mit Sicherheit nicht ermordet worden. Zumindest nicht spontan. Ich tippe auf ein Leben in äußerst ungesunder Umgebung, auf Mangelernährung und enormen Alkoholkonsum."

„Hört sich an, als käme er von der Tschänau[3]", brummelte Bluhm mürrisch.

„Womöglich ist er mit dir zusammen aufs Brettergymnasium gegangen, Schätzel. Das sollte die Sache doch vereinfachen, oder? Spaß beiseite. Einige Zahnreparaturen und eine alte Operationsnarbe lassen mich auf einen Osteuropäer tippen."

„Kein Mord?" Bluhm schürzte die Lippen.

„Kein Mord."

„Na dann ..." Bluhm grinste Lukassow an, die die ganze Zeit schweigend um den Tisch gelaufen war und sich die Leiche sehr genau angesehen hatte. „Dann geht's mich nichts mehr an. Schönen Tag noch, Mylady."

---

3 Umgangssprachlich für den Mannheimer Stadtteil Schönau

„Mooooment!“ Elke Lukassows kleine Augen blitzten angriffslustig, „Das geht dich sehr wohl etwas an, Bluhm! Die Auffindesituation zeigt eindeutige Bezüge zu einem Mordfall, den ich in den neunziger Jahren bearbeitet habe. Zweifelsfrei! Du erinnerst dich doch daran, was ich dir auf der Fahrt hierher über die Kreuzigung am Riesenrad erzählt habe, oder? Der oder die Täter wollen uns mit der Präsentation der Leiche etwas mitteilen. Es ist ein Rätsel. Ein Rätsel, das ich lösen werde!“

Bluhm sah entnervt in die Batterien weißer Leuchtstofflampen an der Decke und seufzte. „Liebe Kollegin a. D!“ Er betonte das a. D. überdeutlich. „Wir haben hier zweifellos Erregung öffentlichen Ärgernisses, Störung der Totenruhe, unbefugtes Bedienen eines Krans sowie unbefugtes Betreten des Ausstellungsgeländes, wobei Letzteres noch nicht erwiesen ist. Deine Heidelberger Ex-Kollegen werden dir bestimmt die alten Akten heraussuchen, da kannst du dich dann so richtig reinknien. Was mich betrifft, ich mache jetzt Feierabend. Ich bin stark unterhopft und brauche jetzt ein Bier.“

Mannheimer Maimarkt, Tag 2

„Da bekommt man ja richtig Lust zum Sterben.“ Der Mann am Tor 2 musterte den schwarzglänzenden Leichenwagen anerkennend. Die Frau in der dunklen Uniform hinter dem Steuer nickte herablassend und reichte ihm ein Visitenkärtchen.

„Wenn es soweit ist, soll Ihre Frau da anrufen. Tag und Nacht. Der Caddy hier kostet aber extra. Oder Sie kommen einfach mal zum Probeliegen in Halle 38. Da können wir bei einem Gläschen Prosecco gleich über einen Messerabatt plaudern."

„Nein danke", schnaufte der Mann, „dafür bin ich doch ein wenig zu sensibel. Gute Geschäfte wünsche ich Ihnen. Den vom Kranhaken gestern haben Sie sich sicher gleich geschnappt, oder?"

„Das macht der Bühn, wenn die Leiche freigegeben ist. Wir haben unsere Reviere brüderlich geteilt. Ist schließlich ein sicheres Geschäft. Schönen Tag, Herr Miskovic."

„Nehmen Sie noch einen Flyer mit, man kann nie früh genug an später denken!", schaltete sich der Beifahrer ein, ein bleicher Mann mit merkwürdig starren Gesichtszügen, und hielt dem Torwächter ein Faltblatt hin.

Slobodan Miskovic sah dem monströsen Schlachtschiff kopfschüttelnd hinterher. Als Bestatter musste man wohl schon einigermaßen schmerzfrei sein. Er studierte die Visitenkarte: 1. Ludwigshafener Bestattungsinstitut Henss. 24-Stunden-Service. Ja, der Sensenmann hatte keine geregelten Arbeitszeiten.

Die Frau lenkte den Wagen in die Lanzstraße, die das eigentliche Maimarktgelände von dem ganzjährig geöffneten Deutschen Fertighaus-Center trennte. In Höhe der Halle 35 stoppte sie und der blasse Mann stieg aus. Wie ein geschulter Leibwächter sah er sich nach allen Seiten um, dann hob er einen Daumen. Sauber. Gekonnt steuerte die Frau den Cadillac rückwärts vor ein schmuckes Einfamilienhaus im friesischen Stil, hübsch verklinkert und mit breit ausladendem Walmdach. Dann ging alles ganz schnell: Die Heckklappe wurde geöffnet, der Deckel des Sarges klappte an Gasdruckfedern nach oben und gab den Blick auf einen schwarzen Leichensack aus Kunststoff frei. Die Frau schien ziemlich kräftig zu sein, denn sie wuchtete den Sack allein aus dem Sarg. Zu zweit trugen sie ihre Last, die deutlich menschliche Umrisse aufwies, ins Haus. Das Deutsche Fertighaus-Center war ein richtiges kleines Dorf mit gut drei Dutzend Häusern verschiedener Anbieter. Die Küche des kleinen Backsteinhauses hatte den Ausschlag gegeben. Sie war eine der wenigen, in der der Backofen nicht in Brusthöhe eingebaut war. Das war wichtig.

Fünf Minuten später saßen die beiden wieder in dem schwarzen Monstrum.

„Wir stellen jetzt das Auto in der Halle 38 ab und dann gleich in die Halle 10, mein Hüfthalter bringt mich um!“, sagte die Frau und lächelte ihren Helfer an. „Du siehst aus wie ein Vulkanier – mit der Maske. Geht’s dir gut?“

Der Beifahrer imitierte den unterkühlten Tonfall Mr. Spocks aus der Serie Raumschiff Enterprise täuschend echt: „Ich würde sagen, den Umständen entsprechend, Captain. Urtümliche Rituale wie das Ausstellen von Toten fand ich schon immer faszinierend.“

„Im Durchschnitt gibt jeder Maimarktbesucher ungefähr fünfhundert Euro aus.“ Stefan Schössow grinste seine Frau an. „Das heißt, dass heute mindestens vierhundert verzichten müssen.“

„Wir wollten nur schauen, weißt du noch?“, erwiderte seine Frau und schaute sich skeptisch um. „Außerdem habe ich noch nichts gefunden, was mich überzeugt.“

„Was dich überzeugt, steht in London, und eine alte Dame, die klobige Handtaschen und alberne Hüte trägt, wohnt noch darin. Das da sieht doch schnuckelig aus.“ Der kräftige Mann mit der Bud-Spencer-Figur deutete auf ein Landhaus mit Walmdach, Erkern und Türmchen.

„Wenn du glaubst, ich klettere, den ganzen Tag auf Leitern rum, um die dämlichen Kirchenfenster zu putzen, hast du dich aber verrechnet, mein Guter.“ Christiane Schössow zündete sich eine Zigarette an und blies den Rauch verächtlich in Richtung des Traumhauses. „Wo ist überhaupt Celine?“

„Eben war sie doch noch da.“ Stefan Schössow schaute sich suchend um, ließ schließlich einen durchdringenden Pfiff hören und rief laut den Namen seiner Tochter. Sicher drehte sie gerade in einem der Häuser den Gashahn auf, leitete den Pool in die Souterrainwohnung um oder ritzte ihre Initialen in eine achttausend Euro teure Eingangstür. Das Übliche eben, was siebenjährige Töchter so taten, wenn sie sich unbeobachtet glaubten.

„Celine! Du Saumensch! Komm sofort her!“ Den Begriff „Saumensch“ verwendete Christiane je nach Anlass entweder ironisch-bewundernd oder bebend vor Zorn. Diesmal siedelte sie die Tonlage irgendwo in der Mitte an.

„Celine!“ Das klang schon ziemlich sauer.

„Papa! Hier bin ich! Papa, machst du ein Foto?“ Erleichtert sahen die Eltern und die ältere Schwester Michele einen kleinen Wirbelwind mit brauner Lockenmähne aus einem der Häuser stürzen.

„Machst du ein Foto von mir mit der Leiche? Bitte, Papa, in der Schule werden sie platzen vor Neid!“

„Wen hast du denn dieses Mal umgebracht, du böses kleines Mädchen, du?“ Schössow, der die oft überbordende Fantasie seiner Tochter kannte, ging in die Knie und schaute ihr in die Augen: „Man bringt keine fremden Leute um, das tut man nicht!“ Celine schaute ihren Vater aus ihren großen braunen Augen treuherzig an: „Das heißt, man darf nur welche töten, die man gut kennt?“

Der Vater kapitulierte vor so viel geballter Logik und setzte sie ab. Augenblicklich marschierte sie zurück zu dem hübschen Backsteinhaus, aus dem sie gerade gekommen war.

„Das wäre schon eher was für uns“, bemerkte Christiane, „gemütlich und nicht zu groß.“

„Ja, und wegen der Leiche drücke ich anständig den Preis“, antwortete ihr Mann und sie folgten lachend ihrer Tochter, die mit leuchtenden Augen in der offenen Eingangstür stand und aufgeregt winkte.

„Hier, damit ihr mir nicht unterzuckert.“ Elke Lukassow balancierte ein Tablett mit drei Maimarktbechern mit der linken Hand wie eine geübte Wies’n-Bedienung. Tarzan strahlte und räumte den Campingtisch frei, der hinter den Stellwänden stand.

„Setz dich, Elke, die nächste Runde geht dann aber auf uns.“ Solo war im Gespräch mit einem Journalisten des Mannheimer Morgens und winkte Elke kurz lächelnd zu.

„Sieht aus wie eine richtige Business-Woman, deine Solo“, bemerkte Lukassow, während sie sich vorsichtig auf einem der wackeligen Klappstühle niederließ.

„Granatenmäßig, oder?“ Tarzan schaute stolz zu seiner Partnerin. „Sie hat schon zwei Aufträge für Sicherheitsanalysen an Land gezogen. Wenn jetzt noch der versnobte Verleger tatsächlich wiederkommt, kann sie nicht mehr sagen, dass wir hier Geld zum Fenster rausschmeißen.“ Er griff nach dem Becher, einem Kalorientraum aus Erdbeeren, Bayrischer Creme und Biskuit mit starkem Suchtpotential, und rollte verzückt die Augen.

„Habt ihr schon was herausgefunden, wegen dem Toten von gestern?“

„Ha!“, knurrte die pensionierte Kommissarin ärgerlich und zog eine zusammengefaltete Zeitung aus einer ihrer unergründlichen Innentaschen, „männlich, wahrscheinlich Osteuropäer, verstorben durch jahrelange Zuführung aller möglichen Giftstoffe entweder umweltbedingt oder wegen ungesunder Arbeitsbedingungen. Kein Mord. Genauer Todeszeitpunkt nicht mehr feststellbar, tiefgekühlt, und zwar für ziemlich lange Zeit. Keine Vermisstenfälle, auf die die Beschreibung auch nur annähernd zuträfe, keine Suchanfragen aus dem Ausland, keine wandernden Untoten. Das hier ...“, sie legte die Zeitung zwischen die Maimarktbecher, „... hat ein ganz Schlauer an alle möglichen Tageszeitungen, Magazine sowie Fernseh- und Radiosender verteilt.“

Tarzan schob sich einen großen Löffel Bayrische Creme in den Mund und studierte das Foto. Es war erstaunlich gut gelungen und zeigte die Leiche mit der Zeltstadt des Maimarkts im Hintergrund.

„Die Perspektive ist mächtig verkürzt“, bemerkte er, „da hat einer ein Zoom von den Ausmaßen einer Bazooka verwendet. Mindestens 600er Brennweite.“

„800, mein Lieber. Das Labor tippt auf ein Nikkor Profitele, die haben das Bild genau vermessen und den Aufnahmeort auf den Meter genau ermittelt.“

„Ach, und den Fotografen in seinem Tarnzelt beim Raviolikochen hopsgenommen?“

Lukassow lachte freudlos. „Schön wär's, aber die Blöden gehen heute ehrlicher Arbeit nach. Die gehen zur Polizei, betreiben eine Sicherheitsklitsche oder spielen Miss Marple.“ Nanu? Selbstironie bei Lukassow? Das Leben barg immer noch Überraschungen. Tarzan sah Elke forschend an.

„Wo hat er gestanden? Ich tippe auf die A6. Am Mannheimer Kreuz. Ganz ohne Labor und Vermessung.“

„Genau. Wir haben einen Zeugenaufruf gestartet. Kommt heute noch im Radio, und die Zeitungsfritzen drucken das auch ab. Ich frage mich nur, was das Ganze soll.“

„Dieses war der erste Streich“, las Tarzan laut vor. Der Text war belanglos. Eine Menge kruder Vermutungen und amateurhafter Analysen der Redakteure. „Klingt, als ginge das fröhlich weiter.“

„Hör bloß auf“, brummelte die Lukassow, „das fehlte noch, dass einer den Maimarkt für seine perversen Spielchen benutzt. Stell dir bloß mal vor, was hier los ist, wenn hier noch mehr Tote auftauchen. Ich darf gar nicht daran denken. Dein Bluhmepeterkumpel scheint mir dafür so geeignet zu sein wie ein Hund, der einen Haufen Knochen bewachen soll."

„Bluhm ist ein guter Ermittler, er hat damals Solo das Leben gerettet. Du kennst ihn nicht, der hat was drauf, obwohl er aussieht wie ein Bahnhofspenner, du siehst ja auch nicht aus wie ..."

„Wie?" Elke kniff die Augen zusammen, so dass Tarzan nur noch zwei Schlitze sah, die aussahen, als würden sie gleich tödliche Laserstrahlen aussenden.

„Wie, äh ..." Tarzan stammelte, sein Hirn suchte verzweifelt einen Ausweg aus dem Tausend-Liter-Fettnapf in den er gerade gefallen war. „... ich meine, du siehst auch nicht aus wie ... James Bond!" Die Laserschlitze gingen einen Millimeter auf.

„Sondern ...?" Klingen klirrten, Ketten rasselten, Messer wurden gewetzt.

„Wie Elke Lukassow, die beste Maimarktbecher-Transporteurin der Stadt!", tönte Solos Stimme mit erfrischender Fröhlichkeit dazwischen. „Das war Thomas Langscheid. Wir kriegen einen Vierspalter in der Samstagsausgabe. Er kommt heute Mittag mit dem Fotografen. Sieh zu, dass du dir bis dahin die Bayrische Creme von der Backe geputzt hast, du alte Wutz." Tarzan wischte sich instinktiv mit dem Ärmel seines Jacketts übers Gesicht, was dem Kleidungsstück absolut nicht gut bekam und Solo einen Seufzer der Verzweiflung entrang.

In die zum Glück wieder hergestellte Entspannung tönte die Tatort-Melodie. Elke fischte umständlich ihr Smartphone aus ihrem Mantel, schaute kurz auf das Display und knautschte ihr Gesicht zur Karikatur eines melancholischen Mopses zusammen.

„Ja!“, bellte sie ungehalten. Sekunden später nahm ihr Gesicht die exakt gleiche Farbe wie die Bayrische Creme an Tarzans Sakkoärmel an.

„Du verarschst mich doch, oder?“ Solo und Tarzan schauten einander erstaunt an. Schwang da ein flehendes Bitten mit? Der gewaltige Dom des Lodenmantels hob und senkte sich, als Lukassow heftig atmend in das Gerät horchte.

„Wo? Fertighaus-Center? Ostteil? Bin schon unterwegs!“ Mit verblüffender Geschwindigkeit erhob sich die füllige Frau, der Mantel wehte, als sie sich umdrehte und fegte die glücklicherweise fast leeren Maimarktbecher vom Tisch, was sie nicht einmal bemerkte. Wie ein filzgrüner Tsunami brauste sie aus der Halle.

„Hallo? Habe ich eben was nicht mitgekriegt?“, fragte Solo und sah Tarzan ratlos an. In der Ferne ertönte ein Martinshorn. Es schien näherzukommen. Dann ein weiteres ... auch dieses wurde schnell lauter.

„Du oder ich?“, fragte Tarzan.

„Hä?“

„Fertighauscenter, Ostteil. Das ist hier ums Eck. Elke ist bestimmt nicht wie ein Kugelblitz losgerast, weil es da billig Mottenkugeln für ihren verfilzten Mantel gibt.“

„Du bist so naseweis wie ein Schuljunge, weißt du das? Ich gehe. Das hier ist deine Party, falls du dich noch erinnerst. Tschüss!“

Kopfschüttelnd schaute Tarzan Solo nach, die trotz der ungewohnten Stöckelschuhe erstaunlich flott aus dem Zelt marschierte.

„Naseweis?“, brummte er vor sich hin. „Nein, Solo ist nicht naseweis. Gar nicht.“ Er ging die drei Schritte zum Eingang und linste hinaus. Irgendwo auf der anderen Seite des riesengroßen Messezeltes verstummten die Sondersignale. Was nichts heißen musste. Bei bis zu 20.000 Besuchern pro Tag waren die Sanitäter oft im Einsatz, um Menschen, denen ihr Kreislauf Probleme bereitete, zu helfen, Schluckspechte aus dem Festzelt zu tragen oder wie gestern erst, ein Verkaufsgenie ins Klinikum zu transportieren, dessen elektrisches Wundermesser in vier Sekunden einen kompletten Rettich zerkleinerte und in einem Bruchteil davon den Zeigefinger des Wortgewaltigen gleich mit geschreddert hatte. Tarzan überlegte gerade, ob er es riskieren konnte, den Stand für ein paar Minuten unbeaufsichtigt zu lassen, als er die hochgewachsene Gestalt Maximilian Appelgaadens bemerkte, der zielstrebig durch die vorbeiströmende Menge in seine Richtung schritt. Ja, er ging nicht, er schritt. Wäre er nicht so jung gewesen, hätte Tarzan auf eine jahrelange Militärkarriere getippt. Sein Kurs führte direkt zu Tarzan. Respektvoll teilte sich der Besucherstrom, was Menschenmengen für Tarzan nie taten. Er nannte es das Moses-Prinzip. Entweder war er zu unscheinbar oder zu klein, oder er preschte einfach nicht selbstsicher genug auf andere zu.

„Herr Zahn! Just verschlug es mich in diese Gegend, und da wollte ich es partout nicht versäumen, mich nach dem Sachstand der Dinge zu erkundigen, über die wir jüngst gesprochen haben, mein Lieber.“ Das breite Lächeln entblößte ebenmäßige Zähne, die belustigt blitzenden Augen warben um Sympathie und die schon von weitem ausgestreckte, gepflegte schlanke Hand wirkte wie die eines Dirigenten, der die Choreografie der Maimarktbesucher leitete.

„Herr, Appelgaaden, schön, Sie zu sehen, wie geht es Ihnen?“ Oder hätte er Euch sagen sollen? Sehnsüchtig warf er einen Blick nach draußen, schüttelte seinem potenziellen Kunden die Hand und führte ihn zu der kleinen Sitzgruppe.

„Entschuldigen Sie das kleine Missgeschick.“ Er bedeutete seinem Gast, Platz zu nehmen, und sammelte die Plastikbecher vom Boden auf. „Kaffee? Etwas Kühles?“

„Tee wäre gut, aber wenn Sie keinen haben, tut es auch ein Wasser.“

Tarzan hatte keinen Tee und keine Lust, jetzt mit diesem Dandy Smalltalk zu treiben, nachdem im Hintergrund schon wieder ein Martinshorn zu hören war.

Appelgaaden hatte die Nervosität seines Gegenübers bemerkt und unterdrückte ein affektiertes Gähnen. „In einem der Fertighäuser hat man eine Leiche aufgefunden. Der ideale Einstieg in einen Dialog über Einbruchsschutz und Gebäudeüberwachung, finden Sie nicht?“

Normalerweise war das Fertighauscenter durch einen Zaun vom Maimarktgelände getrennt. Während der Messe waren die Tore allerdings geöffnet, und so konnten sich die Besucher der Ausstellung auch gleich noch die Musterhäuser anschauen, oder einfach nur gemütlich durch die bedeutend ruhigeren Straßen dieses künstlichen Dorfes wandeln. Jetzt waren nur noch die zwei vorderen Durchgänge passierbar, die linke hintere Ecke mit einem halben Dutzend

Häusern war hermetisch abgeriegelt worden. Einer der Beamten, die das hintere Tor bewachten, kannte Lukassow noch aus ihrer Dienstzeit und begann ein kurzes Gespräch mit ihr, in dessen Verlauf Solo noch zu ihnen stieß. Der Polizeiobermeister ließ beide passieren, nachdem Lukassow ihren Beraterausweis vorgezeigt hatte, den ihr Kriminalrat Dr. Hofen ausgestellt hatte.

Das Haus, um das es ging, war leicht zu finden. Vier Streifenwagen, ein Rettungswagen und zwei Zivilfahrzeuge parkten davor. Auf einer der Bänke, die im ganzen Gelände zu finden waren, saß eine vierköpfige Familie, die von einer Notärztin und zwei Rettungsassistenten betreut wurden. Etwas weiter weg stand ein silberner Mercedes-Leichenwagen. Die beiden Bestatter lehnten rauchend an der ausladenden Karosserie. Bluhm kam gerade aus dem Haus. Zwei uniformierte Beamte begleiteten ihn, und für einen Unbeteiligten sah es aus, als führten sie einen Mörder ab. Bluhm verzog das Gesicht, als er die beiden Frauen sah.

„Das ist Bertha Solomon, wir sind Geschäftspartnerinnen. Sie ist die Lebensgefährtin von Herrn Zahn, Zivilistin, und wenn du willst, kannst du jetzt wieder den Harten markieren, Platzverweise aussprechen und die Ermittlungen in die Länge ziehen. Was haben wir denn hier? Störung der Totenruhe, unbefugtes Betreten der Anlage, oder so?“

Der Seufzer, den der Bluhmepeter von sich gab, sprach Bände. Doch Bluhm hatte sich entschieden. Hilfe konnte nicht schaden. Nicht nach der zweiten Leiche.

„Geht rein, aber nur in den Flur, die Spusi ist noch zugange. Aber es ist alles gut zu sehen. Tolles Arrangement. Ihr werdet eure helle Freude haben.“

Mit einem seltsamen Gefühl im Bauch folgte Solo Elke in das Haus. Ein schönes Gebäude. Ein bisschen zu romantisierend für Solos Geschmack, aber entschieden einladend und gemütlich. Kein Ort zum Sterben, oder?

Der Flur war klein. Drei Türen gingen davon ab. Links befand sich eine Gästetoilette, geradeaus sah man ein komplett eingerichtetes Wohnzimmer, rechts war die Küche...

Solos Herzschlag setzte für einen Augenblick aus, als sie über den flachen Filzhut der viel kleineren Ex-Hauptkommissarin die morbide Szene erkannte. Drei Männer und eine Frau in den typischen weißen Einwegoveralls befanden sich in der großen Landhausküche, fotografierten, vermaßen und beschrifteten Tütchen mit sichergestelltem Material. Sie blickten kurz auf, als sie ihr Publikum bemerkten und setzten ihre Arbeit fort. Wer hier hereinkam, war berechtigt. Nicht ihre Aufgabe, das zu hinterfragen, auch wenn Rotkäppchens Großmutter gemeinsam mit einer schicken Bordellchefin im Türrahmen standen.

„Scheiße ...“ Geflüstert, fast gehaucht, kam das derbe Wort über Solos bebende Lippen. Der Filzhut wippte kurz auf und ab, als Lukassow nickte.

„Jetzt hat Bluhmepeter ein Problem“, brummte sie. „Jetzt wissen wir, dass der Mann am Kran kein Zufall war. Ein Zitat. Wir haben hier in jedem Fall wieder ein Zitat!“ Den letzten Satz sprach sie so laut aus, dass einer der Spurensicherer sie überrascht ansah.

Vor Solos Augen verwandelte sich die moderne Landhausküche in einen Raum mit steinernem Spültisch, geölten Weichholzmöbeln, einem alten Gasherd und einem

Sprossenfensterchen mit karierten Gardinen. Sogar der Geruch kroch ihr wieder in die Nase. Der entsetzliche Gestank nach versengten Haaren und verkohltem Fleisch. Sie versuchte, das Bild zu verdrängen, den Geruch zu verbannen, das Würgen niederzukämpfen. Ein Zitat? Welch harmloser Ausdruck für dieses grauenhafte Bühnenbild, diese perverse Kollage aus einem toten Körper, zwei Küchenstühlen und dem offenstehenden Backofen.

Es war in den neunziger Jahren des vergangenen Jahrhunderts gewesen. Gott, wie sich das anhörte. Dabei war es Solo, als sei es gestern gewesen, als Tarzan, die Hand vor den Mund gepresst, aus dem kleinen, alten Fachwerkhaus in Hemsbach an der Bergstraße gestürzt war, um sich im Hof die Seele aus dem Leib zu kotzen.[4]

Damals hatte sie auch im Rahmen einer Küchentür gestanden. Doch damals war es keine gestellte Szene wie hier gewesen, sondern brutale Realität: Der Mörder hatte sein Opfer gefesselt auf zwei nebeneinander gestellte Küchenstühle gelegt und diese so angeordnet, dass der Kopf des Armen im Backofen steckte. Dann hatte er den Ofen auf 160° C geschaltet und war ungesehen geflohen. Erst nach über zehn Stunden hatten Solo und Tarzan den Leichnam gefunden.

„Komm, Solo!" Solos Geist kehrte langsam zurück. Lukassow redete wohl schon eine ganze Weile auf sie ein. Benommen gab sie dem Drängen nach und ließ sich wie eine Blinde nach draußen führen.

„Na, Spaß gehabt?", empfing Bluhm sie, in der rechten Hand eine halbaufgegessene Bratwurst, in der linken eine

4 s. Tod im Saukopftunnel. Heyne. München 2008.

Flasche Bier, das absolut nicht nach einem alkoholfreien aussah. Solos Blick fiel auf die Bratwurst, sie wandte sich ab und schaffte es gerade noch in die Deckung einer Hecke, wo sie sich geräuschvoll erbrach.

„Schmeckt's?“, fragte Elke den Kommissar, der angewidert den letzten Bissen der Grillwurst ausspuckte.

„Jetzt nicht mehr. Hört sich ja an, als würde jemand einen Gaul schlachten!“

„Depp, damischer!“, giftete die Lukassow, „Komm mit, ich erzähl dir mal was, da kannst du dich gleich nebendran stellen ...“

„... absolute Geheimhaltung!“ Der Kriminalrat hatte seine Stimme erhoben, was selten vorkam. Hofen sah die versammelten Ermittler und Mitarbeiter ernst an. Der Besprechungsraum im dritten Obergeschoss des Mannheimer Polizeipräsidiums war brechend voll. Der Fund der zweiten Leiche schlug gewaltige Wellen. Jede Frau und jeder Mann in dem ehemaligen großherzoglichen Bezirksamt, dem der Krieg die schmucken Türme und Giebelbauten genommen hatte, war sich darüber im Klaren, was es bedeutete, wenn die Öffentlichkeit von einer weiteren derart präsentierten Leiche erfahren würde. Glücklicherweise zählte das Deutsche Fertighaus-Center zu den eher spärlich frequentierten Einrichtungen an der Peripherie des Mannheimer Maimarkts. Erfreulicherweise hatte Stefan Schössow besonnen reagiert und sofort die Polizei verständigt. Nemeths Leuten war es gelungen, die unmittelbare Umgebung des Fundortes in Rekordzeit abzudichten wie ein havariertes Gefahrgutfass. Dieser Begriff traf es ziemlich gut. Gefahrgutfass. Ein Fass, dessen Überlaufen tunlichst zu verhindern war.

Kriminalrat Hofen hatte seinen Mitarbeitern eine detaillierte Zusammenfassung der Leichenfunde (von Mordopfern sprach man nach den jüngsten Erkenntnissen der Rechtsmedizinerin Schopenhauer natürlich nicht mehr) sowie des derzeitigen Ermittlungsstandes gegeben. Der wie immer elegant gekleidete Kriminalrat leckte sich die trocken gewordenen Lippen und ließ seinen Blick aufmerksam über die versammelten Männer und Frauen schweifen. Sie waren gut. Seine Leute. Er war stolz, dass es in Mannheim keine internen Querelen, Seilschaften oder geheimen Klüngel gab. Er hatte seine eigenen Wertvorstellungen aus seiner Stuttgarter Großbürgerfamilie mitgebracht und hier in den vergangenen zehn Jahren installiert. Vertrauen – Kompetenz – Respekt, das war sein Mantra. Vertrauen und Respekt brachte er jedem hier entgegen, forderte sie aber auch für sich selbst und für die Arbeit ein, die hier geleistet wurde. Vielleicht konnten sie ja wirklich die zweite Leiche unter Verschluss halten...

Sie konnten nicht.

„Dr. Hofen!“ Arsu Yildirim streckte die linke Hand, in der Rechten hielt sie ihr iPhone. Hofen hob seine aristokratischen Brauen und nickte der jungen Kommissarin zu. „Bitte, Frau Yildirim.“

Die junge Frau stand auf und bahnte sich mühsam einen Weg aus der dritten Reihe. Mit einem leicht verstimmten Zug um den Mund hielt sie Hofen das Gerät vors Gesicht.

„Bereits am Vormittag wurden diese Bilder auf Facebook gepostet. Mittlerweile haben über 230 Nutzer den „Gefällt mir“-Button geklickt. Die Kommentare sprechen für sich. Die Bilder wurden offenbar noch vor dem Eintreffen der Kollegen gemacht, ich vermute, von einer der auffindenden Personen. Es sollte mich nicht wundern, wenn sich die Medien hier bereits begeistert bedient hätten. Tut mir leid, aber ich denke, das war's, was die Geheimhaltung betrifft. Wir sollten uns schnell über die anzuwendende Strategie einigen.“

Ein Raunen und Murmeln erfüllte den Raum, und so gut wie alle verfielen in die vornübergebeugte Zwangshaltung, die den modernen aufgeklärten Menschen von heute zu eigen war, wenn sie ihre Smartphones checkten.

Ein kleiner Hund, der vergeblich versuchte, sich als Kampfhund zu gerieren, begrüßte kläffend den uniformierten Polizisten, der an dem frisch renovierten, hübschen Einfamilienhaus in der Lampertheimer Ringstraße vergeblich nach einer Klingel suchte.

Das Bellen des vierbeinigen Mr. Boombastic wurde gleich darauf von energischen „Billy-Billy-BILLY!“-Rufen übertönt. Die Frau, die zu der Stimme gehörte, war zwar auch nicht groß, hatte aber keinerlei Problem damit, sich Respekt zu verschaffen. Bei Hund und Polizist gleichermaßen.

„Frau Schössow?“, fragte der Beamte höflich, wobei er den Fehler beging, das W wie ein F auszusprechen.

„Schösso bitte, ohne W. Wir sind schließlich keine Russen. Was ist? Hat er die Briefträgerin angepinkelt?“ Die Frau stemmte die Arme in die Hüften und sah den Polizisten mit vorgerecktem Kinn kriegerisch an. Armin Scheller begriff, dass der Hund hier nicht der Wachhabende war. Das Grinsen seiner Kollegin im Streifenwagen auf der anderen Seite der Straße bemerkte er zum Glück nicht.

„Ich bin Polizeiobermeister Scheller, wohnt hier eine Michele Weber?“

„Nein!“ Das Kinn wurde noch spitzer, die Augen blitzten.

„Nicht? Nach meinen Unterlagen müsste unter dieser Adresse...“

„Die wohnt hier nicht, sie haust hier! Samt Meerschwein, Hase und weißer Ratte! Kommen Sie rein, aber machen sie mir bloß keinen Dreck. Haxen abkratzen, ganz besonders, wenn Sie aus Mimis Zimmer wieder rauskommen. Saumensch, das.“

Scheller atmete tief ein. Es ging doch nichts über eine einmütige Mutter-Kind-Beziehung. Er kannte das. Oh, und wie. Er hatte eine fünfzehnjährige Tochter und einen achtzehnjährigen Sohn. Saumensch. Schönes Wort ... und so passend. Er zog ein Dokument aus der Tasche seiner Lederjacke.

„Es geht um das Mobiltelefon Ihrer Tochter, ich bin hier, weil uns die Mannheimer Kollegen um Amtshilfe gebeten haben. Ich soll es mitnehmen. Sie bekommt es wieder, wenn wir es untersucht haben.“

Die Frau sah ihn an, als hätte er verlangt, ihre Tochter an einen arabischen Mädchenhändler zu vermitteln.

„Ihr Handy wollen Sie?“ Sie lachte humorlos. „Na, dann rufen Sie mal das SEK an. Das wird ein Heidenspaß. Mimi gibt ihr Handy nicht her. Das müssen sie ihr schon aus der Hand schneiden.“

„Wie alt ist Ihre Tochter? Sie ist doch Ihre Tochter, oder?“

„Die Süße ist vierzehn. Ja, sie ist meine Tochter, ich bin in zweiter Ehe verheiratet. Ihr stoßt eure Streifenwagen ja auch ab, wenn sie anfangen zu scheppern und schlecht zu riechen, oder?“ Sie schenkte ihm einen verführerischen Augenaufschlag, und Scheller unterdrückte ein Grinsen. Die hatte vielleicht Haare auf den Zähnen...

Keine zwei Minuten später erschien der Beamte wieder im Erdgeschoss, das Smartphone in einem durchsichtigen Plastikbeutel mit sich führend.

„Verraten Sie mir, wie Sie das fertiggebracht haben?“, wollte die Frau konsterniert wissen, und Scheller zuckte die Achseln. „Ein kurzer Vortrag über Strafmündigkeit von Jugendlichen, eine Verlesung der Rechte und die höfliche Bitte, die ermittelnde Behörde zu unterstützen. Das war’s. Hier ist eine Quittung, in spätestens zwei Tagen bekommt sie es wieder. Schönen Tag noch, Frau Schössow.“ Er achtete peinlich auf das stimmlose W. Man war hier ja nicht bei den Russen.

„Das Mädchen hatte nichts Eiligeres zu tun, als die Leiche zu fotografieren und die Bilder ins Internet zu stellen. Facebook, Twitter, Wer-kennt-wen, ein Video auf YouTube und weiß der Geier, wo sonst noch. Die dürfte jetzt wohl die coolste Maus der ganzen Schule sein. Die Dinger werden angeklickt, als wären es die Lottozahlen vom nächsten Samstag." Hans-Peter Bluhm schaltete den Beamer aus, der die dazugehörigen Fotos und das wackelige Video auf die Leinwand im Besprechungsraum geworfen hatte und schaute sich schnaufend um.

Betretenes Schweigen machte sich breit, das Friedrich Hofen unterbrach:

„Das ist der Lauf der Zeit, liebe Kolleginnen und Kollegen. Wir profitieren schließlich auch von der digitalen Technik, und so müssen wir auch mit den Nachteilen umgehen. Die Techniker werten sämtliche Daten aus und listen auf, wo und wann das Material veröffentlicht wurde. Wir sollten davon ausgehen, dass bereits jetzt die Onlineausgaben der wichtigsten Zeitungen, die Nachrichtenagenturen und spätestens morgen früh die Tageszeitungen lang und breit über diesen Fund berichten. Kollege Boll hat mit seiner Abteilung eine offizielle Erklärung vorbereitet, die wir so schnell wie möglich an die Presse geben werden. Wir spielen das herunter. Wir machen es klein. Sollen die Sensationsgeier schmieren, was sie wollen. Dennoch werden wir die Ermittlungen mit Hochdruck weiter betreiben. An die Arbeit!"

„MANNHEIMER MORDMARKT!", plärrte die BILD am frühen Morgen von allen Kiosken und Verkaufsstellen. Darunter die keineswegs diskretere Unterüberschrift: „Leichen überschwemmen die größte Verbrauchermesse

Deutschlands!“ Der Mannheimer Morgen, gewohnt seriös, hatte Peer Steinbrück auf der Titelseite, jedoch gleich darunter den Hinweis „Erneuter Leichenfund im Umfeld des Maimarktes“. Die Verlautbarung der Mannheimer Polizei fand sich erst im Lokalteil unter dem bebilderten fünfspaltigen Hauptartikel und in direkter Nachbarschaft zu einer Arzneimittelwerbung: „Wenn der Kopf platzt: Ruhwohl Brausetabs“. Auf der für 10.00 Uhr anberaumten Pressekonferenz erschienen die ersten überregionalen Reporter und zwei TV-Teams. Martin Boll, der Pressesprecher der Mannheimer Polizei, sprach von einem Dumme-Jungen-Streich größeren Ausmaßes, betonte, dass die Obduktion auch der zweiten Leiche noch nicht abgeschlossen wäre, aber dass man bereits jetzt ein Gewaltverbrechen ausschließen könne. Der Körper weise keine äußerlichen Verletzungen auf, wurde in tiefgekühltem, wenn auch bereits angetautem Zustand aufgefunden und weise Parallelen zu einem längst abgeschlossenen, alten Kriminalfall auf. Dieser Umstand erhärte die These vom üblen Scherz. Die Ermittlung gehe in diese Richtung. Nein, eine heiße Spur habe man noch nicht. Nein, man halte eine Fortsetzung für unwahrscheinlich. Ja, es wurden bereits weitreichende Überwachungsmaßnahmen ergriffen. Nein, aus ermittlungstaktischen Gründen könne man zum derzeitigen Zeitpunkt keine weiteren Angaben machen.

Lampertheim, Alter Hafen, 22.30 Uhr

Versonnen ließ Tarzan den Merlot in seinem kürbisgroßen Weinglas kreisen.

„Wer tut so was? Wer besorgt sich von Gott weiß wo eine schockgefrostete Leiche, um alte Morde wieder aufzufrischen? Was soll das?" Er nahm einen Schluck und schmatzte laut, was ihm von Solo einen ärgerlichen Blick einbrachte. Sie hatte ihren Tee noch nicht angerührt, hockte mit angezogenen Beinen auf dem hochbetagten, plüschigen Diwan und sog an ihrer Zigarette.

„Ich dachte, mich haut es aus den gottverdammten High-Heels. Es war sofort alles wieder da. Der Geruch, die Geräusche, die Atmosphäre, das ..."

„Hör auf!" Angewidert stellte Tarzan sein Weinglas auf den Tisch. „Mir wird schlecht, wenn ich daran denke. Du weißt ja, ich konnte jahrelang nicht mehr grillen. Mittlerweile geht es wieder, aber ich muss es bewusst verdrängen. Jetzt geht das wieder los. Zum Kotzen!" Er leerte das Weinglas auf einen Zug, stand auf und ging zur Schrankwand. Dort öffnete er eine der Glastüren, holte einen seiner selten genossenen, alten Single Malts hervor und goss sich eine anständige Portion in eines der tulpenförmigen Nosing-Gläser. Ohne das sonst streng eingehaltene Ritual aus Schauen, Schnüffeln und leichtes Kippen zu beachten, schüttete er sich die bernsteinfarbene Flüssigkeit in den Rachen.

„So! Denkst du, dass wir es hier mit dem Beginn einer Serie zu tun haben?"

Solo wiegte den Kopf. „Das Beschaffen und Platzieren der Leichen ist ein erheblicher Aufwand. Ich befürchte, dass der oder die Täter, ich tippe auf mehrere, das nicht wegen zweier Leichen tun. Da steckt mehr dahinter. Elke glaubt das auch. Die Polizei versucht, die Sache herunterzuspielen, aber Elke sagt, im Präsidium ist der Teufel los. Die haben eine Hundertschaft Bereitschaftspolizei in Marsch gesetzt. Die mischen sich in Zivil unter die Besucher, behalten die Parkplätze im Auge und tarnen sich als Aussteller und Servicekräfte."

„Hundert Leute?" Tarzan lachte geringschätzig. „Um den Maimarkt zu überwachen, braucht es ein ganzes Regiment. Ich habe mich mit diesem jungen Schnösel darüber unterhalten, diesem Kerl mit dem Joghurt-Namen, Appelgarten oder so. Der hat auf seinem Tablet einige Berechnungen angestellt und ist auf die Zahl von 1200 verdeckten Ermittlern gekommen, um eine Chance zu haben. 1200! Mindestens. Er hat behauptet, er könne, wenn er wolle, in jeder Halle eine Leiche deponieren, ohne dass es einer mitkriegt. Der ist vielleicht drauf, sage ich dir."

„Hast du das der Elke schon gesagt? Vielleicht ist das der Täter. Man hat doch schon erlebt, dass solche Typen alles Mögliche anstellen, um Aufmerksamkeit zu erregen. Vielleicht sollten Bluhmepeters Leute den mal unter die Lupe nehmen."

Tarzan winkte ab. „Habe ich alles schon gemacht. War auch mein erster Gedanke. Der hat zusammen mit einem Kumpel einen Verlag gegründet. Sherrinford & Sacker Ltd. Die veröffentlichen anspruchsvolle Kriminalliteratur im Stil der Jahrhundertwende. In Leder gebunden, mit Goldschnitt und Lesebändchen. Schweineteuer und genauso versnobt und abgehoben wie der Typ selbst. Ich frage mich, wer diese Schinken kauft. Auf jeden Fall sind die beiden nicht auf wirtschaftlichen Erfolg angewiesen. Dieser Appelkopp ist einer der Erben der Vangaaden Stones. Eine private Diamantenbörse mit Sitz in Antwerpen und Mumbai. Gegründet 1910 von Ehwald Vanveen und Joost Appelgaaden dem viertelvorzwölften oder so. Die Börse wird seit 2001 von einem Konsortium betrieben und hat in allen Edelsteingeschäften auf dem Globus ihre manikürten Pfötchen drin. Der Bursche sitzt im Aufsichtsrat. Hat mehr Kohle als Dagobert Duck und Bill Gates zusammen. Wenn du mich fragst: dieser Hautevolee-Verlag ist ein dekadentes Hobby von dem. Der hat weder Aufmerksamkeit nötig, noch fehlt es ihm an sozialer Anerkennung. Der hat sich im ganzen Leben noch kein Fingerchen dreckig gemacht. Kannst dir mal denen ihren Stand anschauen[5], in der Halle 10. Dagegen sind wir hier ein Dixie-Klo."

„Jedenfalls hat das was mit uns zu tun. Ich habe ein mieses Gefühl dabei. Das hast du nun von deiner idiotischen Maimarkt-Idee!" Solo war ratlos, was sie absolut nicht leiden konnte, und deshalb wurde sie giftig.

„Hallo?" Tarzan spielte den Ball hitzig zurück. „Du willst jetzt nicht wirklich behaupten, dass da irgendein gestörter Arsch Leichen durch die Gegend schleppt und sie dekorativ zur Schau stellt, weil ich, ich wiederhole: ICH! einen Stand auf dem Maimarkt gemietet habe. Geht's noch?"

„Blödsinn." Solo ruderte zurück und trank einen Schluck Tee. Sie war viel zu müde, um sich mit Tarzan zu streiten.

---

5 Diese gruselige Grammatik ist in der Sprache der Kurpfälzer allgegenwärtig, genauso wie das Vertauschen von Konsonanten. Beispiel: „Dot", anstatt Tod und „Dande", anstatt Tante.

„Das mit dem Stand ist geklärt und vom Tisch. Wenn dieser Appelboy wirklich goldene Eier legt und wir welche aufsammeln können, dann sag ich sogar ganz lieb danke. Du musst aber doch zugeben, dass es schon einigermaßen seltsam ist, dass hier offensichtlich alte Kriminalfälle zitiert werden, mit denen wir unmittelbar zu tun hatten."

„Oder Elke." Tarzan sah bedauernd in sein leeres Whiskyglas, war aber zu faul, um sich zu erheben und es nachzufüllen.

„Die unsere Teilhaberin ist."

„Das weiß doch keine Sau, Solo, aber du hast recht. Es kann auch um Elke gehen. Immerhin hat die in ihrer Dienstzeit jede Menge schwere Jungs hinter Schloss und Riegel gebracht. Vielleicht will ihr einer was heimzahlen."

Solo trank den Rest ihres inzwischen kalten Tees und verzog angewidert das Gesicht.

„Ist auch egal. Ich bin müde und haue mich in die Falle." Tarzan, der sich gerade dazu durchgerungen hatte, sich noch einen klitzekleinen Schluck schottischen Lebenswassers zu gönnen, verwarf das Vorhaben und stimmte Solo zu.

„Ich bin auch kaputt. So ein Messetag ist schlimmer als geschafft. Gehen wir schlafen, damit wir morgen für die nächste Leiche fit sind." Solo fand das nicht witzig, entgegnete aber nichts. Sie hatte gemerkt, dass Tarzan seinen Spruch bereits selbst bedauerte. Sie trugen ihre Gläser in die Küche und umarmten einander im Flur vor dem Badezimmer, ein Ritual, dass ihnen die Spannung des Tages nahm und kleine Unstimmigkeiten vor dem Zubettgehen vertreiben half. Als Solo kurz nach Tarzan unter die Bettdecke kroch, schlief der schon fest. Sie gähnte und kuschelte sich an ihn. Minuten später schlief auch sie. Der Wind rauschte in den Silberpappeln des Naturschutzgebietes Biedensand, sanft gluckerte das Altrheinwasser um den Rumpf des Wohnschiffs. Irgendwo rief ein Käuzchen, und auf dem Gelände des Mannheimer City-Airports gab ein junger Mann gerade eine siebenstellige Zahlenkombination in das Sicherheitsdisplay ein. Nachdem ein Piepton und ein grüner Leuchtbalken die korrekte Eingabe bestätigt hatten, aktivierte der Mann den Tormechanismus. Leise knarrend bewegte sich das Sektionaltor nach oben, bis der schwarze Mercedes Sprinter hindurch passte.

Mannheimer Maimarkt, Tag 3

„Sieht so aus, als gäbe es heute einen Besucherrekord.“ Jenny Wallofs stand an einer der zwei Zufahrtsspuren zum Großparkplatz, direkt neben der Start- und Landebahn des Cityairports, kassierte die Parkgebühr und begrüßte die Ankömmlinge mit einem freundlichen Lächeln.

„Das liegt am neuen Werbekonzept“, entgegnete Raimund Müller, der neben ihr gerade eine Großfamilie in einem VW-Bus abgefertigt hatte. „Jeder, der eine Leiche findet, kriegt einen Fresskorb und eine Einladung ins RNF-Studio.“

„Du bist vielleicht schräg drauf“, antwortete die junge Frau, während sie darauf wartete, dass der Mann im grauen Passat seine vier Euro zusammengesucht hatte. „Ich finde das nicht witzig. Schönen Tag noch!“, wünschte sie den fünf Männern im Passat. Der Fahrer sah aus, als hätte sie ihm die Pest an den Hals gewünscht und fuhr ruckartig an.

„Denen wünschst du besser frohes Schaffen, Jenny!“, rief Raimund ihr zu, als sie sich augenrollend zu ihm umwandte, „das waren Bullen. Die haben garantiert keinen Spaß. Ich hatte in der letzten Stunde schon mindestens vier Fahrzeuge mit denen.“

„Woher willst du denn wissen, dass das alles Bullen sind?“

„Na hör mal, auffällig unauffällige Fahrzeuge ohne „Justin“ oder „Chantal an Bord“-Aufkleber, meist Kennzeichen aus dem Großraum Stuttgart, immer voll besetzt und immer für die Jahreszeit zu warm angezogen.“

„Wieso das denn?“ Stimmt, die Kerle im Passat hatten alle Sakkos mit Strickwesten drunter getragen. Der April war zwar in diesem Jahr lausig kalt, und der Mai versprach nicht besser zu werden, aber die meisten Menschen zogen es vor, leichte Übergangsjacken oder gleich Regenzeug zu tragen. Raimund lachte, während er ungeduldig einen uralten Strich-Achter-Mercedes näher winkte, dessen weißhaariger Fahrer den Motor abgewürgt hatte.

„Wegen der Schutzwesten. Die tragen alle schusssichere Westen. Ich habe einen Kumpel beim SEK. Der kauft sich seine Kleidung fast immer zwei Nummern größer. Sieht aus, als hätten die Bankräuber im restlichen Land heute die Chance ihres Lebens. Vermutlich hat die Gewerkschaft der Taschendiebe ihren Mitgliedern heute einen freien Tag empfohlen. Zehn Euro, dass in den nächsten zwei Stunden da drüben wieder eine Leiche auftaucht.“ Jenny ging nicht auf das Angebot ein, was ihrem Kollegen immerhin zehn Euro ersparte.

Haupteingang, 11.35 Uhr

Wilde Gerüchte kursierten, als eine Kolonne von Krankentransportern vor dem Haupteingang anhielt. Es war aber nur eine Gruppe von Menschen mit Behinderung, die aus umliegenden Wohnheimen und Pflegeeinrichtungen zum Maimarkt transportiert wurden. Die begleitenden Angehörigen oder Pflegekräfte scherzten mit ihren Passagieren, und alle zusammen freuten sich auf einen erlebnisreichen bunten Maimarkttag. Die Ordner waren informiert und standen an einem speziell geöffneten Tor. Die Kinder bekamen Luftballons, die Erwachsenen eine Tüte mit Getränken und Knabbereien. Der Maimarkttag für Behinderte wurde von mehreren Unternehmen der Region gesponsert und hatte sich über die Jahre zu einem Highlight für diese Gruppe entwickelt. Ein junger Betreuer mit kastanienbrauner Lockenmähne in der Jacke des Arbeiter-Samariter-Bundes scherzte fröhlich mit dem schwer spastisch gelähmten Mann, dessen Rollstuhl er vorsichtig zwischen den vielen Menschen hindurch bugsierte. Der Mann im Rollstuhl trug wadenlange Lederhosen, ein kariertes Hemd und einen originalen Bergführerhut, nicht eines dieser billigen Imitate, wie man sie oft bei feuchtfröhlichen Anlässen zu sehen bekam. Der Mann konnte sich nicht bewegen und hing in der für diese Krankheit typischen, verrenkten

Haltung in den Gurten. Trotz der frischen Temperaturen schien er stark zu schwitzen, denn der junge Pfleger wischte ihm mehrfach mit einem Taschentuch über das Gesicht und die Hände. Munter plappernd schob er den ihm Anvertrauten der Gruppe hinterher. Mitleidige bis verständnislose Blicke trafen die Menschen in den Rollstühlen. Eltern zogen ihre Kinder zur Seite, wenn diese die Behinderten anstarrten. Noch immer bestand in der Gesellschaft eine große Unsicherheit gegenüber Behinderten. Doch es gab auch immer wieder Lichtblicke und rührende Szenen. So ermunterte ein junges Elternpaar ihre Tochter, einer querschnittsgelähmten alten Dame einen kleinen Blumenstrauß in die Hand zu drücken, und es entspann sich ein nettes Gespräch zwischen der Frau im Rollstuhl, ihrer Begleiterin und der jungen Familie. Auch der spastisch gelähmte Mann mit dem Bergführerhut zog manche Blicke auf sich, und sein Begleiter kam mit einem ebenfalls in bayerischer Tracht gekleideten Herrn ins Gespräch. Er verriet ihm, dass der bewegungslose Mann einst ein berühmter Bergsteiger war, der einen schweren Absturz überlebt hatte, bei dem er seinen besten Freund verloren hatte. Ergriffen nahm der Mann daraufhin den Hut ab, nestelte ein Abzeichen ab und heftete es dem Kranken an dessen Hut. Als er die Hand des Gelähmten ergreifen wollte, wehrte der Pfleger freundlich, aber entschieden ab.

„Herr Kluftinger ist sehr schreckhaft. Er erträgt keine Berührungen. Aber haben Sie vielen Dank für das Gespräch und Ihr Verständnis. Er kriegt dies alles durchaus mit, und ich bin sicher, er weiß Ihr Geschenk zu schätzen, Herr Wamsler.“

„Wir Bergler halten eben zammen“, erwiderte der Trachtler, „des is a Edelweiß vom Wengstaler Alpinisten-Bund. Es soll mir eine Ehre sein, dass des jetzt der Herr Kluftinger trägt. Habe die Ehre. Herr Kluftinger, Herr, äh ...“

„Sacker, war nett Sie kennen zu lernen, Herr Wamsler.“

Ergriffen schaute der groß gewachsene Bayer dem Gespann hinterher. Er lüftete nochmals den Hut und murmelte: „Möge der Herrgott mit dir sein, Alfons Kluftinger.“

Polizeiposten, Haupteingang, 12.00 Uhr

„Hier Berta zwo, haben einen Anhänger voller tiefgefrorener Leichen entdeckt!“ Die Meldung schreckte Franz Nemeth aus seinen Überlegungen. Er stand vor der großen Wandkarte des Maimarktgeländes in der Polizeiwache am Haupteingang und blickte schlecht gelaunt auf die beiden roten Pfeile an den Leichenfundorten.

„Berta zwo, hier Einsatzleitung, erbitte Standort!“, knurrte er in das Mikrofon des Funkgeräts und sah automatisch auf die Uhr. 12.00 Uhr.

„Einsatzleitung, wir sind mit drei Kollegen vor Ort. Halle Neun, Schlemmerland. Die aufgefundenen Leichen sind Hühner. Sollen wir euch welche mitbringen? Mit oder ohne Pommes?“

„Ar...“ Nemeth hustete die Grobheit rasch weg, die ihm automatisch auf die Zunge gerollt war und schaltete blitzschnell um: „Acht Halbe mit Pommes zur Maimarktwache.

Die zahlt ihr, das ist euch doch wohl klar, nach dem Schrecken, den ihr mir hier eingejagt habt, ihr Vollpfosten!“

Lachsalven drangen aus dem Lautsprecher. Nemeth legte das Gerät auf den Tisch.

„Macht mal Platz auf dem Tisch. Wir werden jetzt Maßnahmen zur Erhaltung der Arbeitsfähigkeit treffen: Mittag! Berta zwo dürfte in ein paar Minuten mit knusprigen Hähnchen hier aufschlagen.“ Diese Meldung entspannte die Situation schlagartig, und die Männer und Frauen der Bereitschaft freuten sich auf ein leckeres Mittagessen. Am Morgen waren die verdeckten Einheiten eingetroffen. Über hundert Männer und Frauen der Bereitschaftspolizei hatten sich in Zivil unters Maimarktvolk gemischt. Ihr Auftrag: Augen offenhalten. Zielobjekt: unbekannt. Beschreibung: keine. Voraussichtliche Tatzeit: keine Angabe. Möglicher Tatort: Maimarktgelände mit anliegenden Einrichtungen. Tolle Anweisung. Der Heuhaufen war so groß wie die Cheops-Pyramide, die Nadel eventuell gar nicht vorhanden. Da konnte man noch so viele halbe Hähnchen in den Ring werfen. Enttäuschung und Langeweile waren programmiert.

Halle 25, 14.30 Uhr

„Ich könnt mal wieder einen Maimarktbecher vertragen“, sinnierte Tarzan und setzte die Kaffeetasse ab, die er gerade leergetrunken hatte. Er sah Solo auffordernd an. „Du wolltest doch sowieso mal eine rauchen gehen, oder?“

„Gute Idee“, sagte sie und zwinkerte Lukassow zu, die gerade eine Trachtenbluse begutachtete, die sie aus Halle 23 hatte. „Ich gehe mit Elke, und wenn wir wiederkommen, kannst du dich mal umschauen gehen. In Halle 22 ist ein Anbieter mit Übergrößen für Herren. Dein Hemd sieht aus, als wäre es Bodypainting, zieh besser dein Jackett wieder an, sonst denken die Besucher, sie wären hier bei den Anonymen Adipösen.“ Tarzan sah reflexartig an sich herab. Sein innerer Zerrspiegel war wohl gerade im Standby-Modus, denn er sah, was Solo meinte: unschöne Speckrollen und Spannfalten rund um die Knöpfe. Der Gürtel war am ersten Loch angelangt, und trotzdem hatte Tarzan abends immer rote Striemen um die Körpermitte. Das Jackett ging schon fast ein Jahr lang nicht mehr zu, aber das trug man ja sowieso sportiv offen, oder? Aber so ein winziger Maimarktbecher? Dafür würde er morgen eben was anderes streichen. Trank er eben Wein statt Bier. Er sah auf, als die beiden Frauen vor ihm standen. Solo grinste: „Ich bringe dir einen mit, mein Dicker. Du hast ja recht, einer ist keiner, und Kostolany hat schon gesagt: Genieße jetzt, hungern kannst du später, denn hungern wirst du im Alter sowieso. Wusstest du übrigens, dass so ein Becher fast so viele Kalorien wie NRW Einwohner hat?“ Lachend hakte sie sich bei Elke unter und ließ Tarzan alleine zurück, der den beiden Frauen eine Grimasse schnitt und sich beeilte, sein Jackett wieder anzuziehen. Morgen würde er einen dunklen Rolli anziehen. Die blöden Hemden gingen anscheinend bei jeder Wäsche mehr ein.

Die Stimmung war unnatürlich fröhlich. Tarzan schien es, als lauere jeder Besucher, jeder Aussteller und jeder

Bedienstete auf einen neuen Leichenfund. Er war vor einer Stunde in der Halle 10 gewesen und hatte sich mit Barbara Domforst unterhalten. Die charmante Verlegerin war Initiatorin der kleinen Buchmesse auf dem Maimarkt und hatte zusammen mit mehreren anderen Verlagen eine reich bestückte Messebuchhandlung aufgebaut. Tarzan hatte schnell herausgefunden, dass man in der gemütlichen Leselounge herrlich in den dort befindlichen Sitzsäcken lümmeln konnte. Dadurch hatte er noch einen Auftritt Hans-Dieter Willischs genießen können. Der bekannte Kurpfälzer Entertainer hatte aus seinem neuen Buch gelesen und für ausgelassene Fröhlichkeit gesorgt. Danach kam noch ein Schriftsteller, der regionale Krimis und Thriller schrieb, die Tarzan aber alle schon kannte. Er hatte noch ein interessantes Gespräch mit Appelgaaden über dessen Umzugspläne geführt und hatte dem jungen Unternehmer eine erste Konzeption vorgelegt. Der wie stets tadellos gekleidete Appelgaaden schien sehr angetan davon, und man hatte für die Woche nach dem Maimarkt einen Ortstermin am neuen Objekt vereinbart. Man hatte einander die Hände gereicht, und Tarzan war sicher, dass sie hier soeben einen mündlichen Vertrag zwischen Ehrenmännern geschlossen hatten. Die Frage nach schriftlicher Festlegung hätte mit Sicherheit die sorgfältig gezupften Augenbrauen des jungen Herrn in schwindelnde Höhe getrieben und ihn selber als kleinliche Krämerseele entblößt. Solo würde das sicher anders sehen, aber Tarzan vertraute auf sein Bauchgefühl. Bauch. Das war das Stichwort. Vielleicht sollte er sich wirklich ein wenig zurücknehmen. Seit er im letzten Jahr den Spargellauf mit gerannt war, hatte er wieder ordentlich zugelegt. Kein Wunder bei Solos nicht vorhandener Kochkunst. Fast-Food und Fertiggerichte sowie der übliche Bier- und Weinkonsum eines durchschnittlichen Kurpfälzers bildeten das Fundament der Zahn'schen Ernährungspyramide. Er sah auf die Uhr. Die beiden waren schon über eine halbe Stunde weg. Hörte er nicht in der Ferne Lalülala? Tarzan verscheuchte den Gedanken. Auf einer solchen Großveranstaltung gab es tagtäglich Dutzende von Einsätzen. Alte Opas kamen nicht mehr aus dem Massagesessel heraus, im Schlemmerland wurden zwei Schoppen zu viel gehoben, ein Kind war ausgebüxt, und irgendein Idiot schrie gleich „Noro-Virus", weil er unmittelbar nach der Pizza zwei Stücke Schwarzwälder Kirschtorte mit einem Bier hinuntergespült hatte, was seine Innereien zu eruptivem Protest veranlasste.

Ein Witzbold hatte mit einem Megaphon herumgebrüllt: „Der kleine Winter möchte gerne im April abgeholt werden!", was die meisten humorlos lachen ließ. Wenigstens schwitzte man in den vollen Hallen nicht so wie sonst.

„Wennst den jetzt nit frisst, dann schütte ich ihn Dir über dein feines Jackerl, du damischer Trotzkopp du! Herrgottsakrament!" Lukassow war puterrot angelaufen und schwenkte den Maimarktbecher bereits in bedrohliche Schräglage. Solo hätte am liebsten losgeprustet, aber ausgerechnet jetzt wurde sie von einem grauhaarigen Herrn mit Kneifer (tatsächlich trug der Mann solch ein altertümliches Ding auf seiner gewaltigen Adlernase) um eine Auskunft gebeten. Der Herr war spindeldürr, steckte in einem grässlichen Glencheck-Anzug, und sein Schildkrötenhals wurde von einer unsagbar traurig aussehenden herabhängenden gepunkteten Fliege stranguliert. Er näselte wie Theo Lingen in seinen besten Zeiten und schien es gewohnt zu sein, dass man ihm uneingeschränkte und vor allem sofortige Aufmerksamkeit schenkte. Der Direx eines Mädcheninternats im Ruhestand, mutmaßte Solo, zwang sich, das Gezeter hinter der Stellwand zu ignorieren und lächelte Theo geschäftsmäßig an.

„Was kann ich für Sie tun, mein Herr?"

Der Kneifermann ruckte mit seinem faltigen Geierkopf umher wie ein nervöser Vogel, klappte den Mund auf wie ein Nussknacker und hob einen knotigen Zeigefinger. Nein, dachte Solo, der hatte nie einen Rohrstock benötigt. Er hatte zehn davon.

„Junge Frau, ich hätte gerne in Erfahrung gebracht, wo es zum Wintergarten geht. Es deucht mir, dass ich ein wenig die Orientierung verloren habe. Berlin ist eine entsetzliche Stadt, finden Sie nicht auch?" Das Krächzen erinnerte Solo an alte Wochenschauen, die sie sich mal im Internet angesehen hatte. Ihr breites Lächeln verschwand und machte einer mitleidigen und gleichzeitig mitfühlenden Miene Platz, als sie erkannte, dass der alte Herr wohl schwer dement war. Eine kleine, dralle Frau, die gerade durch den Eingang trat und erleichtert zu dem Herrn im Glencheck stürzte, erlöste sie aus dem Dilemma.

„Gott sei Dank, Augustus, da bist du ja, du sollst doch nicht ohne mich herumspazieren. Hat er Sie belästigt, junge Frau?" Entrüstet schüttelte Solo den Kopf.

„Nein, wo denken Sie hin, er hat mich nach dem Wintergarten gefragt. Er hat mich nicht belästigt. Er scheint mir ein sehr gebildeter Mann zu sein."

Die Frau winkte ab und hakte sich bei dem Herrn unter, der plötzlich seltsam abwesend wirkte, wie ein Kind, das sich in die schützenden Arme seiner Mutter geflüchtet hat.

„Sie haben ja keine Ahnung. Augustus hat Alzheimer. Seit vier Jahren. Es wird immer schlimmer mit ihm, und er kann manchmal sehr unbeherrscht sein. Er glaubt, wir lebten wieder in Berlin. Er ging so gerne in den Wintergarten. Aber ich höre, Sie haben eigene Probleme. Danke für Ihr Verständnis, auf Wiedersehen. Komm, Augustus, lass uns etwas essen gehen." Folgsam trottete der große Mann neben seiner Frau her, und Solo überkam plötzlich eine grenzenlose Traurigkeit. Alzheimer ... für Solo schlimmer als Krebs oder plötzlicher Tod. Diese schleichende Geißel raubte Menschen ihre Seele und ihre Persönlichkeit. Das Gezeter hinter der Stellwand erreichte eine neue Qualität und wurde von einem erstickten Husten begleitet. Solo trat vorsichtig dazu und schaute sich an, was da geboten wurde: Tarzan hockte auf einem der Klappstühle, und Elke fütterte ihn wie ein Baby. Sie hielt den bereits halb leeren Maimarktbecher in der linken Hand, und Tarzan musste wohl während dieser Zwangsernährung lachen, was dem grünen Lodenumhang der „Mama vom Dienst" zu einem interessanten grafischen Muster aus hellgelben Flecken verholfen hatte.

„Geh jetzt schaut's eich des an!", krakeelte sie mit ihrer Schrillstimme, „wos fier a grausliche Sauerei is des! Des kriegst im Leben net mehr sauber net! Do, friss des alleine weiter, i muss des glei ausziehen, Sackelzement, so a Sauerei, so a grausliche!“

Tarzan würgte den Rest seiner Portion hinunter und kicherte, während Lukassow sich ihres Umhangs entledigte und mit wogendem Busen und rauschendem Rock davonstob, um ihr edles Kleidungsstück auf der Toilette einzuweichen. Tarzan stellte sich vor, was das dort für einen Aufstand gäbe, wenn die resolute Fränkin an den langen Schlangen vorbei stürmte wie eine Walküre auf dem Kriegspfad.

„Ihr seid so kindisch, weißt du das? Ich stehe da draußen und erkläre Theo Lingen, wie er zum Berliner Wintergarten kommt und ihr führt euch hier auf wie die Erstklässler!“

„Ah, wir sind also kindisch, ja?“ Tarzan funkelte Solo wütend an. „Du verklickerst einem längst verstorbenen deutschen Schauspieler den Weg in den Berliner Wintergarten, und wir sind kindisch. Habe ich das richtig verstanden? Der Maimarktbecher war übrigens köstlich. Danke.“

Fast genau die gleichen Worte gebrauchte Bluhm, als er kurz nach 18.00 Uhr seinen säuberlich ausgeleckten Becher zu den anderen auf den Tisch der Maimarktwache stellte. Er unterdrückte gerade noch einen sich anbahnenden Rülpser und musterte den mit Beamten vollgestopften Raum. Nebenan strömten die letzten Besucher tütenbeladen durch die Tore, und auf den umliegenden Straßen stockte der Verkehr.

„Ich möchte Ihnen allen herzlich für den heutigen Einsatz danken, liebe Kolleginnen und Kollegen. Vielleicht haben wir dem Leichenfledderer in die Suppe gespuckt, und er hat es vorgezogen, sein übles Treiben zu beenden, vielleicht war es das auch und er hat niemals vorgehabt eine Serie zu starten. Jetzt konzentriere ich die hiesigen Kräfte auf die Ermittlung dieses Gestörten. Der Festwirt hat mir ausrichten lassen, dass es in zehn Minuten für alle Einsatzkräfte im Festzelt ein deftiges Pfälzer Abendbrot gereicht gibt. Freibier gibt's auch, und für alle, die dann dienstfrei haben und nicht Autofahren müssen, sogar richtiges." Unter dem Klopfen und dem Beifall konnte er dann doch noch seinen Rülpser verstecken. Zufrieden strich er sich über den enormen Bauch. Ein dunkles Hefeweizen. Darauf freute er sich jetzt. Zwar ging sein Dienst noch ein paar Stunden, aber darum hatte er sich noch nie geschert.

Es wurde eine fröhliche Runde, bis auf die eine oder andere Bedienung, die sichtlich sauer über die ungeplanten Überstunden war. Bluhm versprach der Chefin vom Service, dass der „Haufen", wie er die Polizisten nannte, spätestens um sieben verschwunden wäre.

Dieses Versprechen konnte der brave Beamte allerdings nicht einlösen.

Schuld war die Tatsache, dass Polizeiobermeister Rudolf Kortler seit vier Monaten bei den Weight Watchers war. Sein Vorgesetzter Walther Lillenburg hatte ihm damals eindringlich geraten, etwas für seine Fitness zu tun, da er sonst beim sportlichen Check-up sicher ganz schlechte Karten hätte. Deshalb trank Rudolf Kortler sogar im Festzelt Wasser. Seinen guten Punktestand wollte er nicht mit Bier ruinieren, und gegen den Hunger hatte er sich eine Brezel gegönnt. Ohne Butter, wegen der Punkte. 14 Kilo hatte er in den vergangenen Wochen abgenommen, und eigentlich hatte er am Vortag seinen Ehering zum Juwelier bringen wollen damit dieser ihn enger machte. Kortler war stolz auf seine neue Figur und die Tatsache, dass aus seinen Wurstfingern wieder fast so etwas wie schöne Hände geworden waren. Nur die Uniform schlabberte und schlotterte nun an ihm herum. So schnell wie bei den Weight Watchers ging es bei der Kleiderkammer der baden-württembergischen Polizei nicht zu. Gerade hatte er sich auf der Toilette des Festzeltes erleichtert und zog den Reißverschluss seiner Diensthose zu, da geschah es: Hell klimpernd fiel der goldene Ring auf die Kacheln und rollte in eine der Kabinen. Fluchend wollte Kortler nach dem Türgriff greifen, als er das Besetztzeichen sah. Auch das noch.

„Hallo?“ Er klopfte an die Tür. Dies hier war kein Ort für „Aufmachen, Polizei!“ Es kam keine Reaktion. Er rief noch mal: „Hallo?“

Wieder nichts. Kortler ging in die Hocke und legte den Kopf schief. Er sah auf ein paar schmale Reifen, die in einer Pfütze standen. Jetzt erst registrierte er das Rollstuhlsymbol auf der Tür. Auch noch ein Behindi, dachte er wenig korrekt und rief nun etwas lauter: „Hallo? Da müsste ein Ring in Ihre Kabine gerollt sein!“ Schweigen. Der Kortlers Rudl, wie ihn seine Freunde und Kollegen gerne nannten, war Polizist mit Leib und Seele. Deshalb gab es in seiner Denkstruktur für ungewohnte Situationen zunächst einmal keine schönfärberischen Erklärungsversuche nach dem

Motto „Der schläft sicher nur“ oder „Der will nur nicht gestört werden“.

Der Kortlers Rudl witterte hinter allem, was nicht uneingeschränkt in Ordnung war, ein Verbrechen. Er reckte die Arme, bekam die Kante der Kabine zu fassen und zog sich hinauf. Na bitte! Das hätte der Lilly mal sehen sollen. Ungläubig sah er mit vor Anstrengung knallrotem Kopf in die Kabine. Er sah einen riesigen grauen Filzhut, Arme, die in einem karierten, nassen Hemd steckten und seltsam verkrampft am Körper anlagen, krachlederne Hosen und seitlich geschnürte Trachtenschuhe, die auch vor Feuchtigkeit glänzten. Jetzt konnte er sich auch den leicht süßlichen Geruch, den er zunächst der Hinterlassenschaft eines seiner Vorgänger zugeordnet hatte, identifizieren. Er knickte in den Knien ein, als er sich wieder herunterließ, so zitterten seine Beine. Scheiße! Die dritte Leiche! Da drin, in einem Rolli! Kortler stürzte nach draußen und wäre fast mit einem Kollegen kollidiert, der auch gerade das Örtchen aufsuchen wollte.

„Du kannst da nicht rein!“, blaffte er den jungen Kerl an.

„Hallo? Ich muss pissen, Kollege!“

„Geh raus, brunz in die Botanik, hier gehst du jedenfalls nicht rein, das ist ein Tatort, da drin hockt eine Leiche!“ Der junge Polizeimeister wollte gerade eine flapsige Antwort geben, da sah er die Augen des Älteren. Er machte auf dem Absatz kehrt, stürzte ins Festzelt und schrie: „Fund!“, ganz genauso, wie er es vor wenigen Monaten erst auf der Polizeischule gelernt hatte.

Eine der seltenen Übereinstimmungen zwischen Fernsehkrimis und echten Kriminalfällen war, dass Leichen meist von Personen gefunden wurden, die für solch einen Fall nicht ausgebildet waren. Jogger, Hundehalter, Angler, Jäger sowie Klofrauen und -männer führten die Liste an. Hier war nun der seltene Fall eingetreten, dass die Leiche von einem Polizeibeamten gefunden wurde. Es erleichterte das Verfahren nicht, dass sich in unmittelbarer Nähe weitere 110 Beamtinnen und Beamte befanden. Pappteller flogen von den Tischen, Bierkrüge und Flaschen kollerten herum, als die gesamte Crew wie ein Mann aufsprang und wild durcheinander schrie. Nemeth reagierte wie der Torhüter der Mannheimer Adler und machte dicht. Bluhm telefonierte die Spusi herbei und forderte weitere Kräfte der Kripo an.

„Niemand verlässt das Zelt!“, dröhnte der groß gewachsene Nemeth und beauftragte einige Männer und Frauen seiner Schicht, die Eingänge zu besetzen. Der Festwirt und das Servicepersonal hatten den ersten Schreck verdaut und waren nur noch genervt.

Bluhm tastete sich vorsichtig an den Wänden entlang, um keine eventuellen Spuren zu verwischen, und betrat die WC-Anlage. Auch ihm stieg sofort der vertraute Geruch in die Nase, den man so leicht nicht wieder loswurde. Er ging in die Hocke und spähte, wie wenige Minuten vorher Kortler, unter der Tür durch. Zwei Reifen und der Schatten eines Fußbretts. Unzweifelhaft ein Rollstuhl. Kein elektrischer, das konnte er von hier aus erkennen, sondern ein leichter Handrolli. Er zerbiss einen Fluch zwischen den Zähnen, als ihm die Zusammenhänge klar wurden: Auch ihm waren die vielen Menschen mit Behinderung aufgefallen, die den ganzen Tag über den Maimarkt erkundet hatten. Gute Sache, diese Aktion. Bluhm hatte eine schwerbehinderte alte Tante gehabt und war daher im Umgang mit Rollstuhlfahrern unverkrampft. Diese Tiere! Die hatten die dritte Leiche einfach in einen Rolli gepackt und waren durch einen der Haupteingänge mit ihr hereinspaziert. Gab es eine bessere Tarnung? Was taten sogenannte „normale“ Menschen, wenn ihnen ein Rollifahrer begegnete? Sie sahen weg. Die meisten jedenfalls. Bestenfalls grüßten sie die Begleitperson, der Behinderte wurde tunlichst ignoriert wie ein kleines Kind oder gar ein Hund. Es ging also weiter. Zu früh gefreut. Ein Festzelt voller Bullen, und direkt daneben auf dem Scheißhaus hockte die dritte Leiche. Der Täter würde sich schlapp lachen, wenn er davon erfuhr. Nemeths Leute hatten alles mit Absperrband gesichert und neben den Türen Posten bezogen. Die KTU war im Anmarsch. „Das wird eine lange Nacht, Leute“, dachte Bluhm und schlurfte zum Tresen. Zeit für ein Hefeweizen und einen Schnaps. Er überlegte, ob er Lukassow anrufen sollte. Besser nicht, oder? Die grüne Filzkugel ging ihm so was von auf den Zeiger. Andererseits ... Friedhof hatte ihn mehr oder weniger verdonnert, sie als externe Beraterin stets auf dem Laufenden zu halten. Der Kriminalrat war bestimmt schon auf 180, seit er die Meldung von der dritten Leiche erhalten hatte und schleuderte Blitze und Schwefel durchs Präsidium. Soll er seinen Frust an jemand anderem auslassen. Seufzend suchte er die gespeicherte Nummer seiner pensionierten Kollegin und tippte auf Wählen. Immerhin, der Kollege, der den Toten gefunden hatte, hatte von einem bayerisch gekleideten Mann gesprochen. Mit albernem Filzhut und so. Bluhm stellte sich vor, wie in der Nachbarkabine eine tote rundliche Dame in grünem Loden hockte. Goldiges Pärchen, oder?

„Ja!“, schnarrte es aus dem Telefon, und Bluhm begriff nicht, wie diese Frau es schaffte, in diesem einsilbigen Wörtchen in dem noch nicht einmal ein r vorkam, soviel geballten fränkischen Slang unterzubringen. Er parierte mit dem breitesten Monnemerisch, zu dem er fähig war und sang seiner Kollegin ins Ohr: „Bluhm om Abbaraaad. Mir hänn uffm Gloo vum Feschzelt ä Leich gfunne. Falleischd wollsch da die amohl ohgugge. En Käll in Leddahosse und mit so me dabbische Huud uffm Kopp. Dä hoggd imme Rollstuhl und sieht aa ziemlich vafroorn aus.“[6]

Solos und Tarzans Passat stand mit eingeschalteten Warnblinkleuchten auf dem Seitenstreifen der B38a. Lukassow hatte nach Bluhms ersten Worten wild fuchtelnd den Stopp gefordert und die Lautsprechertaste gedrückt.

---

6 Auf Hochdeutsch: „Bluhm am Apparat. Wir haben auf der Toilette vom Festzelt eine Leiche gefunden. Vielleicht willst Du sie Dir mal anschauen. Ein Kerl in Lederhosen und mit einem dämlichen Hut auf dem Kopf. Der sitzt in einem Rollstuhl und sieht auch ziemlich erfroren aus.“

„Wir sind unterwegs! Nichts anfassen! Wir sind in fünf Minuten da!“ Grußlos wie immer hatte sie das Gespräch beendet und ließ einen konsternierten Bluhm zurück, der verdrießlich sein Handy anstarrte und es am liebsten quer durchs Zelt geworfen hätte. Nichts anfassen! Ja was glaubte denn diese Hartz-Vier-Hellwig, wen sie an der Strippe gehabt hatte? Hein Blöd, einen dusseligen Polizeischüler oder was?

Knapp sechs Minuten später bremste der Passat vor Tor 6, das sich direkt neben dem Festzelt befand. Unmittelbar vor ihnen fuhren ein Ford Transit und ein ziviler Opel Kombi mit Behördennummer aufs Gelände. Die Spusi. Der Beamte am Tor wollte sie erst nicht passieren lassen, und Elke musste wieder ihren vorläufigen Ausweis strapazieren.

Das Festzelt brummte wie ein Bienenkorb. Überall hatten sich Grüppchen gebildet und diskutierten den makabren Fund. Lukassow bahnte sich mitsamt Anhang einen Weg bis zu dem abgesperrten Bereich vor den Toiletten. Gerade kam Bluhm heraus. Als der alte Kommissar sah, dass Elke nicht allein war, vertieften sich die Falten in seinem melancholischen Basset-Gesicht noch mehr.

„Es ist völlig in Ordnung, liebe Kollegin, wenn du hier auftauchst, ich habe da überhaupt kein Problem damit ...“

„Ein lausiger Lügner“, dachte Lukassow, „gut, dass er kein Gauner geworden ist.“

„ ... aber Tarzan und Solo sind Zivilisten und haben hier nichts verloren. Tarzan, alter Junge, sei mir nicht böse und zieh Leine.“

Elke hörte sich die kurze Rede in aller Ruhe an. Sie schaute Bluhm missbilligend an wie eine Mutter, die ihren 12-Jährigen beim Rauchen erwischt hat. Tarzan fand, dass sie fast aussah wie die Bundeskanzlerin, wenn sie mal wieder den Bockmist rechtfertigen musste, den einer ihrer Minister gebaut hatte.

„Die beiden sind wichtige Zeugen in dieser Angelegenheit. Sie sind auf meine Anordnung hier, und das bleiben sie auch. Wenn dir das nicht passt, dann gehen wir alle drei, und du kannst die Kacke, die da drin am Dampfen ist, alleine aufklären." Sie hatte das mit einer gefährlichen Ruhe gesagt, und Bluhm zweifelte keinen Augenblick daran, dass sie das ernst meinte. Die Lodenfregatte würde mit Volldampf direkt ins Präsidium fahren, um Friedhof zu berichten, wie unkooperativ er war. Egal. Wenn schon über hundert Kollegen hier Chaos veranstalteten, dann kam es auf die zwei Privatschnüffler auch nicht mehr an. Sollten sie sich den armen Kacker ruhig ansehen. Vielleicht gingen sie dann von allein.

Resigniert zuckte er die Achseln und bedeutete den dreien mit einem Wink, ihm zu folgen. Die Spurensicherer hatten den Raum mit den Kabinen und Urinalen zur Sperrzone erklärt, und Bluhm konnte mit seiner Begleitung nur von der Tür aus einen Blick auf das Szenario werfen. Scheinwerfer tauchten die triste Umgebung in gleißendes Licht. Der zusammengesunkene Leichnam saß immer noch in der etwas geräumigeren Behindertentoilette in seinem Rollstuhl. Ein Beamter fotografierte ihn aus allen möglichen Perspektiven, drei weitere knieten auf den Fliesen und suchten den Boden und die Wände nach Spuren und Fingerabdrücken ab. Über allem lag das beißende Ammoniakaroma des Pissoirs, vermischt mit dem mittlerweile stärker gewordenen

Geruch einsetzender Verwesung und verschiedener Chemikalien der Spurensicherung. Ein Techniker reichte Bluhm einen Plastikbeutel mit einem bunten Streifen Papier darin.

„Das haben wir in der Brusttasche seines Oberhemds gefunden. Kommt mir seltsam vor, das Datum ist von vor zwei Jahren.“ Bluhm nickte dem Mann zu und fixierte das Beweisstück mit zusammengekniffenen Augen.

„Eine Eintrittskarte für eine Zaubershow“, murmelte er und reichte es Elke. „November 2011. Kaum anzunehmen, dass der es die ganze Zeit in der Tasche hatte. Das Ding ist weder knittrig, noch sieht es aus, als hätte es einen Buntwaschgang überstanden.“

Elke Lukassow starrte das Billet regungslos an. Konnte es wirklich sein, dass...?

„Der große Frederico Pannini“, stand auf der farbenfrohen Karte, „mit seiner spektakulären neuen Show It’s MAGIC!“ Der Titel der Show nahm den größten Teil der Karte ein. Sie konnte sich dunkel daran erinnern, dass damals in der ganzen Umgebung Plakate zu sehen gewesen waren. It’s MAGIC! Magic ... Wortlos reichte sie den Beutel mit dem Ticket an Tarzan weiter, was ihr einen bösen Blick vom Bluhmepeter einbrachte, den sie ignorierte. Solo reckte ihren langen Hals wie ein kurzsichtiger Kormoran, um auch einen Blick darauf werfen zu können. Tarzan wurde bleich. Immer wieder sah er zwischen der Leiche im Rolli und dem bunten Papierstreifen hin und her. It’s MAGIC ...

„Heilige Scheiße“, stieß er flüsternd hervor, und Bluhm zog erstaunt die Augenbrauen hoch, „It’s Magic, es ist Magic. Bernard Mazic, genannt Magic. Der Rollstuhl, der

Hinweis mit dem Billet ... sag mir, dass ich mich irre Elke, sag es mir ...“

„Mazic ist vor sieben Jahren im Gefängniskrankenhaus Hohenasperg verstorben“, antwortete Elke. Ihre Stimme klang seltsam rau.

„Ich muss jetzt dringend eine rauchen“, stieß Solo kurzatmig hervor und wandte sich abrupt ab. Tarzan eilte ihr nach.

„Wäre es zu viel verlangt, wenn die werte Kollegin einen verblödeten Stadtbullen einweihen würde?“ Bluhms Stimme troff vor Sarkasmus, aber Lukassow ging nicht darauf ein. Sie schaute Bluhm mit einer Offenheit an, die dieser am allerwenigsten erwartet hatte.

„Lass uns zusammen was trinken. In einer Ecke, wo uns keiner stört. Dann erzähle ich dir die ganze beschissene Geschichte. Solo ist damals beinahe zur Mörderin geworden. Sagt dir der Name Sigmar Zarrach etwas?“

„Machst du Witze? Der Zar ist Lehrstoff an allen Polizeischulen des Landes. Ich war zu der Zeit noch in Heilbronn, aber diese Sache hat so viel Staub aufgewirbelt, dass ich heute noch husten muss, wenn ich nur daran denke. Du hast damals die Ermittlungen geleitet, oder?“[7]

„Leider, mein Lieber. Hier, setz dich, ich hol uns zwei Weizen und zwei Korn. Sieht aus, als wäre das alles hier nur der Anfang.“

„Gebe Gott, dass die sich irrt“, dachte Bluhm und vergaß für einen Moment alle Animositäten zwischen ihnen. Einmal Bulle, immer Bulle, egal ob man pensioniert war oder nicht. Diese Elke war möglicherweise eine größere Hilfe,

---

7 s. Die Raben vom Mathaisemarkt. Heyne. München 2011.

als er ursprünglich gedacht hatte. Scheiße, hoffentlich kam sie bald mit dem Bier und dem Korn.

Es war beinahe Mitternacht, als der Passat vor der Lady Jane ausrollte. Das Wohnschiff war fast auf der Höhe des Parkplatzes angelangt. Der Dauerregen der letzten Woche hatte den Pegel des Altrheins anschwellen lassen. Elke war immer noch vor Ort im Festzelt. Wenn ein Rottweiler sich mal in etwas verbissen hatte...

„Es gilt uns", flüsterte Solo und streifte fahrig die Asche ihrer Zigarette ab. Tarzan paffte eine seiner seltenen Pfeifenfüllungen. Beide hatten Weingläser vor sich stehen. Die kleinen Tischleuchten in den Fenstern verbreiteten zusammen mit den Kerzen auf dem Fernsehtisch eine gemütliche Atmosphäre. Die Heizung war auf 24° C eingestellt, und trotzdem fröstelte Solo. Sie kauerte auf dem riesigen Loriot-Sofa und trug ihre schlabbrige Lieblingsstrickjacke. Das lag beileibe nicht an der lausig kalten Witterung, die jedem November zur Ehre gereicht hätte.

„Was sollte das für einen Sinn ergeben?", entgegnete Tarzan und hustete. Der Knaster in seiner gebogenen Peterson war wohl doch schon zu alt. „Diese ganzen alten Kamellen wieder aufzuwärmen, wer soll da was von haben? Wenn uns einer anpissen will, könnte ich mir ganz andere Gelegenheiten vorstellen."

Solo griff nach ihrem Glas. „Auf jeden Fall muss es jemand sein, der sich mit diesen alten Fällen auskennt. Mensch, der Backofenmord damals in Hemsbach – das war in den Neunzigern.“ Ihr langes Gesicht wurde zur starren Maske.

„Damals, als mein Vater erschossen wurde ...“

„Das ist Vergangenheit, Solo, Jahrzehnte her!“ Tarzan war aufgestanden und tigerte durch das geräumige Unterdeck.

„Genauso gut können der oder die Täter es auf Elke abgesehen haben. Die war schließlich leitende Ermittlerin in all den zitierten Fällen, oder etwa nicht? Da hat einer eine Rechnung mit ihr offen. Soll vorkommen, wenn man bei der Kripo ist.“ Solos Gesicht wirkte versteinert.

Tarzan wandte sich zu ihr um: „Woher kommen die Leichen? Das ist doch die drängendste Frage, oder? Darauf sollten wir uns konzentrieren, kaum anzunehmen, dass einer irgendwo eine Kühltruhe voller Toter im Keller hat.“

„Wieso wir? Das ist Sache der Polizei“, warf Solo ein, „ich habe nicht die geringste Lust, mich auch nur ansatzweise mit diesem perversen Mist auseinanderzusetzen, und du auch nicht!“ Bei den letzten Worten des Satzes war ihre Stimme deutlich lauter geworden.

„Du erinnerst dich doch bestimmt noch an deine Worte, damals im Großkraftwerk, als ich gerade noch rechtzeitig davor bewahrt wurde, zu einem Milliwatt Bahnstrom verbraten zu werden? Du erinnerst dich?“[8]

Tarzan erinnerte sich viel zu genau an den mörderischen Showdown im Bunkerkraftwerk des GKM. Er fröstelte jetzt auch. Nie wieder, hatte er geschworen. Nie wieder lassen wir uns in eine solche Geschichte reinziehen! Nie mehr! Wir haben genug zu tun. Solo hatte recht. Solo hatte

8 s. Kohlemord. Waldkirch. Mannheim 2012.

immer recht, aber diesmal war er nur zu gern bereit, ihr beizustimmen.

„Ja, das stimmt. Wir sollten uns da raushalten. Elke kann meinethalben die Miss Marple geben. So lange keiner eine Kanone auf uns richtet, geht's uns nichts an. Komm her, du siehst aus, als könntest du eine Wärmflasche vertragen." Tarzan ließ sich schwer auf den protestierend quietschenden Diwan plumpsen und nahm Solo in die Arme. Die Pfeife sottete auf dem Fensterbrett vor sich hin, als seine Hände sich auf den Weg unter ihre Strickjacke begaben. Solo schmiegte sich an ihn, und er bemerkte, dass ihre Wangen nass waren. Diese Verbrecher, brodelte es in ihm heiß auf, diese abartigen Idioten rissen alles wieder auf.

Mannheimer Maimarkt, Tag 4, Tor 6

Die Autoschlange reichte bis zur Xaver-Fuhr-Straße. Überall übelgelaunte Mienen, gelockerte Krawatten und hektisch telefonierende Damen und Herren in Business-Garderobe. Es war kurz nach sechs. Normalerweise trafen die Aussteller bzw. deren Vorauskommandos nach und nach ein und verteilten sich in gepflegter, geschäftsmäßiger Eile über das Messegelände.

„Was, Gottverdammich, ist da vorne an dem bescheuerten Tor los?", tobte ein Herr mit rot angelaufenem Kopf in einem Volvo-Kombi mit der Aufschrift „Entspannung durch Yoga".

„Einfahrtskontrolle, Meister“, belehrte ihn ein dicker Kerl, der aus seinem VW-Transporter mit DÜW-Kennzeichen gestiegen war und sich eine Zigarette drehte. „Die gucken nach, ob wir Tote schmuggeln. Da vorne ist alles voller Bullerei. Hinten sieht's nicht besser aus. Hoffentlich halten die meine Pfälzer Saumägen nicht für Leichenteile.“

„Das ist zum Kotzen! Zum Kotzen!“, nölte der Yogamensch, „ich will nur Bücher und Flyer abgeben und gleich wieder weg. Ich habe um acht einen Termin in Frankfurt. Ich drehe gleich durch!“

„Probier's mal mit Pfälzer Yoga, mein Freund“, empfahl der Saumagenvertreter und grinste den Stressgeplagten an, „wirkt besser als jeder Sonnengruß, garantiert.“

„Pfälzer Yoga? Was soll das denn sein? Verarschen Sie mich?“

Der Bad Dürkheimer lachte, „Nein, ich veräpple dich nicht. Pfälzer Yoga übt man im Sitzen aus. Am besten im Freien. Abwechselnd wird mal mit dem linken und mal mit dem rechten Arm das Dubbeglas[9] gehoben und zum Mund geführt. Spätestens nach dem zweiten oder dritten Glas wirst du ruhiger, glaub' mir das.“

Hinter ihnen hupte eine Blondine mit mächtig auftoupierter Mähne ungeduldig, und der Pfälzer Yogalehrer stieg wieder in seinen Transporter. Der schwarze Mercedes Sprinter vor ihm war gerade um zwei Wagenlängen vorgerückt. Neuestes Modell, Münchner Kennzeichen. Wahrscheinlich ein Leihwagen wie so viele der Fahrzeuge, in denen die Aussteller ihre Waren transportierten. Das einzig Merkwürdige war das graue Schild mit dem schwarzen A

---

9 Halbliterglas, in dem Weinschorle serviert wird.

und eine schmale orangefarbene Tafel. Diese Kennzeichnung trugen normalerweise Fahrzeuge, die gewerblich Abfall transportierten, der unter die Gefahrgutverordnung Straße fiel.

Der junge Fahrer des Sprinters hatte die Lehne etwas zurückgestellt und hing entspannt im Sicherheitsgurt, die Augen fast geschlossen. Er strahlte die Entspannung aus, die dem Yogavertreter zwei Autos hinter ihm deutlich fehlte. Sein Beifahrer, ein indisch aussehender Mann im gleichen Alter, war offensichtlich aufgeregter.

„Die veranstalten das ganz große Programm da vorne. Den Ducato haben sie eine geschlagene Viertelstunde lang gefilzt. Fehlt nur noch, dass sie ihm den Tank auspumpen!"

„Locker, Partner, locker", murmelte der Mann hinter dem Lenkrad. „Was hast du erwartet? Schließlich gab es drei Leichenfunde. Diese Aktion ist nur dazu da, die Medien zufrieden zustellen. Seht her, wir tun was." Er lachte sein gekünsteltes, leises Lachen, dass seinen Freund und Partner regelmäßig auf die Palme brachte. „Polizisten sind auch nur Menschen, das wirst du jetzt gleich wieder erleben. Vertrau mir." Dem Inder war es ein Rätsel, wie sein Partner in einem Wagen, der eine Leiche transportierte, im Angesicht einer unmittelbar bevorstehenden Polizeikontrolle eine derartige Gelassenheit an den Tag legen konnte. Gut, sie waren (wieder einmal) sehr gut vorbereitet, aber war der Teufel nicht ein Eichhörnchen…? Der Inder musterte seinen Partner verstohlen. Zum Teufel, jetzt gähnte der auch noch.

„Guten Morgen, Polizeikontrolle, bitte Ausweise und Fahrzeugpapiere." Die Beamtin hatte ein freundliches, aber sehr bestimmtes Auftreten und lächelte den blonden Fahrer geschäftsmäßig an. Der reichte ihr das Gewünschte. Schließlich hatten sie beim Warten genug Zeit gehabt, alles herauszusuchen. Auf der Beifahrerseite stand ihr Kollege und unterzog Insassen und Auto einer kritischen Musterung.

Die Beamtin gab nach eingehender Prüfung die Papiere zurück. „Würden Sie bitte aussteigen und die Laderaumtüren öffnen?“ Sie trat einen Schritt zurück, um dem Fahrer das Aussteigen zu erleichtern. Der gut gekleidete junge Mann schien ihr zu gefallen, denn ihr Lächeln schwang von Routine zu Freundlichkeit.

„Entschuldigen Sie bitte die Unannehmlichkeiten, Sie haben sicher von den Vorfällen gehört.“ Sie registrierte erstaunt die sich per Fernbedienung elektrisch öffnenden Schiebetüren, während der Inder die Hecktüren öffnete.

„Aber hallo!“, entfuhr es dem älteren Polizisten, als er den schimmernden Stahlbehälter sah, der im vorderen Drittel des Laderaums mit vier nagelneuen Spanngurten diagonal fixiert war. Antirutschmatten unter dem Sockel und eine zusätzliche Kopflaschung sahen aus wie aus dem Lehrbuch für Ladungssicherung. Der Behälter schien neu zu sein, keine Kratzer, Schrammen oder Spuren alter Aufkleber verunzierten den Edelstahlkörper. Selbst die Bezettelung wirkte jungfräulich. Das orange-weiße, auf der Spitze stehende Quadrat mit dem runenartigen Symbol ineinander verschlungener Ringe trug die Kennzahl 6.2 und den Hinweis BIOHAZARD. Jeder Polizist konnte die Bedeutung dieser so genannten Placards auswendig herunterbeten und wusste um die damit verbundenen Gefahren.

Das liebenswürdige Lächeln der Polizistin gefror, der ältere Beamte versteifte sich. Der glänzende Behälter verbreitete eine nahezu körperliche Aura tödlicher Gefahr, wie sie auch Castoren zu eigen war. Oder Bomben ...

Der Beamte trat einen Schritt zurück und ließ die beiden jungen Männer nicht aus den Augen. Instinktiv wanderte seine rechte Hand in die Nähe der Dienstwaffe. Langsam entspannte er sich, die Hand sank wieder herab.

„Was ist da drin?" Er sprach jedes Wort betont aus, so als wären die Wörter durch Punkte getrennt.

„Müll", entgegnete der blonde Fahrer, „Die Begleitpapiere habe ich ..." Er wandte sich um und wollte mit einer raschen Bewegung ins Führerhaus greifen.

„Stopp!", bellte der Polizist, und die zuvor so liebe Kollegin hatte plötzlich ihre Dienstwaffe im Anschlag und trat zwei Schritte zurück. Die Atmosphäre wurde unwirklich, die Spannung fast unerträglich. „Langsam, mein Herr, ganz langsam, und lassen Sie die Hände da, wo ich sie sehen kann!"

Mit gespieltem Entsetzen und weit aufgerissenen Augen hob der Fahrer die Hände. „Erschießen Sie mich nicht, wir haben Genehmigungen und Papiere für den Transport infektiöser klinischer Abfälle. Mein Freund und Partner ...", er nickte in Richtung des Inders, der sichtlich nervöser als sein Kollege immer noch in der Nähe der Hecktüren stand und den Blick nicht von der Waffe der jungen Polizeimeisterin nehmen konnte, „... arbeitet für das Heidelberger Krebsforschungszentrum. Er ist Medizinstudent und führt diesen Transport einmal pro Woche durch. Ich unterstütze ihn mit dem dafür erforderlichen Equipment. Normalerweise führen wir diese Transporte getrennt von den Messelieferungen durch, heute haben wir leider zwei Fahrten, deshalb wählten wir den dualen Transport. Wenn Sie erlauben?“ Aufreizend langsam ließ der junge Mann die Hände sinken und holte aus der Türablage ein Klemmbrett mit einem dicken Stapel Papiere.

„Bitte: Frachtbrief, Deklaration des Abfalls, Auftrag des DKFZ, Anlieferzeitfenster der Sondermüllverbrennung in Biebesheim, schriftliche Weisungen des Absenders im Sinne der GGVS. Gefahrgutscheine für uns beide sowie die Genehmigung für das Auto befinden sich im Handschuhfach. Wenn ich ohne Gefahr für Leib und Leben auf die andere Seite kommen dürfte, Herr Polizeiobermeister?“ Der Polizist nickte, benommen von dem in Stakkato vorgetragenen Redeschwall. Seine Kollegin hatte zur großen Erleichterung des Inders ihre Waffe wieder eingesteckt, beobachtete aber weiterhin jede Bewegung des Fahrers mit wachen Blicken.

Mit spitzen Fingern nahm sie das Klemmbrett, als sei alleine schon das Papier darauf voller lebensbedrohlicher Viren. In respektvollem Abstand begafften die aus ihren Autos ausgestiegenen, hinter ihnen wartenden Lieferanten und Aussteller die Szenerie. Vergessen waren Frust und Langeweile.

Die Beamtin gab die Papiere ihrem Kollegen. „Sehen echt aus, wenn ich das ganze medizinische Kauderwelsch richtig interpretiere.“

„Papier ist geduldig“, brummte der und blätterte den kompletten Stapel sorgfältig durch, während der Fahrer mit den Gefahrgutscheinen und der Genehmigung entspannt daneben stand, „Wer kommt auf die abgefahrene Idee, mit einem solch gefährlichen Zeugs mitten in eine der besucherstärksten Messen Deutschlands zu kutschieren?“

„Ich“, sagte der Fahrer, „dieses Fahrzeug ist für den Transport speziell dieser Güter ausgerüstet, die Ladung ist bestens gesichert, der Tank ist ein Typ-B Behälter – der ist sogar für den Transport radioaktiven Materials zugelassen. Er übersteht einen freien Fall aus zehn Metern Höhe unbeschadet, außerdem einen Vollbrand des Fahrzeuges und eine Kollision mit einem Güterzug. Das heißt, auch nach mehreren Überschlägen des Lieferwagens steht das Ding noch da wie eine Eins.[10] Glauben sie mir, wenn Sie in Halle 9 ein Softeis essen, setzen Sie sich einer weit größeren Gefahr aus, als wenn Sie auf dem Tank ihr Frühstücksbrettchen in Betrieb nehmen.“

„Warum fahren Sie mit dem Ding auf das Maimarktgelände?“ Der Beamte wurde zunehmend feindseliger. Der Klugscheißer ging ihm gewaltig auf den Zeiger.

Der Fahrer schenkte dem Polizisten ein Lächeln, als ginge es darum, ein Foto von Heidi Klum zu bekommen. „Der wahre Grund sind die acht Kästen Veen-Velvet-Mineralwasser, die kleine Palette mit unseren aktuellen Flyern und Infomappen, die Bücherkiste und die Kaffeemaschine. Die alte ist gestern wegen Überbelastung ausgefallen. Wie Sie gerne kontrollieren können, ist auch diese Ladung nach bestem Wissen und Gewissen gesichert. Noch Fragen?“

„Ja“, dachte der Beamte, „in welchen Einheiten misst man eigentlich Arschlochtum?“ Er verdrängte den unpro-

---

10 Video hierzu auf YouTube: http://youtu.be/fiHdJ8AILoQ

fessionellen Gedanken schnell wieder und setzte seine beste Amtsmiene auf.

„Haben Sie etwas dagegen, wenn ich einen Blick in den Behälter werfe?“, fragte er und war erstaunt über die Antwort, die er von dem breit grinsenden Macker erhielt:

„Natürlich nicht. Erlauben Sie mir nur, die persönliche Schutzausrüstung anzulegen. Sekunde.“ Der Fahrer holte aus dem Führerhaus einen schwarzen Koffer, klappte ihn auf und entnahm ihm eine Filtermaske, eine Gummischürze und zwei grünliche Säureschutzhandschuhe.

„Sicher haben Sie in ihrem Dienstwagen auch eine GGVS-Ausrüstung. Die Zuschauer sollten aber besser in größerer Entfernung verweilen, wir haben Südwestwind. Ich mache Sie darauf aufmerksam, dass ich hier einer polizeilichen Anordnung folge, das heißt, Sie sind allein verantwortlich für mögliche Folgen, wenn ich den Behälter öffne.“ Doch der Fahrer kam überhaupt nicht mehr dazu, sich die bis zum Ellenbogen reichenden Handschuhe überzustreifen. Der Beamte streckte ihm das Klemmbrett hin und war etwas blass um die Nase geworden.

„Schließen Sie die Türen und fahren Sie! Sehen Sie zu, dass Sie Ihr Wässerchen und Ihren Werbeschnickschnack schleunigst abladen, und dann machen Sie, dass Sie mit Ihrem Hartz-Vier-Castor hier wieder verschwinden!“

Lautlos glitten die Schiebetüren zu und verriegelten sich mit einem Klicken, das an Tresortüren erinnerte. Erleichtert schloss der Inder, der während der ganzen Prozedur kein Wort gesagt hatte, die Hecktüren und kletterte wieder auf den Beifahrersitz.

„Bis nachher, wir bringen Ihnen ein Softeis mit!“, rief der Fahrer gutgelaunt nach draußen.

„Fahren Sie!“, schnauzte der Polizist und machte eine herrische Geste. Seine Kollegin hatte ihre Freundlichkeit wiedergefunden und antwortete: „Vanille und Erdbeere bitte!“ Sie war ziemlich sicher, dass der Fahrer schwul war, aber einen Versuch war der hübsche Kerl allemal wert.

Der Fahrer winkte ihr zu und gab Gas. Etwa fünfzig Meter hinter dem Tor bog er nach rechts in die Benzstraße ein und steuerte die Gasse zwischen der Halle 10 und 11 an. Unmittelbar neben einem der Seiteneingänge zu Halle 11 stoppte der schwarze Sprinter. Der Inder stieg aus, öffnete die Tür zur Halle und blockierte sie mit einem mitgebrachten Keil. Die rechte Schiebetür glitt auf, und der Fahrer entriegelte auf der Oberseite des Tanks zwei Verschlüsse. Die gesamte seitliche Wand mitsamt den daran befestigten Spanngurten klappte nach außen und bildete so gleichzeitig eine Rampe. Im Inneren stand mit arretierten Radbremsen ein Rollwagen voller Bettwäsche.

So sah es jedenfalls für einen Unbeteiligten aus...

Justus Berlinghoff hieß bei allen anderen Ausstellern nur „der Löwe“. Zwar war er nur mittelgroß, trug sein weißes Haar aber zu einer gewaltigen, wallenden Mähne frisiert. Seinen beachtlichen Bauch trug er stolz wie einen Schiffsbug vor sich her, und sein markantes Kinn war stets nach vorne gereckt. Zusammen mit dem in Jahrzehnten als Außendienstler gewachsenen Selbstvertrauen und dem maßgeschneiderten dunkelblauen Anzug samt roter Weste verkörperte er den Messeplatzhirsch schlechthin. Nichts konnte den abgebrühten Endfünfziger mehr beeindrucken, alles hatte er auf allen Messen zwischen Lappland und Sizilien schon gesehen. Sein Reich auf dem Maimarkt waren die miteinander verbundenen Hallen 11–13: WohnArt – Einrichten – Wohnen – Leben. Er vertrat den größten Schlafzimmerhändler Europas und regierte über fast zwei Drittel der Ausstellungsfläche. Ja, er regierte. Es war 7.30 Uhr an diesem Dienstagmorgen, und er hatte nicht den Fehler begangen, durch einen der streng kontrollierten Lieferanteneingänge das Messegelände zu betreten. Der Löwe hatte den Haupteingang genommen. Hier wurden nur stichprobenartig die Ausweise kontrolliert. Der Löwe hatte außer seinem Aktenkoffer kein Gepäck. Dafür hatte er seine Leute. Acht Mitarbeiterinnen und Mitarbeiter. Handverlesen. Die Besten, was die Männer betraf, die Attraktivsten, was die Frauen anging. Berlinghoff war da ganz Chauvi. Ein Löwe eben. Nun würde er zunächst einmal beim Bäcker in Halle 9 frühstücken. Kaufen musste der Löwe hier nichts. Er gehörte zum Adel der deutschen Ausstellerhierarchie, und man half einander schließlich immer wieder gerne. Der Winzer aus Ilbesheim zum Beispiel, bei dem er sich tagsüber mit Rieslingschorle versorgte, plante, sein Hotel mit neuen Möbeln auszustatten. Der Löwe machte ihm ein Angebot, das er nicht ablehnen konnte. Gegen die Saumagen-Schickeria in der Kurpfalz waren die Münchner Schampus-Seilschaften arme Hanseln. Doch zunächst würde er wie an jedem Morgen erst einmal in seinem Revier die Runde machen. Er betrat Halle 11 und strebte zu seinem abgeteilten Büro samt Kleiderschrank und kompletter Kaffeeküche. Dreißig Jahre Verkaufserfolg sorgten für einige Privilegien. Das Fußvolk hatte eine Abstellkammer für seine Wertsachen und ansonsten draußen zu bleiben. Nachdem er sich ein Croissant und einen Kaffee gegönnt hatte, rückte er seinen Schlips zurecht, überprüfte seine Mähne und streckte sich. Wie ein gütiger Monarch schritt er nun durch sein Reich. Wasserbetten, Boxspringbetten, Futons und alles, was sonst noch zur Schlafkultur gehört, war hier versammelt. Weiter hinten waren die Firmen, die ihr Sortiment über die Preisschiene anpriesen. Wer schon zu lange in Betten gelegen hatte, die man mit einem mitgelieferten Innensechskantschlüssel montierte, kam über kurz oder lang oder durch die Empfehlung seines Orthopäden zum Sortiment des Löwen. Das entspannte Lächeln und die hängenden Oberlider täuschten. Berlinghoff entging nichts. Hier zupfte er eine Tagesdecke zurecht, dort rückte er ein Preisschild gerade, entfernte einen Fettfleck auf der Glasplatte eines Nachttischs und bemerkte augenblicklich die defekte Leuchtdiode in einem künstlichen Sternenhimmel. Er machte sich eine geistige Notiz. Bengs, einer der Nachwuchsverkäufer, musste das erledigen, wenn er hier auftauchte. Ein vor Eifer nahezu hechelnder junger Kerl, der davon träumte, eines Tages wenigstens zum Rudel des Löwen gehören zu dürfen.

Im Bett 22/16 lag eine Frau.

Der Löwe seufzte und setzte eine Miene auf, die er manchmal gegenüber besonders nervigen Kunden benutzte. Es war eine Mischung aus respektvollem Amüsement und hauchzarter Verzweiflung. Der Löwe war ein virtuoser

Schauspieler. Eine Gabe, die einem Verkäufer mehr nutzte als einem Fernsehstar.

Die Frau war schön. Nicht nur attraktiv, nein, richtig schön. Entspannt und sorgfältig geschminkt, mit perfekt gestylter, rotbrauner Lockenmähne lag sie in dem exklusiven Harrington-Dreamster-Bett wie Schneewittchen im gläsernen Sarg. Nur die nackten Schultern und der Kopf waren zu sehen. Kaum eine Falte im Kissen, das Oberbett sorgfältig geglättet.

„Hrrrm", grollte der Löwe und baute sich am Fußende auf.

Keine Reaktion.

„Ähöm!" Schon lauter. Eigentlich sollten jetzt die perfekt geschwungenen Wimpern flattern und große, runde, erschrockene Augen freigeben, die dunkelroten Lippen sich zu einem gezierten „Oh!" runden und die Schöne entweder elegant oder fahrig aus der Bettstatt steigen, um sich in extenso zu entschuldigen und den Komfort des amerikanischen Schlafsystems zu loben. Unterschreiben Sie unten links, wir bieten auch Finanzierungen an...

Nichts geschah. Der Löwe schürzte die Lippen und trat an die linke Bettseite. Leicht tippte er die Schulter der Schlafenden an.

Eiskalt!

Die Nackenhaare des Löwen richteten sich auf. Was zum Teufel ... Er griff nach der Bettdecke. Mit einem Ruck warf er sie zur Seite. Er stieß ein ersticktes Schnaufen aus und taumelte einen Schritt zurück. Die Frau war splitternackt. Doch es war nicht der perfekt geformte, fast weiße Körper, der diese Reaktion hervorrief. Was den Löwen erschreckte, war etwas, dass auch dem echten König der Tiere Respekt eingeflößt hätte: die zusammengerollte Schlange zwischen den leicht gespreizten Beinen der Frau.

„Nein!“, tobte Nemeth, „hier läuft niemand mit Sondersignal auf! Das Letzte, was ich jetzt gebrauchen kann, ist eine Panik. Nein, der Maimarkt wird geöffnet wie immer, und nur die Hallen 11 bis 13 bleiben gesperrt. Keine Polizeibänder, ganz normal die Türen verschließen und Schilder dran, mit technischer Störung oder irgend so einem Scheiß. Die KTU und die Ermittler gehen hinten rein. Den Zugang riegeln wir mit den Transportern als Sichtblenden ab. Kein Wort zu irgendwem! Nachrichtensperre! Wollen doch mal sehen, ob wir wenigstens diesen Fund unter der Decke halten können.“ Augenrollend beendete der Leiter der Maimarktwache das Gespräch und steckte das Handy in die Tasche seiner Uniformjacke. Er drehte sich um und musterte die Leute, die sich mit bleichen Gesichtern am Stand Justus Berlinghoffs versammelt hatten. Nemeths Leute hatten einen guten Job gemacht. Drei Minuten nach dem Telefonanruf des Bettenvertreters waren sie vor Ort, hatten die Hallen dichtgemacht und alles, was drinnen kreuchte und fleuchte, zusammengetrieben. Zum Glück war es noch früh, und nur wenig Personal war so früh anwesend. Nemeth versprach sich nicht viel davon. Die Kripo würde jeden eingehend befragen und die Personalien festhalten. Das war eben das übliche Prozedere und auch sinnvoll, aber der Polizeikommissar glaubte nicht, dass der oder die Täter noch auf dem Gelände waren. Aber er war wild entschlossen, diese Leiche vor der Öffentlichkeit zu verbergen. Die Zeugen würde er persönlich vergattern, und wenn jemand aus seinen eigenen Reihen ein zu loses Mundwerk gegenüber Dritten riskierte, würde er demjenigen eigenhändig die Schulterklappen abreißen. Er schaute auf die Uhr: 8.22. Ein weißer Passat der Kripo passierte gerade Tor 6, wie ihm ein junger Polizeimeister meldete. Die Herrschaften rollten an. Wahrscheinlich die jungen Hechte vom KDD[11]. Der Bluhmepeter stand höchstwahrscheinlich noch in seinem 50er-Jahre-Bad und räusperte sich die Teerbatzen aus der Lunge.

Da irrte Nemeth. Bluhm hatte am Vorabend bei seiner Tochter gegessen, hatte mit der Gelassenheit stolzer Väter zerkochte Nudeln, totgebratenes Rumpsteak und halbflüssiges Tiramisu genossen und unter den missbilligenden Blicken der schwarzumrandeten Tochteraugen lediglich ein einziges Bier geschluckt, das er sich vorsorglich am Stich[12] gekauft hatte. Sandra Bluhm hatte ihm ihren neuen Freund vorgestellt, einen Waldorf-Lehrer mit sanfter Stimme und treuherzigen Rehaugen, der zu der großmäuligen Vorstadtgöre mit den Piercings, den Animalprint-Klamotten und den blauschwarz gefärbten Haaren passte wie, wie ... na wie Nudeln zu Rumpsteak eben. Zum Rauchen musste er nach draußen. Die Dachwohnung war nachträglich aus-

11 Kriminaldauerdienst, ständige Bereitschaftseinheit der Kripo
12 Straßenbahnendhaltestelle in Mannheim-Sandhofen

gebaut worden. Ursprünglich hatte das Mietshaus in der Sandhofener Domstiftstraße nur vier bewohnte Etagen gehabt. Das hieß: kein Fahrstuhl. Aus dem Fenster plotzen erlaubte die gestrenge Maid nicht, und der Waldorfpauker wäre vermutlich schon beim Anblick von Bluhms Zippo in Ohnmacht gefallen. Also hatte er sich am Dünnschiss-Tiramisu schadlos gehalten. Der Waldorfdepp hatte ihn so gegen elf, halb zwölf heimgefahren. Mit einem 27 Jahre alten T230. Aber die Grünen wählen! Der antike Benz sah innen aus wie ein gelber Sack, brachte Bluhm aber immerhin heil heim. Die Vorfreude auf heimische Alkohol- und Nikotinexzesse verpuffte in den Nachwirkungen der kulinarischen Genüsse, die den liebenden Vater abwechselnd aufs oder vors Klo zwangen. So kam es, dass Bluhm nach dem ersten Klingeln des Diesthandys dranging, ohne sich erst durch Alkoholnebel zurück in die Realität tasten zu müssen. Nun musterte sein triefäugiges Hundegesicht noch vor dem erwartungsvoll gereckten, langen Schädel des KDD-Kommissars Brunnenspecht die nackte Leiche der jungen Frau.

„Sie ist tot." Die Stimme der Polizeiobermeisterin, die zusammen mit drei Kollegen den Tatort sicherte, vibrierte leicht.

„Das sehe ich selbst." Kein Vorwurf schwang in der schroffen Stimme Bluhms mit. Er wusste, dass es Jahre dauern konnte, bis sich dieser Schutzschild aus Zynismus und Dickfelligkeit aufbaute, der ihm jeden Tag über die Dienststunden half.

„Die Schlange", antwortete die Polizistin, „ich meinte die Schlange. Sie ist ausgestopft. Ein Präparat quasi." Quasi ... Bluhm hatte dieses Wort in sein Hassregister eingegeben. Am Vorabend erst. Seit der Waldorfdepp in jedem Satz gefühlte zehn Mal dieses idiotische Angeberwörtchen eingebaut hatte. Quasi oder gewissermaßen an und für sich jedenfalls ...

„Sämtliche gemeldeten Giftschlangenhalter, Tierpräparatoren, Tierhandlungen, Zoos, Tierärzte und Terrarien-Vereine kontaktieren, die ihr ermitteln könnt und denen Bilder von dieser Blindschleiche unter die Nasen halten ...“

„Crotalus Atrox“, unterbrach ihn die junge Beamtin, „Texasklapperschlange, sehr beliebt bei Reptilienfreunden und entsprechend weit verbreitet. Die Haltung ist genehmigungspflichtig und mit strengen Auflagen verbunden. Die hier ...“, sie wies auf das Schuppentier, „ ... stammt höchstwahrscheinlich aus einer naturkundlichen Sammlung oder lag zwischen Urgroßvaters Tropenhelm und Schmetterlingsnetz auf irgendeinem Dachboden. Festverbackene Staubanhaftung, verblasste Färbung und Anzeichen von Schrumpfung deuten auf ein Jahrzehnte altes Exponat. Da werden wir eher in EBay oder unter Flohmarkthändlern oder Entrümplern fündig.“

Bluhms müde Augen musterten die Kollegin, und nur, wer ihn gut genug kannte, bemerkte die stumme Anerkennung, begleitet von einem kaum sichtbaren Nicken.

„Wusste gar nicht, dass Schlangen auf dem Lehrplan der Polizeischulen stehen“, ätzte er aber gleich darauf. Sollte keiner denken, der fiese alte Bluhmepeter mutiere plötzlich zum Gutmenschen.

„Tun sie auch nicht. Die Schlange habe ich mit meinem Smartphone über das Internet identifiziert, der Rest beruht auf der scharfen Beobachtungsgabe von Kriminalermittlern. DAS stand auch auf dem Lehrplan. Ist bei Ihnen sicher schon eine Weile her. Die Frau trägt übrigens eine Perücke."

Nemeth glaubte an eine Sinnestäuschung, als er für Sekundenbruchteile so etwas wie ein Lächeln in Bluhms Gesicht aufblitzen sah. Vielleicht war es auch nur ein Muskelzucken. Er wird doch nicht noch Parkinson kriegen, der alte Kotzbrocken?

„Eine Perücke? Haben Sie die Leiche etwa berührt?" Da war er endlich wieder, der griesgrämige Grantler.

„Wo denken Sie hin? Ich kenne die Vorgehensweise an Tatorten. Das sieht doch ein Blinder mit Krückstock, dass das eine Mütze ist, eine ziemlich billige dazu. Vollplastik. Die Tote ist blond, jede Wette."

Bluhmepeter fragte sich, woher sie diese Überzeugung hatte. Der Schambereich der Frau war sorgfältig enthaart, und die Augenbrauen waren lediglich gemalte Linien. Wohl irgendwelche geheimnisvollen Frauensachen.

Eine der hinteren Türen im Sichtfeld des Polizeihauptkommissars wurde gerade geöffnet, und was da gerade mit erstaunlicher Geschwindigkeit heran rauschte, ließ Nemeth selber grinsen. Die oberfränkische Heimsuchung mit dem Status einer Beraterin hatte natürlich sofort gesehen, dass hier jemand krampfhaft versuchte, einen Polizeieinsatz vor dem Publikum zu verbergen.

„Morrrgen, ach Herrje, so a junges Madel, a Schande is des ..." Nemeth grinste noch immer, während Elke Lukassow sich vor das Bett mit der Toten stellte, die Hände in die nicht vorhandenen Hüften stemmte und die Phalanx ihrer

Mehrfachkinne nach vorne reckte. Bluhm sank förmlich in sich zusammen, und Nemeth hätte sich nicht gewundert, wenn sich der Kollege verzweifelt weinend auf das nächste Bett geworfen hätte. Er hatte es nicht leicht, der wackere Ermittler.

„Chef?“ Nemeth wandte sich um, als einer seiner Streifenführer ihn ansprach. Der Mann wirkte fahrig und unsicher und hielt ihm ein Smartphone hin. Nemeth erkannte sofort die Tote im Bett wieder.

„Was ist das, Thomsen?“, fragte er automatisch, obwohl er die Antwort bereits erahnte.

„Das ist ein Foto der hier aufgefundenen Leiche. Es wurde vor etwa einer Stunde in Facebook veröffentlicht und inzwischen einige tausend Male geteilt. Der Einsteller hat das Bild von einem Mobiltelefon mit Prepaid-Karte aus hochgeladen. Sein Facebook-Profil wurde von einem Anschluss in Sri Lanka erstellt. Er nennt sich Dan Braun. Wahrscheinlich haben das schon sämtliche Pressemedien vereinnahmt. Der dazugehörige Text lautet: ‚Dieses war der vierte Streich.‘ Wir müssen leider davon ausgehen, dass die Aufnahme von den Leuten stammt, die die Leiche hier platziert haben. Das war’s dann wohl mit der Nachrichtensperre.“

Nemeth nickte und reichte Thomsen das Mobiltelefon wieder zurück. „Danke. Weisen Sie unsere Leute an, auf keinen Fall Presseleute hier reinzulassen. Sagen Sie, es gäbe am Nachmittag eine Pressekonferenz.“

„Du willst damit an die Öffentlichkeit, Chef?“

„Da sind wir schon. Jetzt spielen wir eben mit. Aber nach unseren eigenen Regeln. Ich habe auch schon eine Idee.

Die wollen Öffentlichkeit? Sollen sie haben. So viel, dass sie daran ersticken!“ Thomsen erschrak über die Wut, mit der Nemeth den letzten Satz gesagt hatte. Nemeth ließ sich nur ungern verarschen. Er hatte den Fehdehandschuh aufgehoben. Den wollte er jetzt jemandem um die Ohren hauen. Aber so richtig!

„Peter ...“ Nemeth legte seinem Kollegen von der Kripo einen Arm auf die Schulter. „Komm mal mit. Elke, wäre gut, wenn du dir das auch anhörst, ich würde gerne eure Meinung dazu hören.“ Neugierig folgten die beiden Nemeth durch eine Seitentür in die Gasse zwischen den Hallen.

Was er ihnen dann vorschlug, brachte sogar Elkes forsches Mundwerk zum Verstummen.

Halle 25, eine Stunde später

„Jeden Tag eine Leiche auf dem Maimarkt. Was soll das, verdammt?“ Tarzan, der gerade damit beschäftigt gewesen war, Flyer an vorübergehende Leute zu verteilen, hatte diese Tätigkeit sofort eingestellt, als Elke ziemlich aufgeregt zurückkam. Sie hatte einen Anruf erhalten und war wortlos davon gestürmt. Was bei Elke nichts Ungewöhnliches war. Wenn sie eigene Interessen verfolgte, verschwendete sie keine Sekunde an Konventionen oder gar Freundlichkeit. Nun tippte sie schon wieder auf dem Display ihres Mobiltelefons herum und hielt es Tarzan unter die knubbelige

Nase. Solo, die hinter ihr stand, konnte problemlos über ihren flachen Miesbacher Dirndlhut spähen.

„Es gilt uns“, flüsterte sie, als sie den nackten Körper und die Schlange sah, „wir sind gemeint, nicht Elke.“ Die Lukassow drehte sich abrupt zu Solo um.

„Was soll das heißen, es gilt euch? Kennst du etwa die Frau auf dem Bild?“

„Linda ... du meinst, das Bild ist eine Anspielung auf Linda, oder?“, murmelte Tarzan und schürzte die Lippen.

„Was für eine Linda? Himmelherrgott, könnt ihr eine alte Frau einmal einweihen, Sackzifix?“

„Linda Reining, eine alte Freundin von uns“, erklärte Solo leiser.

„Eine promovierte Archäologin. Sie arbeitet am Smithsonian Institute in Washington. 1995 wurde ein Mordanschlag auf sie verübt. Mit einer Giftschlange[13]. Wir haben dir einmal davon erzählt, ist aber schon lange her.“

„Ich erinnere mich! Der Fall erregte sogar international Aufsehen! Ich habe damals nicht ermittelt, weil das in Hessen passiert ist.“

„Siehst du“, warf Tarzan ein, „deshalb meint Solo, dass die Leichenschau hier auf dem Maimarkt mit uns zu tun hat und nicht mit dir. Was ist der gemeinsame Nenner aller bisherigen Toten? Leichen am Kranhaken, im Backofen, im Rollstuhl und jetzt mit einer Schlange im Bett? Na?“

„Scheiße ...!“ Lukassow ließ sich auf einen der filigranen Klappstühle sinken, zog ein riesiges, rot-weiß kariertes

---

13 s. Krämer, Manfred: Der Kardinal von Auerbach. Heyne. München 2009 Band 2

Taschentuch aus der Tasche ihres Umhangs und tupfte sich die glänzende Stirn ab.

„Wisst ihr, was ihr da sagt? Das muss ich sofort ... da muss ich gleich ... Sackzifix, des ist ja an Hammer, an damischer Hammer ist des!“ Wieder tippte sie auf ihrem Mobiltelefon herum. Erstaunlich flink erhob sie sich und stürmte nach draußen. Solo und Tarzan schauten einander an. Sie hatten gerade noch gehört, wie sie „Bluhm, Bluhm! Wo bist du, ich komm zu dir, bleib, wo du bist!“ keifte und beinahe über einen Kinderwagen gestürzt wäre, der von einem reaktionsschnellen Papa gerade noch aus ihrer Flugbahn gezerrt wurde. Das Eis des etwa dreijährigen Insassen landete daraufhin auf dem Boden, und das Plärren des Kindes begleitete die rasende grüne Gestalt wie eine amerikanische Polizeisirene.

„Sie hat recht“, sagte Solo, die mit verschränkten Armen der Ex-Kommissarin hinterher schaute.

„Womit?“, brummte Tarzan.

„Mit Scheiße. Da scheint sich eine mächtig dampfende Kacke zu entwickeln.“

„Ja, aber was soll das bedeuten? Das sind doch alles olle Kamellen, die Fälle längst abgeschlossen. Was bezweckt der Täter damit?“ Tarzan hasste es, im Dunkeln zu tappen.

„Du hast Kundschaft ...“ Solo nickte in Richtung Messestand. Tarzan drehte sich um und sah einen dunkel gekleideten Herrn mit schwarzem Borsalino, der scheinbar interessiert in den ausliegenden Broschüren blätterte.

Beflissen eilte Tarzan herbei, zog einen Flyer aus der Tasche seines Jacketts und sprach den Fremden an.

„Guten Tag, mein Name ist Zahn, sind Sie sicher?“ Das war einer seiner selbstgestrickten Werbesprüche, bei denen Solo stets Zahnweh bekam.

Der Mann legte einen Katalog für Sicherheitsbeschläge zurück auf den Tisch und lächelte Tarzan freundlich an. Trotz der Herzlichkeit in diesem Lächeln fröstelte Tarzan plötzlich, als er erkannte, wer der Besucher war.

„Ja, Herr Zahn, ich bin sicher, dass ich hier richtig bin. Gestatten: Luzent, Professor Erich Maria Luzent. Hier ist meine Karte, ich habe leider im Moment wenig Zeit. Ich würde gerne in einer ruhigeren Umgebung mit Ihnen reden. Passt es Ihnen heute Abend gegen 20.00 Uhr?“

„20.00 Uhr? Äh... öhm ... ja, natürlich Professor Luzent.“ Gerade noch die Kurve gekriegt. Den Fisch von der Angel zu lassen, wäre fahrlässige Geschäftsgefährdung gewesen.

„Wo treffen wir uns?“

„Seien Sie gegen halb acht am Haupteingang. Allein. Ich hole Sie ab. Guten Tag.“ Der Mann tippte kurz an seinen Hut und ging mit raschen Schritten davon.

Solo war nähergekommen. „Sag mal, das war doch ...“

„Genau“, bestätigte Tarzan, „wir haben ein konspiratives Treffen vereinbart. Um halb acht am Haupteingang. Er lässt mich abholen. Allein.“

„Meinst du, ich kriege dann verbilligten Eintritt?“ Solo schaute sinnend dem schwarzen Hut hinterher, der gerade zwischen den anderen Besuchern verschwand.

„Wofür?“ Tarzan schwante, das Solo wieder Bissigkeiten loswerden wollte.

„Für die Ausstellungen. Wenn er dich in Scheiben geschnitten an feinen Drähten aufgehängt hat. Vielleicht krieg ich sogar eine Jahreskarte."

„Sehr witzig! Eine Persönlichkeit wie Professor Luzent hat natürlich ein großes Sicherheitsbedürfnis. Anstatt dumm zu schwätzen, solltest du endlich begreifen, dass der Maimarkt das Beste ist, was unserem Laden passieren konnte. Da steckt ein Großauftrag dahinter. Ganz fette Kohle, sage ich dir! Ganz fette Kohle!"

„Danke, aber seit du das letzte Mal mit Kohle zu tun hattest, habe ich die Schnauze von diesem Rohstoff gestrichen voll!"[14]

Trotzdem musste Solo insgeheim einräumen, dass Tarzan recht hatte. Luzent war ein angesehener Anatom, der weltweit speziell präparierte Menschen und Tiere ausstellte. Zu Hunderttausenden strömten die Menschen in Anatomic World. Die Zurschaustellung präparierter Leichen war nicht unumstritten, und der Professor erntete nicht nur Lob und Anerkennung für seine Werke. Dass er ausgerechnet zu ihnen kam, war sicher ein absoluter Glücksfall.

Halle 11, 09.30 Uhr

Die Spurensicherung war bei der Arbeit. Friederike Schopenhauer saß entspannt in einem Massagesessel und füllte den gelben Totenschein aus. Die Leiche hatte tatsächlich eine Perücke getragen. Diese lag bereits eingetütet im

14 s. Krämer, Manfred: Kohlemord. Waldkirch. Mannheim 2012

Transporter der Spusi. Langes, blondes Haar breitete sich wirr und zerzaust auf dem Kissen aus.

Bluhm stand neben Schopenhauer und schüttelte den Kopf.

„Keine Anzeichen für einen gewaltsamen Tod?"

„Nein. Allerdings tippe ich auf eine lange Krankengeschichte. So wie es aussieht, ist die nicht gesund gestorben."

„Woraus schließt du das?"

„Willst du tatsächlich einen sechsminütigen Vortrag voller lateinischer Ausdrücke hören oder vielleicht doch meinen Bericht abwarten? Lass dir gesagt sein: Die ist an irgendetwas gestorben, was mit ihren Lebensumständen zusammenhängt. Sie wurde mit achtzigprozentiger Sicherheit nicht ermordet und ist nicht erst seit gestern tot. Mehr gibt's morgen." Die Gerichtsmedizinerin riss den Schein von ihrem Block und gab ihn Bluhm.

Der faltete den Zettel und steckte ihn ein. Er verließ die Halle durch einen Seitenausgang. In der Gasse zwischen den Hallen wurde Nemeth gerade von Elke mit einem schrillen Redeschwall mit vielen gerollten Rs überflutet. Als der Polizist Bluhm sah, wirkte er erleichtert und fuchtelte den Kollegen aufgeregt herbei.

Das Gekreische verstummte, als Bluhm sich zu ihnen gesellte und Nemeth endlich auch einmal zu Wort kam.

„Elke hat da gerade etwas ziemlich Interessantes herausgefunden, Bluhm. Sieht so aus, als wäre dieser Tarzan mit seiner Jane, äh ... Solo da ziemlich involviert. Lass uns essen gehen, muss ja nicht unbedingt im Festzelt sein."

Tarzan wusste nicht, was er erwartet hatte. Einen alten Leichenwagen vielleicht, mit eingebauter Minibar und plüschigen Sitzen, mit einem hageren Kerl auf dem Fahrersitz samt Zylinder und skelettartigen Fingern. Oder einen historischen Rolls mit Chauffeurin, die irgendwie aussah wie Emma Peel? Er war fast enttäuscht, als ein silberfarbener Audi A6, gesteuert vom Professor selbst, am Straßenrand ausrollte.

Tarzan hatte sein schultergepolstertes Sakko in der Abstellkammer ihres Messestandes gelassen und trug nun seine geliebte, speckige Wildlederjacke. Das für die Jahreszeit immer noch zu kühle Wetter erlaubte auch die breite Sportmütze, mit der er ein wenig aussah wie Kopper aus dem Ludwigshafener Tatort. Nur einen Kopf kürzer eben.

Er schulterte seine abgewetzte Ledertasche und öffnete die Beifahrertür.

„Guten Abend, Herr Zahn, ich hoffe, Sie hatten einen angenehmen Tag?“ Tarzan schnallte sich an und stieß geräuschvoll die Luft aus.

„Viele Sehleute auf dem Maimarkt. Nur gucken, nix kaufen. Aber wir sind trotzdem zufrieden. Daran sind Sie nicht ganz unschuldig, Herr Professor.“

Luzent, der auch im Wagen den Hut trug, lachte herzlich.

„Sie verkaufen ja auch etwas Abstraktes. Sie verkaufen Schutz und sind in der Prävention tätig. Jeder glaubt, er sei sicher, bis nachts ein Fremder vor seinem Bett steht.

Ich lebe seit zehn Jahren von diesen Sehleuten. Die Hälfte geht in meine Ausstellungen, um sich zu gruseln, die andere Hälfte aus Neugier am menschlichen Körper. Manche nehmen es als Mutprobe, andere wollen ihrer Frau das Rauchen abgewöhnen, wenn sie ihr die konservierte Raucherlunge zeigen. Man hat mir letztens von einer Frau erzählt, die so geschockt von der Kohlelunge war, dass sie sich vor der Halle erst mal eine anstecken musste. Den Professor können Sie sich übrigens schenken."

Wieder lachte der Professor sein gepflegtes, leises Lachen. Der Mann hatte so gar nichts Abgründiges oder gar Morbides an sich. Ein Künstler, sicher. Mit den üblichen harmlosen Macken: dunkle Kleidung, schwarzer Hut. Das geheimnisvolle, leise Lächeln, das er gern zeigte, wenn Fotografen in der Nähe waren. Hier im Auto, das gerade auf die A656 in Richtung Heidelberg einbog, machte er auf Tarzan einen erfrischend bodenständigen Eindruck. Da hatte einer seine Profession gefunden, lebte seine Leidenschaft und war mit sich im Reinen.

Fünfzehn Minuten später stoppte der Audi vor einer nichtssagenden, grauen Halle in einem kleinen Gewerbegebiet. Sie sah aus wie irgendeine x-beliebige Lagerhalle, wie sie von Spezialfirmen in wenigen Stunden auf die Fundamente gesetzt wurden. Tarzan erkannte natürlich sofort die Sicherungsanlagen: Rund um das Gelände verlief ein Zaun aus massiven Stahlpfosten, gekrönt von drei Lagen stromführender Drähte. An den vier Ecken des Grundstücks befanden sich Masten mit Bewegungsmeldern, Kameras und starken Scheinwerfern. Das Tor lief auf Schienen und machte den Eindruck, als könne es selbst dem Rammstoß eines Vierzigtonners standhalten.

Der Professor betätigte einen kleinen Sender, den er aus der Mittelkonsole holte und lautlos, sicher sehr gut geschmiert, schob sich das Tor auf. Kein Firmenschild, keine Hausnummer, nichts, was einen Hinweis auf den Zweck des Gebäudes gab. Absolute Anonymität. Ein Aspekt, den Tarzan auf dem letzten Kongress für Werkssicherheit oft gehört hatte und der hier perfekt umgesetzt war.

An den Seiten und auf dem Dach erkannte Tarzan starke, vergitterte Lüfter. Öffnungen gab es keine. Lediglich in einem kleinen betonierten Anbau neben dem großen Rolltor waren drei kleine Fenster eingelassen. Sie schimmerten im typischen Grün schusssicheren Panzerglases.

Eine Festung. Wahrscheinlich sogar überdruckbelüftet, um das Eindringen von Fremdstoffen zu verhindern. Im hinteren Teil des großen, gepflasterten Hofes stand ein rostbrauner Überseecontainer, ein so genannter TEU[15]. Dorthin lenkte Luzent den Audi, während das Tor hinter ihnen klickend wieder in seine Sicherungen einrastete. Auf einem Parkplatz stand ein Kleinbus, wie er für den Personentransport genutzt wurde.

„Das sieht hier aus, als benötigten Sie meine Hilfe gar nicht, Herr Luzent. Sie wissen, worauf es ankommt."

Der Professor lachte verbittert. „Warten Sie's ab, Herr Zahn. Es gibt Dinge, gegen die sind alle Umzäunungen und elektronischen Sicherungen machtlos."

---

15 Twenty Foot Equivalent Unit, 20 Fuß (also rund 6 m) langer Frachtbehälter

Beide stiegen aus, und Tarzan folgte dem hageren Mann, der geradewegs zu dem Container schritt. Mit routinierten Bewegungen und einer Kraft, die Tarzan bei dem schlanken Mann nie vermutet hätte, entriegelte er die Verschlüsse und zog die schweren Stahltüren der Frachtbox auf.

Tarzan wappnete sich gegen alle denkbaren Anblicke und hielt sogar für einen Augenblick die Luft an. Luzent drehte sich um und breitete die Arme aus. Irgendwie erinnerte er Tarzan in dieser Haltung an Nosferatu. Nur ins Nagelstudio hätte der Herr noch gemusst...

Der Container war leer. Besenrein, wie der ehemalige Speditionsfahrer Tarzan bemerkte. Da hatte jemand die HACCP-Vorschriften ernst genommen. Ein kalter Hauch wehte aus dem dunklen Geviert. Tarzan erkannte, dass der Stahlkasten für temperaturgeführte Transporte gerüstet war. An der Frontseite befand sich ein Kühlaggregat, das sowohl elektrisch als auch mit einem Dieselmotor betrieben werden konnte. Ein Starkstromkabel führte zu einem Anschluss an der Hallenwand.

„Die Kühlung haben wir gestern erst abgeschaltet. Nachdem ich den Container öffnen ließ. Wie Sie sehen, ist er leer.“ Tarzan begriff. Luzent war wohl massiv gelinkt worden.

„Ich nehme an, dass Sie etwas anderes erwartet haben, Herr Prof... Herr Luzent?“ Wieder lachte der Mann mit dem Hut humorlos.

„Allerdings. In speziellen Transportwannen sollten sich hier fünfzehn menschliche Leichen befinden. Gesichert und hermetisch verschlossen in so genannten Leichensäcken bei einer Temperatur von minus 80 °C.“

Tarzan fröstelte. Das lag aber nicht an der kalten Luft, die aus dem Container strömte.

„Sie wollen damit sagen, man hat Ihnen von diesem Hochsicherheitsgelände fünfzehn Leichen gestohlen?"

„Eben nicht!" Luzent hatte seine lakonische Ruhe abgelegt und funkelte Tarzan wütend an.

„Dieser Container ist am 20. März leer hier eingetroffen! Er war verplombt, und die Containernummer stimmte mit der in den Papieren überein. In diesem Behälter haben sich nie Leichen befunden!"

Bei Tarzan klingelten alle Alarmglocken Sturm. Tiefgekühlte Leichen auf dem Maimarkt! Verschwundene Leichen in Heidelberg! Wenn das nicht zusammenhing, war der Papst protestantisch.

„Schauen Sie! Sehen Sie sich das an!" Luzent hatte plötzlich ein Schweizer Messer in der Hand und streckte sich, um an die Containernummer heranzukommen. Bereits nach leichtem Schaben blätterte der Anstrich ab und gab den Blick auf eine übermalte Nummer frei.

„Der Behälter ist eine Dublette! Man hat ihn mit einfachsten Mitteln in einen anderen verwandelt. Diese Nummer ist das einzige Identifikationsmerkmal. Wir überprüfen die Nummer und natürlich die Zollplomben. Ich muss Ihnen ja nicht sagen, dass jeder Hobbybastler die schönsten Zollplomben selbst fabrizieren kann."

„Warum kommen Sie erst jetzt zu mir?", fragte Tarzan, und der Professor beruhigte sich wieder etwas. Mit einer resignierten Handbewegung bat er Tarzan, ihm zu folgen, und beide gingen zu dem flachen Anbau. Luzent legte seine Hand auf eine Scannerfläche und tippte zusätzlich noch eine lange Nummer auf einem Tastenfeld. Ein leises Klicken, und eine grüne Leuchtdiode signalisierten freien Zugang. Sie gelangten in einen kleinen Vorraum, und erst als sich die Außentür schloss, ließ sich die eigentliche Eingangstür öffnen. Sie befanden sich nun in einem Bürotrakt, an den sich weitere Räume anschlossen.

Luzent bat Tarzan in ein kleines, aber edel ausgestattetes Zimmer, in dem sich auch einige Präparate von der Hand des Meisters befanden. Sie nahmen an einem kleinen Besprechungstisch Platz. Mit gemischten Gefühlen betrachtete Tarzan einen zweigeteilten männlichen Unterkörper samt biologisch korrekter „Ausrüstung". Ein Prachtstück. Leider tot. Tarzan fiel das Sprichwort vom Spatz in der Hand ein, und er musste über die Zweideutigkeit grinsen.

„Schön, dass es Ihnen gefällt. Eines meiner ersten Präparate, nachdem ich die Methode entwickelt hatte. Ein entfernter Verwandter. Einer der ersten, der seinen Körper meinem Institut spendete. Wenn Sie auch ...?" Luzent gab Tarzan einen Flyer, den dieser rasch einsteckte. Er? Nie im Leben! Krethi und Plethi machen mit ihren Handys Fotos von seinem besten Stück und posten die dann in der Fratzenkladde? Hallo?

„Um zu Ihrer Frage zurückzukommen, Herr Zahn: Ich bin erst gestern Morgen um 06.25 Uhr aus Shanghai zurückgekommen. Meinen Mitarbeiter haben den Container am 20. März in Empfang genommen, die Papiere überprüft und das Aggregat ans Hausstromnetz angeschlossen. Sie hatten Anweisung, den Behälter erst in meinem Beisein zu öffnen. Das war gestern."

„Sicher haben Sie von den rätselhaften Leichenfunden auf dem Maimarkt gehört." Tarzan brannte dieser Satz schon die ganze Zeit auf der Zunge.

„Natürlich!" Luzent beugte sich vor, und sein Gesicht war jetzt nur Zentimeter von dem seinen entfernt. Fast berührte die Hutkrempe Tarzans Stirn.

„Das sind meine Leichen. Meine! Irgendein gestörter Witzbold hat den echten Container mit den Leichen gestohlen, um damit Schindluder zu treiben. Damit sind wir bei Ihrem Auftrag, Herr Zahn ..." Luzent lehnte sich zurück, und seine kleinen Augen ruhten auf Tarzan, als taxiere er jetzt schon die Größe der Wanne, in der er dessen Körper für die Präparation vorbereitete.

„Finden Sie heraus, wo der Original-Container ist und legen Sie diesen Verbrechern das Handwerk. Einzige Bedingung: keine Polizei! Schon gar nicht Ihre ehrenwerte Mitgesellschafterin Elke Lukassow. Wenn ich mich darauf verlassen kann, soll es Ihr Schaden nicht sein."

Tarzan holte tief Luft. Was Luzent da von ihm verlangte, ging nicht. In der ganzen Region stand die Polizei Kopf und suchte fieberhaft nach der Herkunft der merkwürdigen Leichen, und er, Tarzan, hatte soeben herausgefunden, was es damit auf sich hatte. Er musste die Behörden informieren! Ihm war klar, dass er sich sogar strafbar machte, wenn er es nicht tat!

„Warum keine Polizei? Ich denke, Ihre Leichen sind alle von freiwilligen Spendern? Sie haben doch nach Ihren eigenen Angaben im letzten SPIEGEL-Interview nichts zu verbergen. Ist doch so, oder?"

„Herr Zahn ..." Luzent senkte die Stimme und sah seinem Besucher intensiv in die Augen. „Selbstverständlich entspricht diese Aussage der Wahrheit. Ich habe Tausende von Spendern. Es sind so viele, dass wir sogar selektieren müssen. Alles Freiwillige, Menschen, die ihre sterbliche Hülle in den Dienst der Wissenschaft stellen wollen. Die nicht in der Erde verrotten oder in den Krematorien eingeäschert werden wollen. Menschen, die dieses einzigartige Wunderwerk der Schöpfung erhalten sehen wollen." Tarzan hörte die ehrliche Begeisterung aus den Worten des Mannes mit dem Hut. Er verstand plötzlich, was den Anatom antrieb. Er verstand, warum dessen Ausstellungen so beliebt waren. Es war der Respekt. Erich Maria Luzent kehrte des Menschen Innerstes nach außen. Gleichzeitig spürte aber so gut wie jeder Besucher, mit welchem Respekt vor der Natur er arbeitete. Anatomic World war kein Gruselkabinett für sabbelige Voyeure. Es zeigte die Komplexität und das Wunder der göttlichen Schöpfung. Hatte man nicht im Mittelalter die ersten Anatomen hingerichtet, weil sie mit aus Gräbern geraubten Leichnamen experimentiert und damit den Grundstein für die heutige lebensrettende Chirurgie gelegt hatten?

„Leider ..." Professor Luzent legte die Fingerspitzen aneinander und seine Augen schienen einen weit entfernten Gegenstand zu fixieren. „Leider kann ich nicht immer kontrollieren, ob die Körper tatsächlich identisch sind mit denen, für die ich die offiziellen Genehmigungs- und Einfuhrpapiere habe. Wir werden viel aus dem Ostblock beliefert. Überwiegend aus der ehemaligen UdSSR. Ich kann nicht ausschließen, dass es beim Kauf zu Unregelmäßigkeiten kommt. Ich stehe mit angesehenen Forschungsanstalten und Kliniken in Verbindung. Doch die Strukturen in diesen Ländern sind, milde ausgedrückt, schwer verständlich. Nach europäischem Recht bin ich auf der sicheren Seite. Alle Dokumente sind echt, die relevanten deutschen Behörden sind immer involviert. Trotzdem: Absolute Sicherheit gibt es nicht und wird es nie geben. Ich kämpfe seit Jahren für ein eigenes Museum in der Metropolregion Rhein-Neckar. In der kommenden Woche gehen die Beratungen mit der Landesregierung und dem Heidelberger Rathaus in die entscheidende Phase. Sie verstehen sicher, dass ich auf uneingeschränkte Diskretion bestehen muss."

„Unter diesen Bedingungen muss ich Ihren Ermittlungsauftrag leider ablehnen, Herr Professor...", begann Tarzan und wunderte sich, als sein Gegenüber nach einem Zettel griff und hastig etwas darauf kritzelte.

„Herr Zahn ..." Luzent hatte die flache Hand auf den Zettel gelegt und den Montblanc wieder eingesteckt. „Sie sind ein Mann, der etwas von seinem Geschäft versteht ..."

Schleimer, dachte Tarzan, ahnte aber, worauf Luzent hinauswollte.

„Dies ist ein Kundengespräch. Als Inhaber einer Sicherheitsfirma unterliegen Sie der absoluten Schweigepflicht über alles, was zwischen Ihnen und Ihren Kunden oder potenziellen Kunden gesprochen wird. Alles! Aber das muss ich einem Mann mit Ihrer Erfahrung nicht sagen, da werden Sie mir recht geben, nicht wahr, Herr Zahn?" Luzent nahm den Zettel in die Hand und betrachtete ihn gedankenverloren.

„Ich habe Sie auf dem Maimarkt gezielt aufgesucht. Nicht wegen ihres schönen bunten Messestandes, sondern weil Sie Kontakt zu den Ermittlern in dieser Sache haben. Sie sind am Puls des Geschehens. Ihre Partnerin können Sie meinetwegen einweihen, aber Frau Lukassow lassen Sie außen vor. Das ist keine Bitte. Ich bin sicher, wir einigen uns. Damit es Ihnen etwas leichter fällt, über Ihren Schatten zu springen, erhalten Sie freien Zugriff auf ein Bankkonto mit diesem Guthaben.“ Luzent schob den Zettel über den Tisch. Der Professor hatte eine schöne Handschrift. Klar, wie gestochen und doch sehr persönlich. Auch bei Zahlen. Aus einer Schreibtischschublade holte er ein kleines Plastikkärtchen und legte es dazu. „Volksbank Rhein-Neckar eG“ stand darauf ...

Tarzan pokerte hin und wieder mit ein paar alten Kumpels. Um ein paar Bier, um ein paar Euro, um ein gutes Essen. Die Kumpels fanden, Tarzan sei richtig gut darin, sich nichts anmerken zu lassen. Luzent fand das nicht. Er weidete sich an dem ungläubigen Staunen im Gesicht seines Gastes. Tarzans Kiefermuskulatur quittierte kurzzeitig den Dienst und ließ den smarten Pokerspieler für einen Augenblick wie einen grenzdebilen Dorfdeppen aussehen.

Luzent hatte noch zu tun und hatte für Tarzan ein Taxi bestellt. Tarzan wies den Fahrer an, ihn nach Lampertheim zu fahren. Er hatte entgegen seiner Gewohnheit im Fond des Mercedes Platz genommen. Tarzan stand nicht der Sinn nach Unterhaltung. Er musste einiges verdauen. Immer wieder betrachtete er das Plastikkärtchen in seiner Hand. Wahnsinn. Wahnsinn und Frust. „Jeder Mensch ist käuflich“, dachte er, „jeder“. Auch er. In seinem Kopf schrien gute und böse Gedanken einander in Grund und Boden. Was war schon dabei, erst einmal ein wenig im Verborgenen zu ermitteln? Vertrauensbruch! Elke ist deine Partnerin! Vielleicht kommt außer Spesen auch nichts dabei heraus. Geldgeiler Opportunist! Ich halte mich doch nur an meine Schweigepflicht. Heuchelei! Schwindler, elender!

Tarzan verscheuchte die Gedanken und kramte den knittrigen Zettel aus der Jackentasche. Rechts zog die beleuchtete Ruine der Strahlenburg vorbei. Weiter vorn erkannte er die beiden Burgen hoch über Weinheim. Die Zahl verschwamm immer wieder vor seinen Augen.

Die Summe war hoch. Obszön hoch ...

Solo war die bessere Pokerspielerin. Ihr Gesicht war eine steinerne Maske, als Tarzan ihr den Zettel mit dem Kontoguthaben zuschob. Sie saßen im „Wohnzimmer“, dem ehemaligen Passagierdeck der Lady Jane, der Ölofen bullerte, draußen waren es höchstens zehn Grad, und es regnete. Gestern erst hatte Tarzan bemerkt, dies sei nicht der 29. April, sondern der 88. Februar.

„Na und?“ Solos linke Braue hob sich um zwei Millimeter, den Zettel beachtete sie nicht mehr.

„Was na und? Hast du dir die Zahl überhaupt mal angesehen? Freie Verfügung! Belege für alles, wofür es Belege gibt, Spesen nach eigenem Ermessen, Rest als Bonus.

Mensch Solo, damit können wir die Kredite für die Revision der Lady Jane ablösen und noch fett Urlaub machen!"

„Du weißt, dass wir die Polizei hinzuziehen müssen."

„Du weißt, dass wir die Polizei ... bäbäbäbäbäbäbäääää!", äffte Tarzan seine Lebensabschnittsgefährtin nach wie ein enttäuschtes Kleinkind an der Supermarktkasse und funkelte sie zornig an. „Luzent hat klipp und klar gesagt, keine Polizei! Wir kriegen den Auftrag nur, wenn die Bullerei draußen bleibt. Einschließlich Elke. Aber wenn Madame nicht wollen, dann sage ich ab. Wir haben's ja. Wir sind nicht auf Peanuts angewiesen. Wir fischen das Geld körbeweise aus dem Altrhein." Tarzan tippte auf seinem Handy herum und tat, als wolle er den Professor anrufen. Eigentlich hätte er es besser wissen sollen. Solo verschränkte die Arme vor der Brust und beobachtete ihn mit dem Interesse einer Tierpflegerin, deren Lieblingsschimpanse gerade einen neuen Trick vorführte.

Tarzan gab auf. Er legte das Mobiltelefon auf den Tisch und zwang sich, dreimal tief durchzuatmen. Solo war nicht erpressbar. Nie. So einfach war das.

„Was schlägst du vor?" Er! Immer musste er gekrochen kommen! Immer!

„Wir plaudern mit Elke und hören auf ihren Rat. Das machen wir wie bei einer Entführung. Wir arbeiten mit der Polizei zusammen, aber der Entführer darf nichts merken."

Tarzan lachte abgehackt: „Wie bei der Lösegeldübergabe mit dem verkleideten Bullen, dem die Kabel zwei Meter lang hinterher schleifen."

„Zu dritt oder keiner."

„Freitag." Tarzan griff nach dem letzten Grashalm.

„Was ist am Freitag?“

„Am Freitag legen wir dem Rottweiler die Karten zum Beschnuppern vor. Zwei Tage! Ich bitte dich nur um zwei kümmerliche Tage! Der Professor hat mir gesagt, welche Spedition den Container angeliefert hat. Morgen ist der erste Mai, da hat es keinen Sinn. Aber am Donnerstagvormittag fahre ich da mal hin und schnüffel ein bisschen herum.“

„Du bist aber den ganzen Tag auf dem Maimarkt.“ Solos Stimme klang wie die einer Mutter, die ihrem quengelnden Kind erklärte, dass es trotz laufender Nase in die Schule zu gehen hatte.

„Herrgott noch mal!“ Tarzan war wieder auf 180, schaffte es aber gerade noch, wieder vom Gas zu gehen. Nichts hasste Solo so sehr wie Reizbarkeit und Gebrüll.

„Ich habe den Kunden des Jahres aufgetan. Auf dem Maimarkt! Von mir aus können wir unsere Zelte dort abbrechen, wenn wir diesen Auftrag annehmen. So eine Gelegenheit kommt nie wieder! Ich brauche zwei Stunden am Vormittag. Da fahre ich in den Hafen, höre mich bei den Containerkutschern um und schlage mit Riesenpizza und einem Tablett voll Maimarktbechern wieder bei euch auf.“

„Döner.“

„Hä?“

„Döner von Mehmet aus Halle neun. Groß, mit allem und mit viel scharf. Um zwölf bist du wieder da, oder du wirst intubiert und mit Tabasco vollgepumpt.“

Solo klang wie ein amerikanischer Schnellrichter bei der Urteilsverkündung.

Tarzan atmete hörbar auf. „Ich liebe dich!“

Mittwoch 01. Mai 2012, 16.20 Uhr

Bluhm klopfte eine Eckstein aus der zerknautschten Weichpackung und zündete sie mit seinem zerkratzten Sturmfeuerzeug an. Der Benzingeruch und das Tabakaroma waren für ihn, seit er zwölf Jahre alt war, der Inbegriff von Abschalten und Erholung. Bluhm brauchte keinen esoterischen Brimbores, wie er sich ausdrückte. Kippe, Feuer, gut ist. Na ja, ein Eichbaum war auch nicht schlecht, aber er war im Dienst. Nicht, dass ihn das je gestört hätte. Doch er saß gerade mit Nemeth und anderen Beamten der Maimarktwache im behelfsmäßigen Lagezentrum im Verwaltungsgebäude der Messegesellschaft. Die Stimmung war vorsichtig optimistisch. Knapp neunzig Minuten vor Schluss, und es war keine weitere Tiefkühlleiche aufgefunden worden. Sollte die Serie ein Ende gefunden haben? Jeder wollte und niemand konnte das glauben. Doch auch bei der Polizei starb die Hoffnung zuletzt.

Der Maifeiertag war üblicherweise einer der besucherstärksten Messetage, und auch an diesem Tag wälzten sich Menschenmassen durch die breiten Gassen zwischen den Hallen. Auffällig viele Kamerateams waren darunter, und Bluhm vermutete nicht als Einziger, dass diese Herrschaften nicht im Geringstem daran interessiert waren, was die Besucher in ihren „Dutte"[16] hatten.

---

16 Kurpfälzisch für Tüten

Einen Zwischenfall hatte es gegen 14.00 Uhr gegeben, als in einer Saunakabine ein nackter Toter entdeckt wurde. Die „Leiche“ hatte sich jedoch als Bräutigam in spe entpuppt, der mit acht anderen seinen Junggesellenabschied ausgerechnet auf dem Maimarkt feierte. Eingepackt in eine schimmernde Rettungsdecke hatten ihn zwei Polizeimeisterinnen auf die Wache begleitet und dort nach Feststellung der Personalien seinen johlenden Kumpels übergeben. Die Beamtinnen sagten später aus, die Braut täte gut daran, sich für die Hochzeitsnacht eine starke Brille anzuschaffen.

Fürchtegott Beckenbauer war dankbar für seinen Nachnamen. Der war schuld daran, dass alle ihn Franz nannten. Fürchtegott verabscheute seinen antiken Vornamen. Da, wo er herkam waren solche Namen gang und gäbe. „Franz“ stammte aus Kasachstan. Als Zweijähriger war er 1993 mit seinen Eltern nach Mannheim gekommen. Der Vater fand Arbeit im Traktorenwerk von John Deere, die Mutter, die in Kasachstan als Ärztin im Krankenhaus tätig gewesen war, fand eine Anstellung als OP-Schwester im Theresien-Krankenhaus. Fürchtegott machte eine Ausbildung zum Rettungssanitäter und wechselte dann zur Mannheimer Berufsfeuerwehr. Diese unterstützte den Stand der Rettungsdienste mit dessen größter Attraktion, dem „Firecase“. Dabei handelte es sich um einen handelsüblichen Überseecontainer, der zum Brandübungsbehälter umgerüstet war. Regulär schulte man darin die Atemschutzgeräteträger.

Von offenem Feuer über Stichflammen und dichtem Rauch konnte darin alles simuliert werden, was den Feuerwehrleuten in der Realität auch vors Helmvisier kommen konnte. In einer „Light“-Version wurde mittels Wasserdampf und Disconebel ein für Maimarktbesucher ungefährliches Szenario geschaffen, durch das sich Unerschrockene mitsamt Schutzmaske tasten konnten. Selbstverständlich in Begleitung erfahrener Feuerwehrleute.

Fürchtegott, Verzeihung, „Franz“, hatte Schlussdienst. Das bedeutete, er patrouillierte ein letztes Mal durch das Freigelände, auf dem sich verschiedene Rettungsdienste, Feuerwehr und THW tagsüber präsentierten. Er prüfte, ob die ausgestellten Fahrzeuge abgeschlossen waren, fand einen vergessenen Schirm und einen Babyschnuller und rüttelte auch an der Tür des Übungscontainers. Überrascht hielt er inne, als diese sich leicht öffnen ließ. Schlamper, dachte Beckenbauer, Hauptsache pünktlich Feierabend. Zu seinem Missfallen machte sich die sogenannte Acht-Stunden-Pflichterfüllung auch in den Reihen der Feuerwehr immer breiter. Nicht so bei „Franz“. Fürchtegott Beckenbauer war innerlich immer im Dienst. Tag und Nacht. Gott zur Ehr, dem Nächsten zur Wehr, das alte Motto der Feuerwehr kannte weder Dienstpläne noch Schichtzeiten. Der „Tank“ wurde immer nach der letzten öffentlichen Begehung abgeschlossen. Die hatte um 16.00 Uhr stattgefunden. Der wackere Floriansjünger war sicher, dass danach niemand mehr den Container betreten hatte. Alle diese Gedanken gingen ihm durch den Kopf, als er in den rauchgeschwärzten Innenraum des Gehäuses sah.

Ziemlich weit hinten, fast an der Ausstiegsluke, saß jemand auf einem Stuhl ...

Franz Nemeth räumte seinen Schreibtisch auf. Ein durchschnittlicher Tag. Wem auch immer sei Dank, ein normaler, langweiliger Maimarkttag lag hinter ihm und seinen Leuten. Drei Taschendiebstähle aufgenommen, einen vierjährigen Abenteurer seinen Eltern überstellt, einen angeschickerten Streithahn besänftigt, zwei Parkrempler zu Protokoll genommen und einen Mann im Nachthemd samt Zipfelmütze davon abgehalten, nach sieben Riesling-Schorle seinen 500er Motorroller zu besteigen. Das war die gute Tat des Tages, und Nemeth musste jetzt noch grinsen, weil er den „Deutschen Michel", der täglich in der Halle 10 aus seinem Buch „Zugabe ... meine beliebtesten Stücke" vortrug, mit dem Versprechen, am nächsten Tag mit ihm zusammen einen „Scholle" zu trinken, hatte ködern können.

Zufrieden seufzend schloss er das Wachbuch und erhob sich.

„Hallo?" Die Tür zur Maimarktwache stand offen, wenn jemand da war. Damit wollte man die Hemmschwelle beseitigen, die auch rechtschaffene Menschen hatten, wenn es darum ging, die Polizei aufzusuchen.

Nemeth sah auf. Ein Feuerwehrmann stand in der Tür. Als der Polizist dem Mann ins Gesicht schaute, bekam er eine Gänsehaut. Nemeth kannte diesen Ausdruck. Die weit aufgerissenen Augen, die Blässe, den halb offenen Mund.

„Sie ... sollten ... sich ... das ... ansehen ...“ Der Mann sprach ruhig, aber stockend, so als müsste er sich jede Silbe erst einprägen. Nemeth griff sich seine Dienstmütze und folgte dem Mann, der sich umgedreht hatte und auf den rostroten Übungscontainer zuging, der schräg gegenüber der Polizeiwache stand. Die Stahltür stand offen. Nemeth wehrte sich gegen die Gedanken in seinem Kopf. Nein! Das nicht! Nicht unmittelbar vor den Augen der Polizei! Doch der Feuerwehrmann war mit Sicherheit kein Sensibelchen, dem sich beim Anblick einer toten Katze der Magen umdrehte. Diese Leute waren ganz andere Sachen gewohnt.

„Sie bleiben draußen!“, herrschte er den Mann an. Das hatte grober geklungen als beabsichtigt, aber er war schließlich auch nur ein Mensch, oder? Nemeth betrat mit äußerster Vorsicht den dunklen Raum.

„Hier!“ Der Feuerwehrmann gab ihm eine starke Handlampe. Brutal riss der Lichtkegel die Gestalt auf dem Stuhl aus dem Dunkel. Eine Leiche. Niemand musste hier einen Totenschein ausstellen oder den Puls ertasten, um das zu erkennen. Oberkörper und Füße waren an den altmodischen, hölzernen Küchenstuhl gefesselt. Der Kopf lag zwischen den entspannt im Schoß gefalteten Händen ...

Lampertheim, Alter Hafen, 07.30 Uhr

„Sie haben wieder eine.“ Solo legte das Telefon auf den Frühstückstisch, und Tarzan ließ die Tageszeitung sinken.

„Wer hat und was für eine?“, fragte er schulmeisterlich. Damit konnte er Solo üblicherweise wunderbar auf die Palme bringen. Diesmal nicht, und als er seine Partnerin anschaute, wusste er auch warum.

„Eine Maimarktleiche. Gestern nach Schließung hat ein Feuerwehrmann eine Leiche in einem Container gefunden. Irgend so ein Übungsgerät, in dem man Brände simuliert. Die Leiche war an einen Stuhl gefesselt ...“ Solos Augen waren rund und groß wie die eines staunenden Kleinkinds. Tarzan atmete heftig ein. Weitere Erklärungen brauchte es keine. Egal wie lange es schon her war. Ganz gleich, wie viele Jahre, Jahrzehnte gar, seitdem ins Land gegangen waren. Es war immer nur ein klitzekleiner Schritt hin zur Vergangenheit. Einer Vergangenheit, die er hermetisch verschlossen in seinem Innersten verbarg. Aber nicht tief genug. Nicht hermetisch genug. Plötzlich war alles wieder da: der Tote im Container, der Geruch, die Hitze ...[17] wie aus weiter Ferne drang Solos Stimme zu ihm durch.

„Das war Elke. Sie hat es gerade erfahren. Sie ist in Passau. Beerdigung einer alten Schulkameradin. Sie ist bis heute Nachmittag wieder hier. Wir müssen ihr sagen, was du herausgefunden hast, Tarzan, das geht immer weiter!“

„Morgen! Wir haben uns auf morgen geeinigt! Wenn Elke erst am Nachmittag zurückkommt, dann hat sie sowieso keine Zeit für uns. Die machen einen großen Kriegsrat bei der Bullerei, und ich habe absolut keinen Bock darauf, mich wieder wie einen Schuljungen wegschicken zu lassen. Ich fahre nachher zu dieser Spedition und schnüffle herum. Ganz offiziell, und wenn ich zurückkomme, erzähle ich dir,

17 s. Krämer, Manfred H.: Tod im Saukopftunnel. Heyne. München 2008.

was ich herausgefunden habe, falls es dort überhaupt etwas herauszufinden gibt. Wenn doch, dann servieren wir unser Ergebnis dem Rottweiler im silbernen Fressnapf. Du weißt doch selbst, was die für ein Erbsenzähler ist. Ohne Beweise und echte Hinweise macht die gar nichts. Wir waren uns einig ..." Den letzten Satz sprach Tarzan betont ruhig und leise aus. Solo verstand genau, was er damit zum Ausdruck bringen wollte.

Sie selbst war es, die es auf den Tod nicht leiden konnte, wenn jemand seine Meinung änderte. Oder ein Versprechen nicht hielt ...

„Schon gut. Du weißt aber, dass ich auf dem Stand dann ganz allein sein werde. Elke wird kaum in der Lage sein, Flyer zu verteilen und Leute anzubaggern. Irgendwann will ich vielleicht auch mal auf die Toilette. Oder so."

„Häng ein Schild hin: Wegen Reichtums geschlossen." Tarzan hoffte, dass sich dieses Gespräch jetzt langsam wieder in den Bereich gutmütigen Frotzelns entwickeln würde.

„Das kostet dich aber mehr als einen Döner." Tarzan atmete auf. Solo gab nach! Wann hatte es das zum letzten Mal gegeben? Zeit, den großen Trumpf auszuspielen ...

„Ralf macht dir nächste Woche den TÜV für den Firebird." Plauderton. Gaaaanz beiläufig. Solos Augen machten den Brötchentellern Konkurrenz.

„Wie bitte? Mit der wabbeligen Hinterachse? Was hast du dem denn angeboten?"

„Eine neue Hinterachse. Kommt morgen auf dem Frankfurter Flughafen an. Original Pontiac. Habe ein bisschen gegoogelt. Eingebaut ist die in einer halben Stunde. Deine

Karre ist ja zum Glück so kompliziert aufgebaut wie ein Matchboxauto."

Die Brötchentelleraugen wurden zu schmalen grünen Schlitzen.

„Das weißt du doch nicht erst seit gestern, oder? Du Krämerseele, du lausige! Sag an: Seit wann hast du die Ersatzachse auf dem Schirm? Beinahe hätte ich zweitausend Öcken für eine generalüberholte aus einem Unfallbock ausgegeben!"

„Da bin ich wohl der bessere Geschäftemacher. Meine kostet mit Transport und Zoll gerade mal 750 Euro. Krämerseele eben. Sollte deine Geburtstagsüberraschung werden. Aber da der TÜV ja schon vergangenen Monat abgelaufen ist, dachte ich, ich ziehe das vor."

„Drecksack!" Solo sprang auf, beugte sich über den Tisch, zog Tarzan zu sich her und verpasste ihm einen Kuss, der ihn glatt vergessen ließ, dass sich gerade der Inhalt seiner umgekippten Müslischüssel über seine neuen Wranglers ergoss.

Mannheim-Handelshafen, Binnenhafenstraße
Donnerstag, 02.05.2013, 07.48 Uhr

Tarzan hatte den Passat nahe der Speditionsausfahrt geparkt. In kurzen Abständen verließen Stückgutlaster das Gelände. Meist Mercedes, aber auch MAN, IVECO und ein DAF, der trug aber die Beschriftung eines großen Autovermieters. Fast alle anderen trugen die gründgelben Schriftzüge der Spedition Knubben. Tarzan kannte den Laden. Die Firma war seit über 75 Jahren in Mannheim ansässig. Tarzan, der selbst lange als Fahrer gearbeitet hatte, wusste so etwas zu schätzen. Knubben hatte sich vom kleinen Fuhrunternehmen zu einem geachteten Mittelständler entwickelt, der locker mit den Großen in der Branche mithalten konnte. Gerade schlingerte ein kleiner 7,5-Tonner aus dem Gelände. Hinter der Windschutzscheibe steckte ein Schild mit der Aufschrift „Harley-Davidson", am Lenker saß ein grauhaariger Typ mit Hornbrille und DJ-Ötzi-Bart, der aussah wie ein Landpfarrer. Tarzan seufzte. Knubben war in der Branche bekannt dafür, seine Fahrer anständig zu bezahlen und eine der seltenen Speditionen, die großen Wert auf die Einhaltung von Bestimmungen und Verordnungen legte.

Nach und nach steuerten jetzt auch die Pkw der Büroangestellten das verwinkelte Gelände auf der Neckarspitze an. Die altertümlichen Backsteingebäude täuschten. Tarzan hatte am Vorabend den Internetauftritt von Knubben durchforstet. Hinter den Schimanski-Fassaden spielte die Musik des 21. Jahrhunderts. Der seit wenigen Monaten tätige neue Geschäftsführer war erst 37, und wieder fragte sich Tarzan, was bei seiner eigenen Biografie schief gelaufen war. Er konnte von seinem Standort aus einen Teil der vorderen Laderampe sehen. An einem der Tore stand ein abgekoppelter Auflieger, am Tor daneben hatte ein Hängerzug aus Fulda angedockt.

Tarzan biss in sein Laugencroissant und spülte mit lauem Kaffe aus dem Pappbecher nach. Glücklicherweise hatte es ja an jeder Ecke irgendeinen Discounter mit vorgelagertem Bäcker. Einer der Gründe, warum seine Hosen wieder zwickten. Eine Minute später warf er das angebissene Croissant auf den Beifahrersitz und startete den Motor. Na endlich! Ein weißer Mercedes Actros mit einem leeren Containerchassis im Schlepp kurvte aus dem Hof und kam für einige Augenblicke genau auf ihn zu. Im Führerhaus ein kräftig gebauter Glatzkopf, in der Frontscheibe ein grinsender Plastiktotenschädel.

Der Sattelzug schwenkte auf die Güterhallenstraße ein und rollte in Richtung Containerterminal. Tarzan war aus dieser Richtung gekommen und hatte die vier oder fünf Lastzüge bemerkt, die auf die Einfahrt warteten. Deshalb hatte er es auch nicht eilig und folgte dem rasselnden, scheppernden Chassis in großem Abstand.

Tarzans Rechnung ging auf: Etwa sechshundert Meter weiter vorne leuchteten die Bremslichter des Zuges auf, und der Fahrer lenkte das Gespann hinter die wartenden Kollegen. Tarzan parkte auf der gegenüberliegenden Straßenseite auf dem Seitenstreifen. Er sah, wie der Fahrer langsam aus dem Führerhaus kletterte und in leicht nach vorn gebeugter Haltung zu dem unmittelbar an der Einfahrt gelegenen Imbiss strebte. Tarzan lächelte. Der Fahrer in seiner grünen Latzhose, die einen enormen „Kühler“ bändigte, bewegte sich wie Obelix in den alten Zeichentrickfilmen. Fehlte nur der Hinkelstein.

An den Stehtischen der Wurstbude standen schon einige Kutscher in ihren gelben und orangen Warnjacken zusammen. Auch zwei Frauen erkannte Tarzan. Keine Truckerliebchen, sondern selbst hinter dem Steuer PS-starker

40-Tonner tätig. Heute musste eine Frau nicht mehr aussehen wie ein Holzfäller, um 600 PS zu bändigen.

Tarzan schlenderte betont langsam zum Treffpunkt. Er hatte vorgesorgt: halbhohe Schutzschuhe mit Stahlkappen, seine ausgebeulte alte Jeans, ein T-Shirt mit dem Aufdruck eines Reifenhandels und sein geliebtes M65-Fieldjackett. Die verwegene Sportmütze hatte er gegen eine Basecap mit dem John-Deere-Logo getauscht.

Obelix bekam gerade seinen Kaffee und zwei Haselnussschnecken gereicht und gesellte sich zu einem Kollegen, der dabei war, die letzten Reste seiner Currysauce mit einem Brötchen aufzutunken. Truckerfrühstück ... Tarzan trat an den Schalter und orderte eine Cola und das Essen mit elf e: „E heeses Fleeschkeesbreedsche“[18]

„Moin“, brummte er und zwängte sich an den Tisch von Obelix und dem Currywurstfrühstücker.

„Morsche“, begrüßte ihn der Knubben-Fahrer. Sein Kollege nickte und mampfte sein Brötchen.

„Seit wann fährt der Knubben denn Container?“, fiel er gleich mit der Tür ins Haus. Unter den Fahrensleuten gab es kein Taktieren. In dieser Zunft herrschte das offene Wort.

„Wer will das wissen?“ Obelix entschärfte die Frage mit einem listigen Grinsen.

„Ich bin der Lothar, ich habe den Joe gekannt, den Hotzenwälder. Der ist mal bei euch gefahren. Der gestorben ist ...“

„Ha, der Joe.“ Obelix musterte seine angebissene Nussschnecke, als lese er darin. „Arme Sau. Ich heiß Bernd, aber

18 Ein heißes Fleischkäsebrötchen. Lachen Sie nicht, probieren Sie es aus!

alle sagen Bronni zu mir. Das mit den Containern machen wir seit zwei Monaten. Der neue Chef hat zwei Chassis gemietet und will mal sehen, ob sich das rechnet."

„Braucht ihr noch einen Fahrer?" Tarzan pokerte hoch. Wenn diese Jungs und Mädels hier gewusst hätten, dass er nur 7,5-Tonner fahren durfte, wäre er die Lachnummer des Tages gewesen.

„Pech gehabt. Vor drei Tagen haben sie eine Urlaubsvertretung für den Roggenfell eingestellt. Der stellt sich ordentlich an, da kommst du wohl zu spät. Aber wenn du Arbeit suchst: Drüben beim Graeff würd ich mal fragen. Ist auch ein guter Laden." Bronni biss in die zweite Nussschnecke. Der Currywurstliebhaber, ein riesiger Kerl mit Rübezahlbart, ergriff das Wort:

„Wie? Ihr stellt einen ein, bloß weil einer ein paar Tage Urlaub hat?"

„Paar Tage ist gut", brabbelte Obelix-Bronni mit vollem Mund, „der hat sich ein halbes Jahr unbezahlten Urlaub genommen. Kam vor fünf sechs Wochen mit 'nem dicken Benz auf den Hof und hat den Max gemacht, als hätte er im Lotto gewonnen. Der Disponent hat was von einer Erbschaft erzählt. Auf jeden Fall hat Roggenfell noch am gleichen Tag seinen Lkw ausgeräumt und ist mit qualmenden Reifen vom Hof. Der liegt jetzt vermutlich irgendwo am Strand und grapscht den Mädels an die Kontergewichte."

„Bronni! Uffbasse!", kam es vom Nebentisch, wo eine der Frauen Bronni scherzhaft mit der Faust drohte.

„De Roggefeller ..." kam es verächtlich aus dem Mund Rübezahls, „auf dem ganzen Globus gibt es doch garantiert keine Sau, die dem auch nur das Schwarze unter den

Fingernägeln vererben würde. Der hat ein krummes Ding gedreht, wenn ihr mich fragt. Das sähe dem Windhund ähnlich. Wundert mich sowieso, wie der es geschafft hat, beim Knubben unterzukommen."

In Tarzans Kopf arbeitete es. Der Morgen lief ja wie geschmiert! Gleich beim ersten Mal ein Straight Flush! Er hatte sich eigentlich darauf eingestellt, mühsam und mit aller Vorsicht die Fühler auszustrecken. Er suchte einen Kraftfahrer, der in ein krummes Ding mit Containern verwickelt war. Einen, der wusste, dass er eine Dublette auf dem Hof des Heidelberger Professors abgesetzt hatte. Gelobt sei die Geschwätzigkeit und die Spekulationsfreude der Fahrensleute. Tarzan beschloss, sein Blatt auszureizen:

„Roggenfell? Harry Roggenfell aus Plankstadt?"

„Plankstadt? Quatsch!", antwortete der bärtige Schrat, „der ist aus Oberhausen. Oberhausen-Rheinhausen, unten im Gololand. Der heißt auch nicht Harry, sondern Klaus. Stammt eigentlich aus Reilingen, hat aber vor zehn Jahren das Elternhaus seiner Ex umgebaut. Schwarz. Hat deswegen mächtig Ärger gekriegt. Wenn der hier war, bist du am besten gleich weiter gefahren. Wochenlang hat der hier rumgeheult, über die Ungerechtigkeit der Welt und die Idioten in der Verwaltung. Der Roggenfell ist ein Schwätzer, der gerne mit den Großen pissen gehen will. Der Joe Strecker, den du erwähnt hast, hat ihm mal eins aufs Maul gegeben. Der war in Ordnung. Arme Sau." An diesem Ort und aus dem Mund des Rübezahl-Truckers klang „arme Sau" beinahe wie ein Adelsprädikat.

Mit aufheulendem Wandler und grollendem Motor hielt ein hausgroßer Stapler vor der Bude. Die Tür der Führerkanzel flog auf, und eine kratzige Stimme ertönte:

„Sach mal, Alda, watt laberst de wieder für 'ne Kacke, ey?“ Ein Hydrant. Rot, kurz, breit. Helm und Anorak zierte das Logo des Containerterminals. Rot war auch das Gesicht.

„Hasse dein Kack-Handy wieder inne Hütte liegen oder watt? Mach mal zu, Alda, sonst hol ich den Bronni vor dir rein!“ Unter dem Gelächter der Umstehenden trollte sich der Bärtige eilig zu seinem Laster, und auch Obelix-Bronni schlurfte zu seinem Auto, um nachzurücken. Der Hydrant knallte die Tür zu und trieb das gigantische Gefährt wippend und infernalisch lärmend wieder zurück ins Betriebsgelände.

Tarzan leerte seine Cola. Das Fleischkäsebrötchen war schon lange weg. Er nickte den anderen zu und zwang sich, entspannt und langsam zu seinem Passat zurückzugehen. Er startete den Motor und bog zweimal links ab. Die Straße hier hörte auf den leicht zu merkenden Namen Verbindungskanal Linkes Ufer. Am Zaun eines Gaslagers parkte er geschickt zwischen zwei abgestellten Anhängern ein. Er schob seinen Sitz ganz zurück und klappte den Laptop auf.

Roggenfell ... Oberhausen ...

Es war kurz nach Mittag, als er durch den Haupteingang das Maimarktgelände betrat. Neugierig hielt er sich links, wo die Rettungsdienste und das THW ihre Ausstellung hatten. Tarzan staunte. Weder drängten sich hier Massen von Gaffern mit gezückten Mobiltelefonen, noch kämpften Reporter mit Mikrofonen und Kameras um die besten Plätze. Jugendliche in THW-Arbeitskleidung verteilten Luftballons an kleine Kinder, Rettungssanitäter warben um die Mitgliedschaft in der jeweiligen Organisation, und Feuerwehrleute fuhren gegen eine Spende mit Wagemutigen im Korb der Drehleiter nach oben. Der Übungscontainer war allerdings zu. Vorübergehend, erklärte ein Schild. Wegen eines technischen Defekts. Ah ja.

Verwundert ging Tarzan weiter, um in den „Fresshallen" Solos versprochenes Mittagsmenü zu besorgen. Sicherheitshalber gleich in dreifacher Ausfertigung, denn wenn hier kein Polizeigroßeinsatz tobte, war möglicherweise Elke mit am Stand, und er selber hatte ja nur das „E"-Essen am Morgen gehabt. Mehmet packte ihm die Döner in eine stabile Plastiktüte und wünschte einen guten Appetit. Auf dem Weg zum Ausgang der brechend vollen Halle, („Gefressen wird immer!", lautete eine vielzitierte Kurpfälzer Redensart) erstand er noch einen halben hausgemachten Käsekuchen bei einem Biobauern. Solo liebte das. Er auch. Nächste Woche würde er wieder anfangen zu laufen. Ganz bestimmt. In Halle 25, in der sie ihren Stand hatten, war bedeutend weniger los, und er erreichte ohne Havarie sein Ziel. Erleichtert stellte er fest, dass sich Solo und Elke entspannt an einem der Stehtische unterhielten, zwei Tassen Kaffee vor sich. Es war ein sonniger Tag, und in der Halle stand die Luft. Der Rottweiler hatte sogar seinen Lodenumhang und dieses grässliche Kreissägenhütle abgelegt. In ihrem Dirndl, mit den Speckarmen und den Apfelbäckchen, hätte sie besser zum Touristenverband Chiemsee gepasst. Bloß den Merkel-Mund hätte man dann wenden müssen. Eigentlich sah sie eher wie eine französische Bulldogge aus als wie ein Rottweiler, fand Tarzan.

„Dönerservice!“, tönte er bemüht heiter und schwenkte die nach orientalischen Gewürzen und Knoblauch duftende Plastiktüte.

„Na endlich, wir sind am Verhungern, während du Kundengespräche mit 24-jährigen Juniorchefinnen führst. Abladen, hinten auf dem kleinen Tisch, und Getränke besorgen, hopp-hopp!“ Tarzan zwinkerte Solo konspirativ zu. Sie hatte ihm mit dem lockeren Spruch signalisiert, dass sie sich an ihre Abmachung gehalten hatte. Die Bulldogge, äh, der Rottweiler, also: Elke wusste von nichts.

Wenig später machten sie sich über die Döner her. Kunden waren nicht in Sicht. Nicht einmal der sprichwörtliche Immer-wenn-ich-gerade-mal-sitze-Kunde ließ sich blicken. Vielleicht war er aufgehalten worden. Oder ermordet ...

Apropos ermordet ... Tarzan schluckte einen gewaltigen Bissen, leckte sich die Lippen und wandte sich an Elke Lukassow.

„Sag mal, da vorne, wo sie gestern Abend die Leiche im Container gefunden haben, war ja gar nichts mehr los. Ganz normaler Betrieb.“

„Das liegt daran, dass es keine Leiche war“, entgegnete die Kommissarin a. D.

„Hä?“ Tarzan glaubte, sich verhört zu haben. „Keine Leiche?“

„Keine Leiche, sondern nur eine Schaufensterpuppe. Geschmackloser Scherz eines Trittbrettfahrers. Heute Morgen haben wir seine Personalien überprüft und ihn mit der Aussicht auf ein Verfahren wegen Vortäuschung einer Straftat wieder heimgeschickt."

„Genial!", nickte Solo und schielte nach dem Käsekuchen. „Warum seid ihr da nicht schon früher draufgekommen?"

„Es war Bluhms Idee. Der Suffkopp tut nur so, als sei er ein Pennbruder honoris causa. Der hat uns damit jede Menge Ärger erspart, und unsere Ermittler können in aller Ruhe arbeiten."

„Hä?" Tarzan begriff gar nichts.

„Du wiederholst dich", mahnte die Lukassow und grinste, was mit ihren herunterhängenden Mundwinkeln immer aussah wie das Lächeln eines Piranhas.

„Hallo? Klärt mich bitte einmal eine der geschätzten Damen darüber auf, worüber ihr da in Rätseln labert? Vielleicht interessiert es mich ja auch. Natürlich nur, wenn ich zu den Eingeweihten zählen darf."

Elke lachte meckernd. „Mann, Tarzan, krieg dich wieder ein. Jeder andere hätte halt zwei und zwei zusammen gezählt und wäre da selbst draufgekommen. Aber weil du so lieb warst und uns vor der Magersucht bewahrt hast, erklär ich's dir, als seist du drei Jahre alt. Fakt ist: Im Übungscontainer war tatsächlich eine Leiche. Tiefgefroren, wie alle anderen auch. Ein Feuerwehrmann hat sie nach Schließung des Marktes entdeckt. Natürlich stand gleich wieder ein Bild davon im Netz. Zum Glück hatte der Fotograf Wert auf authentische Stimmung gelegt und das Ganze entsprechend düster belichtet. Dann kam Bluhm mit seinem Geniestreich! Wir ließen durchsickern, es handle sich um eine Puppe, platziert von einem Trittbrettfahrer, der Kontakte zur freiwilligen Feuerwehr unterhält. Den Verdächtigen gibt es genau so wenig wie deine Kombinationsgabe." Tarzan ging nicht auf die Spitze ein.

„Aber die Ermittlungen sind doch sicher noch nicht abgeschlossen. In seine Bestandteile zerlegt und teelöffelweise analysiert. Wie haben die das in so kurzer Zeit geschafft?"

„Haben Sie nicht. Die sind noch dabei. Noch in der Nacht haben sie den Übungscontainer abtransportiert. Der steht jetzt in einer Halle der Feuerwache Nord, und die Techniker krabbeln auf allen vieren darin und darauf herum. Was du da vorne gesehen hast, ist der Vorgänger von der Feuerwehr Speyer. Den haben wir als Dummy da stehen. Der enthält keine Ausrüstung mehr, deshalb das Schild."

„Genial!"

„Genau, und jetzt wirf den Käsekuchen ins Rennen, ich muss in einer Stunde im Präsidium sein."

„Du zahlst, zu Hause steht die Lasagne von gestern noch im Kühlschrank! Warum fahren wir überhaupt hier runter? Ich bin müde." Solo musterte argwöhnisch das rustikale Lokal mit dem großen Zeltpavillon auf der Terrasse. Tarzan nickte und steuerte den Firebird auf den grasbewachsenen Platz vor dem Vereinslokal der Hockenheimer „Goggelrobber".

„Hat mir ein alter Fernfahrerkollege empfohlen. Außerdem liegt es auf dem Weg.“ Röchelnd und blubbernd verstummte der versoffene Achtzylinder. Tarzan stieg aus und warf die riesengroße Fahrertür zu, dass es nur so schepperte.

„Wann lässt du endlich die Scharniere richten? Eines schönen Tags fällt die Tür noch auf der Autobahn ab.“

„Wenn ich das Geld dafür verdient habe. Wird wohl noch ein Weilchen dauern, da ich einen Partner habe, der außer Spesen nichts zustande bringt!“, zischte Solo.

„Entspann dich, Schatz, was du jetzt brauchst, ist ein ordentliches Schniposa[19] und ein oder zwei Weizen, dann sieht alles ganz anders aus.“

„Du fährst!“

„Ja, Schatz.“

„Nenn mich nicht Schatz du Affe.“

„Ja, Süße.“

„Was soll das heißen, es liegt auf dem Weg? Wo schleppst du mich eigentlich hin?“ Solo setzte sich, streckte die langen Beine aus und zündete sich eine Zigarette an. Die Ärmel ihrer mittlerweile ziemlich knittrigen Business-Bluse hatte sie hochgekrempelt wie ein Metzgergeselle. Das tagsüber mit Gel gebändigte, kurze rote Haar stand in alle Himmelsrichtungen ab, und die offenen Knöpfe der Bluse erlaubten Tarzan einen tiefen Blick auf ihr sommersprossiges Dekolleté. Sie steckte sich die schwarze Ray-Ban-Sonnenbrille ins Haar und nahm einen tiefen Zug. Tarzan fand, sie sah bezaubernd aus. Ganz warm ums Herz wurde es ihm ...

19 Schnitzel-Pommes-Salat

„'n Abend, die Speisekarte?", wurde er aus seiner Schwärmerei gerissen.

„Ja, und bringen Sie ein Hefeweizen für die Dame und ein Alkoholfreies für mich." Die Bedienung legte die Speisekarten schmunzelnd auf den Tisch und entfernte sich.

„Wohin?" Die Stimmung drohte zu kippen! Auf Solos Stirn hatte sich eine steile Falte gebildet, die grünen Augen blitzten aggressiv.

„Nach Oberhausen-Rheinhausen. Nicht weit von hier. Wir besuchen den Mann, der die Container vertauscht hat." Tarzan hatte nicht erwartet, dass seine Eröffnung Solo sonderlich beeindrucken würde. Reglos starrte sie ihn an. Wieder ein langer Zug an der Zigarette. Die Speisekarte rührte sie nicht an.

„Klar". Sie drückte die Kippe energisch im Ascher aus und lehnte sich mit verschränkten Armen zurück. „Er wird uns auf die Terrasse oder den Balkon geleiten, fragen, ob wir etwas trinken möchten und erzählen, dass er jede Woche zwei Fuhren mit tiefgekühlten Leichen macht." Tarzan seufzte.

„Es ist genauso unglaubwürdig, dass er nach unserem Klingeln mit einer abgesägten Schrotflinte durch die geschlossene Wohnungstür feuert. Wir sind keine Bullen, wir sehen auch nicht so aus, und wir wollen ihm nur ein paar Fragen stellen. Aller Wahrscheinlichkeit nach wurde der Mann auch nur benutzt und hat absolut keinen Schimmer, dass er bei etwas Illegalem geholfen hat."

„Morgen früh weihen wir Elke ein."

„Versprochen!" Tarzan wusste, wann eine Schlacht verloren war.

„Jägerschnitzel, Pommes und Salat." Tarzan hatte die Bedienung gar nicht bemerkt, die hinter ihm stand. Er hob zwei Finger.

„Zweimal!"

„Am Ende der Straße rechts abbiegen, dann: Sie haben Ihr Ziel erreicht. Biegen Sie rechts ab", verkündete das Navi an der niedrigen Frontscheibe des Firebird. Sie fuhren offen, und Tarzan hatte seine Sportmütze tief in die Stirn gezogen, damit der Orkan, den das Cabrio ab 70km/h im Passagierbereich entfesselte, sie nicht davon wehte. Der riesige Ami-Schlitten war eben ein echter Roadster. Kein weichgespültes windschlüpfriges Barbie-Mobil, in dem der Fahrer fast noch unter der weit nach hinten geneigten Frontscheibe hockte, gut geschützt vorm bösen Fahrtwind durch Windschott und klug angebrachte Windabweiser. Der 68er Firebird Convertible war wohl das einzige Auto der Welt, bei dem man im Regen die Scheibenwischer einschalten musste, um den Drehzahlmesser ablesen zu können. Dieser war in einer schnittigen Hutze untergebracht, die mitten aus der meterlangen Motorhaube ragte. Ein typischer Ami-Gag eben. Love it or leave it.

Solo drehte mit einer Hand an dem spindeldürren weißen Lenkrad, und mit sonorem Grollen schob sich die markante Schnauze des Wagens in die Adlerstraße.

„Siwwesiwwezisch[20]", murmelte Tarzan und Solo lachte kurz auf. Tarzan liebte solche alten Lampertheimer Wörter,

20 Siebenundsiebzig auf Alt-Lampertheimerisch

mit denen er seine Gesprächspartner ab und zu an den Rand der Verzweiflung trieb.

„Müsste auf der linken Seite kommen ...“ Beide konzentrierten sich auf die kleinen Einfamilienhäuser, die hier am Ortsrand der Doppelgemeinde unmittelbar vor dem freien Feld standen. Weiter vorn glitzerte bereits die Wasserfläche des Erlichsees, eines ehemaligen Baggersees, der jetzt zum beliebten Freizeitrevier mit Strandbad und Angelrevieren geworden war.

„Da isses!“ Tarzan wies auf ein schmuckes Häuschen aus Backstein mit tief herabgezogenem Dach und einem Anbau, in dem auch die Garage untergebracht war. In der Einfahrt stand ein älterer Benz.

„’s Äffle isch dahoim“, imitierte Solo die kultigen Werbefiguren des SWR. Nach guter alter Rockford-Sitte parkte Solo den Firebird so, dass er den Mercedes in der Einfahrt blockierte. Sie stiegen aus, und Tarzan richtete seine Kappe wieder auf Normalbetrieb. Aus der Nähe machte das Haus einen nicht mehr ganz so guten Eindruck. Der Vorgarten befand sich im ersten Stadium der Verwilderung, der weiße Lattenzaun benötigte dringend einen Anstrich, und das Hoftor ließ sich nicht mehr schließen. Zwischen den Gehwegplatten, die zum Eingang führten, wucherte Unkraut, und die Lampe über der Tür war nur noch eine nackte Glühbirne. Im Fenster daneben reckte das holzige Gerippe eines vertrockneten Ficus Benjamini wie anklagend seine Äste gegen die schmutzstarrende Scheibe.

„Ein Mann“, sagte Solo leise zu Tarzan.

„Was?“

„Hier wohnt ein Mann. Ohne Frau, und zwar schon eine ganze Weile.“ Tarzan schaute seine Gefährtin mit einem seltsamen Blick an, zog es aber vor, lieber den Mund zu halten. Weder am Hoftor noch am Zaun hatten sie eine Klingel gesehen, also waren sie vorbei an dem halboffen in seinen schiefen Angeln hängenden Türchen zum Hauseingang gegangen. Tarzan drückte auf eine dieser billigen Funkklingeln, bei denen fast immer die Batterien leer waren und verzog anerkennend das Gesicht, als ein melodischer Jaulton im Haus erklang.

„Was sagen wir dem?“, fragte Solo.

„Tach“, empfahl Tarzan, worauf er sich einen bösen Blick einfing.

„Wir sind vom Stuttgarter Mercedesclub und ernennen ihn zum Ehrenmitglied?“, schlug er daraufhin vor.

„Erstens heißt das in Stuttgart Daimler, und zweitens: mit der Krücke da?“ Solo wies mit dem Kinn in Richtung Garage. „Der Lack ist nicht original, und die Felgen sind billige Imitate.“ Wieder ließ Tarzans Daumen den elektronischen Zwergpinscher heulen.

„Was machen wir, wenn's Äffle doch Bananen kaufen ist?“

„Reingehen, ist offen.“ Solo tippte gegen die Tür, die daraufhin ein Stück aufschwang.

„Hallo? Jemand zu Hause?“, rief sie betont freundlich. Sie hatte weder Lust auf den Angriff eines neurotischen Kampfhundes noch auf die Bekanntschaft eines alkoholisierten, adipösen Containertruckers. „Pfui, Solo!“, schalt sie sich innerlich. „Du hast Vorurteile, schäm dich!“

„Hallo!“ Tarzans gab sich keine Mühe, freundlich zu klingen. Im hinteren Bereich des Hauses schienen die Läden geschlossen zu sein. Licht brannte keines, und über allem lag ein leicht säuerlicher Geruch. Verdorbenes Obst und schmutziges Geschirr, vermutete Tarzan und wappnete sich für noch Schlimmeres. Auch Solo spannte plötzlich alle Muskeln an und sicherte wachsam nach allen Seiten.

„Jetzt ist wohl der Augenblick gekommen, wo sie im Tatort immer die Kanonen herausholen, sie mit der Mündung nach oben vors Gesicht halten und immer so blöd mit den Köpfen in die Türrahmen zucken“, brummte Tarzan.

„Bloß das wir keine Kanonen haben, noch nicht mal Bullen sind und richtig Mecker kriegen, wenn der Bewohner keinen Bock darauf hat, von zwei Eindringlingen beim Fernsehen gestört zu werden“, antwortete Solo flüsternd.

„Ich höre keinen Fernseher.“ Tarzan zuckte zusammen, als aus einem der Räume ein Geräusch zu hören war. Ein Kollern, als rolle eine Flasche über Holz.

„Hallo!“ Diesmal rief Solo laut und deutlich. „Hallo? Entschuldigung, die Tür war offen!“

Ein trockenes Husten. Seltsam verkrampft. Tarzan und Solo sahen einander an. Tarzan drückte einen Lichtschalter, und eine Wandlampe leuchtete auf.

„Herr Roggenfell? Sind Sie das? Brauchen Sie Hilfe?“ Nichts. Absolute Stille. Tarzan bedeutete Solo, ihm zu folgen, und vorsichtig betraten sie den engen Flur. Dann wieder das Husten. Es kam aus dem Zimmer links von Ihnen.

„Herr Roggenfell?“ Tarzan tastete blind nach einem Lichtschalter, fand ihn und erstarrte, als eine dreiflammige Deckenleuchte das Schlafzimmer in helles Licht tauchte.

Der Rollladen war tatsächlich unten. Der Raum maß etwa vier Quadratmeter. Ein Spanplattenschrank nahm eine der Seitenwände komplett ein. Ihm gegenüber stand ein Eisenbett mit verschnörkeltem Kopfteil, flankiert von zwei entsetzlichen Rokoko-Nachttischchen Made in Fernost. Hinter dem Bett hatte ein bemerkenswert unbegabter Mensch versucht, einen Palmenstrand über die gesamte Wandfläche zu malen. Vor dem Fenster stand ein Schminktisch, auf dem sich leere Bierflaschen drängten. Der Schwenkspiegel war übersät mit Fußballaufklebern. Solo hatte recht gehabt: Hier lebte ein Mann.

Lebte ... die Vergangenheitsform traf zu. Der Mann, der auf dem Doppelbett lag, war tot.

Um das zu erkennen, musste man nicht Medizin studiert haben. Die Hirnmasse, die in langen Streifen von dem verunglückten Wandgemälde rann, machte es auch nicht schöner, und das Loch in der Stirn des Toten lies nicht viele Optionen offen. Was Tarzan jedoch am meisten schockierte, waren die kleinen roten Stückchen, die rechts und links neben den Händen des Mannes verstreut lagen. Fingerkuppen. Im selben Atemzug, als er die dazugehörige große Kneifzange entdeckte, schlug ein Meteorit in seinem Kopf ein.

Solo überraschte die Attacke genauso wie Tarzan. Als ihr Partner neben ihr plötzlich zusammensackte, reagierte sie rein instinktiv. Sie ließ sich auf das Bett fallen, spürte den weichen Leichnam unter sich, zog die Beine an und trat blindlings zu. Ein unartikulierter Laut sagte ihr, dass sie getroffen hatte. Solo hatte keine Zeit für Ekel oder Abscheu. Sie wälzte sich über die Leiche, ließ sich zwischen Bett und

Schminktisch zu Boden fallen, spürte schmerzhaft ihre linke Hüfte und griff nach den Bierflaschen. Ein Höllenlärm brach los, als sie wie rasend eine nach der anderen in Richtung des Angreifers warf. Der Mann trug eine Sturmhaube. Er wedelte mit den Armen, um die Flaschen abzuwehren, und stieg auf das Bett. Er war groß. Er reichte fast bis zur Decke. Solo hatte keine Bierflaschen mehr. Keuchend und die Schminkkommode schmerzhaft im Rücken rasten ihre Gedanken. Von Tarzan sah sie nur eine Hand, die hinter dem Bett herausragte. Die Finger waren verkrümmt. Oh Gott, Tarzan! Fauchend wie eine Wildkatze sprang Solo den hünenhaften Mann an. Dessen Faust explodierte in ihrem Leib, schleuderte sie auf den Schminktisch, dessen Spiegel zerbarst. Unter Solos Gewicht ging das zierliche Möbel zu Bruch, lange Splitter zerfetzten ihre Kleidung, drangen ins Fleisch, rissen ihr die Haut in Fetzen. Das Letzte, was sie sah, war ein Stiefel. Ein greller Lichtblitz, ein grauenhaftes Krachen. Dunkelheit. Kein Schmerz. Eigenartig ... sie fiel in einen schwarzen samtigen Strudel. Immer weiter und weiter ...

Mannheimer Maimarkt, Tag 7
Freitag, 03.05.2013, 09.38 Uhr

Man hatte die Besatzung der Maimarktwache verstärkt. Zusätzlich zu den ermittelnden Beamten und Technikern in der aktuellen Leichenfundsache war nun eine Ermittlungsgruppe der Kripo Mannheim ständig vor Ort. Der Besucheransturm war gewaltig. Viel stärker als in den vergangenen Jahren. Das lag mit Sicherheit nicht am mittlerweile recht ordentlichen Ausflugswetter. Was vor Tagen noch als kruder Scherz die Runde gemacht hatte, war tatsächlich eingetroffen: Die Maimarktleichen zogen sensationshungrige Menschen aus dem ganzen Land an. Keine Familie ohne Kamera oder griffbereites Smartphone. Ja, ganze Schulklassen durchkämmten die Zeltstadt auf dem Mühlfeld auf der Suche nach unentdeckten Toten. Inklusive aller möglichen dummen Scherze natürlich, die die Einsatzkräfte banden und die nervöse Spannung unter den Ermittlern noch zusätzlich verstärkte. Die großen Fernsehsender hatten ihre Teams geschickt, und gestellt betroffen wirkende Moderatoren verbreiteten mit Dackelblick ihre Mutmaßungen und haltlosen Theorien über den Äther und die Glasfaserkabel.

Polizeihauptkommissar Franz Nemeth stellte sich zu seinem vor der Tür des Polizeipostens rauchenden alten Kollegen Bluhm und schaute versonnen dem bunten Treiben der vorbeiziehenden Menge zu.

„Vormittag, Mittag oder Abend?“, fragte Nemeth, während Bluhm vergeblich, versuchte Rauchringe zu produzieren.

„Ich tippe auf Nachmittag“, brummte Bluhm, „Nachmittag oder früher Abend. Nachdem der oder die Täter die letzte Leiche so gut vor dem Publikum versteckt haben, denke ich, die werden heute wieder so richtig publikumswirksam aktiv werden.“

Eine grüne Filzkugel gesellte sich zu den beiden Männern.

„Na, da sollten wir das gläserne Studio vom SWR im Auge behalten. Vielleicht sitzt da eine Leich mitten zwischen die Zuschauer." Alle drei lachten ohne jeglichen Humor. Jeder von ihnen wusste, ein Abreißen der Serie würde es so schnell nicht geben. In den täglichen Besprechungen hörte man die tollsten Gründe dafür. Alle zusammen bildeten einen eindrucksvollen Beweis versammelter Hilflosigkeit. Das Frustrierendste: Niemand vermisste die Toten. Bilder der Leichen wurden europaweit in alle polizeilichen Netze eingespeist, man glich sie mit den Datensätzen über vermisste Personen ab und gab sie an die Medien weiter. Erwartungsgemäß brach eine Flut von Hinweisen über die Ermittler herein, deren grobe Vorsortierung nach absolutem Blödsinn und ernstzunehmenden Tipps allein schon sieben Personen im Schichtdienst beschäftigte.

Wirklich Brauchbares war bisher nicht dabei herausgekommen.

„I werd jetzt mal in meine Halle gehen. Schauen, wie's Solo und Tarzan geht. Wenn's was hört, rufts mi an, bitteschön", sagte Elke Lukassow und warf sich ins Getümmel.

Bluhm schaute Nemeth an, der ihn ebenfalls erstaunt musterte.

„Hab ich jetzt Ohrenschmalzverdickung oder hat der Drachen eben bitteschön gesagt?"

„Hab ich auch verstanden", grinste Nemeth, „vielleicht hat ihr ja heute schon jemand einen Blutwurz spendiert."

„Oder zwei oder drei ..." sinnierte Bluhm, „Als sie dieses Weib pensioniert haben, hat die gesamte Unterwelt drei Tage und drei Nächte durchgefeiert."

„Zu früh gefreut. Immerhin hast du sie ja wieder an der Backe, Kumpel.“

„Franz, ich sag dir was: Eigentlich bin ich ganz froh darüber, dass Miss Marple in meinem Team ist. Machs gut, ich brauch jetzt erst mal flüssiges Frühstück.“

Nemeth schaute dem Bluhmepeter kopfschüttelnd nach. War denen jetzt allen ein Erzengel erschienen oder was?

Halle 25, 09.25 Uhr

Verwundert stand Elke Lukassow vor dem verwaisten Stand der „LOGSAVE Consulting“. Auf dem Stehtisch lagen ein paar Flyer, der Monitor an der Wand war ausgeschaltet, und die abgeteilte, kleine Kammer war verschlossen. Sie kramte in ihrer großen Umhängetasche nach dem Schlüssel, öffnete die Sperrholztür und sah sofort, dass an diesem Tag noch niemand hier gewesen war. Ja Sackzement ... das sah den beiden nicht ähnlich. Selbst wenn am Vorabend ein Emir aus den Sandlanden ihnen den Auftrag ihres Lebens erteilt hätte, wäre zumindest Solo pünktlich hier aufgeschlagen. In solchen Dingen war die preußischer als der Alte Fritz.

Elke zückte ihr Mobiltelefon und tippte eine Kurzwahlnummer ein:

„The person you have called is temporarily not available.”

Sie setzte sich auf einen der Klappstühle und wählte Tarzans Nummer. Immerhin ein Rufton. Nach mehreren Wiederholungen schaltete sich die Mailbox ein.

„Ruf mich an. Wo steckst du denn? I bin hier am Stand. Hörst du? Ruf mich an, aber dalli!“

Blieb noch der Festnetzanschluss auf der Lady Jane. Auch dieser war in der Kurzwahlliste gespeichert. Nach dem fünften Läuten meldete sich der AB mit der gekünstelt hochdeutsch sprechenden Stimme Tarzans: „Bitte hinterlassen Sie nach dem Pfeifton eine Nachricht.“ Die Ansage war schon oft der Auslöser für mehr oder weniger witzige Sprüche gewesen. Nach Witzen oder Sprüchen war Elke jetzt allerdings absolut nicht zumute. Natürlich konnte das „Verschwinden“ der beiden einen ganz trivialen Grund haben. Vielleicht war der greise Firebird zusammengebrochen, und die beiden tippelten über den Standstreifen der Autobahn, während sich ihre Handys im Handschuhfach dusslig klingelten. Oder die beiden hatten wieder einmal einen Riesenkrach gehabt, dessen Versöhnungsritual samt entsprechenden Mengen Alkohols bis spät in die Nacht angehalten hatte. Schlicht und ergreifend verschlafen? Nichts davon überzeugte Elke. Tief in ihrem runden Leib verbarg sich ein bemerkenswert präzises Organ, das ihr zuverlässig signalisierte, wenn Ärger heraufzog. Die Zeichen reichten vom leichten Magenknurren über deutliches Unwohlsein bis zu nervösem Schluckauf. Im Moment wechselte das Magenknurren gerade zur zweiten Phase über. Flugzeuge im Bauch, hatte mal einer gesungen. Flugzeuge? Ganze Bomberflotten kreisten in den Gedärmen der Kommissarin a. D.

Stirnrunzelnd steckte sie das Mobiltelefon wieder ein. Sie sah sich suchend um. Am Nachbarstand verabschiedete Eugen Bärlocher gerade einen Interessenten, den er mit Flugblättern und Kugelschreibern eingedeckt hatte. „Bärlocher – wenn der Bär mal vor ihrem Loch hockt!“ Der Mann handelte mit Türspionen und Überwachungskameras und kam aus Deggendorf. Ein Bayer. Niederbayer zwar, aber immerhin kein Gelbfüßler und kein Preiß.

„Griaß Gott, Eugen, sag mal, hast du vielleicht meine Freind heit scho gsehn? Woast, die lange Rote und der mit der Schlägervisage?“

„Griaß di, Elke, na, die warn heit no gar net do gwesen. I bin seit holba neine scho vor Ort, aba die zwoa hob i net gsehn.“

Grußlos rauschte Elke davon. Da stimmte etwas nicht! Ihr linker Stützstrumpf war heruntergerutscht. Das war immer ein böses Omen! Da stimmte was nicht. Hol’s der Deibel!

Der Regen kam beinahe waagrecht, direkt von vorn. Tarzan klammerte sich am Schanzkleid der Flyerbridge fest und brüllte gegen die tobenden Naturgewalten an: „Leuchtfeuer! Leuchtfeuer backbord auf 11 Uhr!“ Wieder durchnässte ihn ein gewaltiger Brecher. Wasser lief ihm in die Augen, rann ihm über Wangen und Kinn, sein Körper schmerzte, als sei er durch eine Knüppelgasse der Mannheimer Adler gejagt worden.

Ein brennender Schmerz im Gesicht ließ ihn die Augen aufschlagen. Das Wasser war wirklich. Das war aber auch das Einzige. Mit peinvoller Intensität sprang ihn die Wahrheit an: Er lag auf dem Boden. Vor ihm kniete ein Kerl mit einer Skimaske, der einen Eimer neben sich stehen hatte. Wieder huschte eine riesige Hand heran, klatschte auf seine linke Wange. Die Augen in den Löchern der Maske hatten ein intensives Himmelblau. Ein Blau, wie man es gerne für eiskalte Killer in schlechten amerikanischen Filmen nahm. Killerblau. Tarzan konnte seinen Blick nicht von ihnen wenden.

„Solo ...“ Seine Lippen versagten ihm den Dienst, die Zunge schien ein lebloses Anhängsel zu sein.

Die Maske nickte. Die Eisaugen verengten sich für einen Moment. Grinste er?

Im gleichen Augenblick krallte sich eine Hand in Tarzans Hemd und zog ihn auf die Beine, als sei er eine Plastikpuppe. Die Maske schleuderte ihm Worte in einer fremden Sprache ins Gesicht. Verzerrt und undeutlich, die Maske hatte keine Mundöffnung. Tarzan registrierte aber einen maßlosen Hass. Tödlichen Hass ... es war aber gerade diese schwarze, unheimlich wirkende Haube, die die Tür zur Hoffnung einen winzigen Spalt breit öffnete. Da wollte jemand unerkannt bleiben. Gut! Sehr gut! Erleichtert bemerkte Tarzan Solo, die gefesselt auf einem Stuhl saß, den der Kerl wohl aus der Küche hergeschafft hatte. Sie hatte die Augen weit aufgerissen und sah ihn beschwörend an. Ihr Gesicht sah übel aus: die Nase verschwollen und wohl gebrochen, ein Riss über dem rechten Auge und aufgeplatzte Lippen. Heißer Zorn wallte in Tarzan auf, und er spannte alle Muskeln an. Doch sein Peiniger war vorbereitet. Mit einer fließenden Bewegung drehte er Tarzan den Arm auf den Rücken, so dass dieser vor Schmerz aufschrie, zwang ihn auf das Bett und fixierte seine Hände mit Kabelbindern. Tarzan war immer noch ziemlich matschig, deshalb hatte der Maskierte leichtes Spiel. Normalerweise war der stämmige Tarzan kein leichter Gegner, der jede Menge einstecken konnte und der, zumal, wenn es um seine Solo ging, kämpfen konnte wie der übelste Straßenschläger.

„Ab", schrie der Mann, „ab, ab, ab!" Tarzans umnebeltes Hirn suchte nach einem Sinn dieser Worte, bis es ihm endlich klar wurde: Der Kerl kauderwelschte Englisch. Er wollte, dass Tarzan aufstand. „Up", nicht „ab" brüllte der. Wackelig erhob sich Tarzan, blickte zu Solo. Sie zwinkerte. Eine Geste, die nur eingespielte Partner erkennen konnten. Sie war wohl schon länger bei Bewusstsein als Tarzan und hatte demzufolge auch mehr mitbekommen. „Tu, was er sagt", schien sie sagen zu wollen. Tolle Wurst! Was blieb ihm denn übrig? Der Mann stieß ihm etwas Hartes in die Seite. Tarzan erkannte eine hässliche, gedrungene Handfeuerwaffe mit dickem Lauf. Ein russischer MP 412, Kaliber 357 Magnum. Scheiße! Dieser Taschenmörser machte so große Löcher, dass es völlig gleichgültig war, wo er traf. Allein der Aufprallschock der Kugel führte normalerweise zum Tode.

Mein Gott, in was waren sie da nur schon wieder rein geraten? Das tote Folteropfer auf dem Bett, der kompromisslose Angriff aus heiterem Himmel, die russische Kanone ... Tarzan blieb keine Zeit für längere Denkübungen. Der Mann stieß ihn vor sich her bis zur Eingangstür. Draußen war es mittlerweile dunkel. Wie lange waren sie schon in Klaus Roggenfells Haus? Der Maskierte sah durch das Fenster neben der Tür, dann öffnete er sie und trat hinaus, den Arm mit der Waffe immer noch in Tarzans Nierengegend gepresst. Wenn da draußen jetzt eine Katze saß und erschrocken fauchend aufsprang, dann war's das.

Tarzans Hoffnungen, doch noch irgendwie aus dem ganzen Schlamassel rauszukommen verpufften, als der Mann in einer raschen Bewegung die Maske abzog. Ein hageres, nicht unsympathisches Gesicht mit hohen Wangenknochen und kurz geschnittenem, blonden Haar wurde sichtbar. Zwischen 25 und 30, sportliche Figur, etwa 1,80 bis 1,85 groß, vermutlich Osteuropäer, ratterte in Tarzan die Personenbeschreibung durch. Er zweifelte jedoch daran, dass er seine Beobachtungen jemals irgendeinem Menschen mitteilen würde. Dieser Mann war gekommen, um zu töten. Warum auch immer.

Der Mann führte ihn am Haus entlang, so dass ein zufällig vorbeikommender Passant sie nicht gleich sehen konnte. Zu dicht wuchs das Gesträuch im Vorgarten. Erst als sie die Garageneinfahrt erreichten, bemerkte Tarzan, dass der Firebird nicht mehr davor stand. Was zum Teufel hatte der Kerl mit Solos Wagen gemacht? Der Mann sagte etwas in der kehligen Sprache und öffnete die Tür. Das Auto war ein Coupé. Ein Zweitürer. Der Mann stieß den Revolver in Tarzans Leib, dass dieser sich auf die Lippen biss, um nicht laut aufzuschreien. Als er sich mühsam mit den gefesselten Händen in den engen Fond wand, spürte er plötzlich ein heißes Brennen wie von einem Wespenstich in seinem Oberschenkel. Das letzte, was er sah, war die Spritze, die der Mann betätigte. „Sehr praktisch“, dachte er unmittelbar vor dem schwarzen Vorhang, „lässt mich brav zum Auto latschen und schaltet dann das Licht aus ...“

Als er zu sich kam, veranstaltete der Verband friesischer Hufschmiede gerade ein Wetthämmern in seinem Schädel. Er lag seitlich umgeknickt auf dem Rücksitz des Mercedes. Er hatte einen üblen Geschmack im Mund und kämpfte gegen einen hartnäckigen Brechreiz. Der Wagen stand. Der Motor war aus, nur die Beleuchtung brannte noch. Über der Beifahrer-Kopfstütze sah er Solos widerborstigen, roten Haarschopf. Ihr Kopf war zur Seite geneigt, auch sie schien unter dem Einfluss eines Betäubungsmittels zu stehen. Plötzlich flackerten draußen unzählige Neonlampen auf, und Tarzan erkannte im grünweißen Schein, dass sie sich in einer Art Lagerhalle befanden. Die Schnauze des Autos zeigte auf einen rostroten Überseecontainer. Der kam Tarzan seltsam bekannt vor. Wo hatte er einen solchen Behälter in letzter Zeit schon mal gesehen? Sein Kopf war immer noch zu sehr damit beschäftigt, die Kontrolle über den Rest des Körpers wieder herzustellen. Ein Schatten verdunkelte das Fahrzeuginnere, als der Mann die Fahrertür aufriss. Er griff nach hinten und bellte etwas, das sich entfernt wie „Dawai, dawai“ anhörte. Tarzan war sich nicht sicher. Auf jeden Fall wollte der Kerl, dass er das Auto verließ. Wieder krallte sich eine furchterregend kräftige Hand in Tarzans Kleidung und zerrte ihn unsanft aus dem Auto. Tarzan stieß sich den Kopf am oberen Türrahmen und sah für einen Augenblick nur noch Sterne und Kreise. Was in den Fernsehkrimis immer so albern aussah, wenn Polizisten ihren Verhafteten die Hand auf den Scheitel legten, war wohl doch sinnvoll.

Der Mann hatte plötzlich wieder den plumpen Revolver in der Hand und schrie Tarzan an. Aus den Bewegungen seiner Hände entnahm er, dass er stehenbleiben sollte. Tarzan tat, wie ihm befohlen und nutzte die Atempause, um sich umzuschauen. Eine Leichtbauhalle. Sauber und recht neu. Der Container stand mitten im Raum, und jetzt vernahm Tarzan auch das sonore Brummen, das er fälschlicherweise zunächst in seinem Kopf verortet hatte. Ein Aggregat. Dem Geräuschpegel nach ein elektrisch betriebenes. Zur Stromerzeugung? Denkbar, aber unwahrscheinlich. Strom bekam man in diesem Land an jeder Ecke, zumal wenn in ihr eine Lagerhalle stand. Eine Klimaanlage? Schon besser ... Dann machte es klick, und Tarzan bekam eine Gänsehaut. Alles fiel ihm wieder ein. Luzent mit dem schwarzen Hut. Der getürkte Container. Die tiefgefrorenen Leichen auf dem Maimarkt! Er wusste zwar noch nicht, wo er war, aber er wusste genau, was es mit diesem Transportbehälter da vor seiner Nase auf sich hatte. Ein Thermocontainer für Lagerung und Beförderung temperaturgeführter Güter. Leichen zum Beispiel ...

Solo schwankte im Griff des Hünen heran. Sie war noch nicht ganz bei sich, ihre Augen flackerten, mehrmals wäre sie fast gefallen.

Der Mann zwang sie beide, sich auf den Boden zu setzen, was mit auf den Rücken gefesselten Händen nicht einfach war. Dann trat er zwei Schritte zur Seite und hob das Schießeisen. Wie in Zeitlupe sah Tarzan, wie der Mann den Hahn spannte und zielte. Das Donnern des Schusses war brutal, und Tarzan spürte einen stechenden Schmerz in den Ohren. Dann war da nur noch ein helles Pfeifen.

Das grässliche Kreischen, mit dem die verformte Kugel quer durch die Halle schwirrte, hörte er schon gar nicht mehr. Das schwere Vorhängeschloss, das den Container gesichert hatte, war nur noch ein verformter Haufen Metall, die Ösen, durch die der Bügel des Schlosses geführt worden war, waren einfach weg, und in dem widerstandsfähigen Corten-Stahl des Behälters klafften tiefe Rillen. Der Mann öffnete mit beiden Händen die massiven Verschlussstangen des Behälters und zog einen der schweren Türflügel auf. Sofort wallten weißliche Dampfwolken aus dem Inneren, und ein eisiger Hauch ergriff die drei Menschen in der Halle.

Tarzan spürte die Hand des Mannes unter der Achsel. Brutal zerrte ihn der Kerl hoch. Wieder dieses heisere „Dawai, dawai“ oder so ähnlich. Tarzan blieb nichts anderes übrig, als Folge zu leisten.

Dann geschah etwas Seltsames: der Mann zückte plötzlich ein kleines Einhandmesser und durchtrennte, immer den Revolver im Anschlag, ihre Fesseln. Rasch trat er drei Schritte zurück und öffnete den Kofferraum des Wagens. Wieder bellte er heiser Befehle in dieser fremden Sprache. Mehrmals deutete er mit der freien Hand in den Kofferraum. Tarzan begriff absolut nichts.

„Dis Baddie! Dis Baddie in de Container!“ Der Mann verfiel wieder in sein schwerfälliges Englisch.

„Er will, dass wir etwas aus dem Kofferraum holen. Ich denke, es ist die Leiche von diesem Roggenfell“, flüsterte Solo, und Tarzan wurde übel, als er an die misshandelte Leiche dachte. Na klar. Ihr Entführer versuchte, seine Spuren zu verwischen.

„Dawai! Dawai!“

Tarzans Befürchtungen bestätigten sich, als er sich dem Kofferraum näherte: Eingewickelt in die blutverschmierte Bettwäsche sah er ein Bündel, das unverkennbar menschliche Proportionen aufwies. Wieder brüllte der Mann Unverständliches. Der Lauf des Schießeisens zielte auf Tarzans Taille. Nicht das leiseste Zittern war zu sehen. Trotz des maßlosen Zorns schien der Kerl eiskalt zu sein. Tarzan wusste spätestens seit dem Schuss auf das Schloss, dass sie hier wohl an einem Ort waren, an dem es nicht allzu viele Zeugen geben konnte. Dieser Mann würde keine Sekunde zögern, sie beide zu erschießen. Der Kühlcontainer ... der Mann hatte sie zum Sterben hergebracht.

Tarzan schaute Solo an, die mittlerweile wenigstens wieder stehen konnte. Sie schüttelte den Kopf. Auch sie hatte begriffen, dass sie diesem Irren vollkommen ausgeliefert waren. Jetzt zählte jeder Augenblick. Seinen Ekel niederringend packte Tarzan das mit Hosengürteln verschnürte Mordopfer, während Solo kreidebleich im Gesicht die Füße ergriff. Roggenfell war schwer. Es kostete sie einige Mühe, den Körper über die recht hohe Ladekante des Autos zu wuchten. Ihr Peiniger duldete keinen Aufschub. Mit weit aufgerissenen Augen und verzerrtem Gesicht drückte er Solo den Revolver an den Hinterkopf. Im Vollbesitz ihrer Kräfte wäre es für die trainierte Sportlerin ein Leichtes gewesen, den Mann kampfunfähig zu machen. Doch im Moment war sie so gefährlich wie ein achtjähriges Kind.

Wieder das Geschrei. Das war das Schlimmste. Diese Wut, dieser ungehemmte Zorn. Was trieb den Mann zu solchen Taten? Wer war er? Wie passte er in das verrückte

Muster der Maimarktleichen? Irgendwo in Tarzans schmerzendem Schädel formte sich ein Szenario, verwehte wieder im Nebel aus Schmerz und dem Geschrei des Typen.

Irgendwie gelang es ihnen, das blutbefleckte Bündel in den Container zu schleifen. Die Kälte war atemberaubend. Tarzan gefror der Schweiß im Gesicht, und auch Solo rang nach Luft, als habe sie jemand in eiskaltes Wasser geworfen.

Tarzan sah mehrere unförmige Gebilde auf dem Boden. Mehlsäcke oder so ... als ihm klar wurde, was er da wirklich sah, spürte er einen schmerzhaften Stoß im Rücken, stolperte weiter ins Innere. Bevor er auf dem harten Boden aufschlug, hörte er noch wie durch dicke Lagen Watte, wie Solo aufschrie, dann prallte ihr Körper gegen den seinen, als auch sie mit roher Gewalt gestoßen wurde. Benommen registrierte er, wie auch noch der letzte Lichtschimmer verschwand, als die Tür geschlossen wurde. Das Kratzen und Schleifen der eisernen Riegel durchdrang sogar das Pfeifen und Singen seiner gemarterten Trommelfelle.

Dann war da nur noch Kälte ...

Mannheim, Wasserturm-Arkaden, zur gleichen Zeit

Die Adresse Friedrichsplatz 17 wird wohl niemals in den Katalogen der Wohnungsbaugenossenschaften oder in den Akten der Sozialbehörden zu finden sein. Die halbrund geschwungenen Jugendstilarkaden aus Rotsandstein beherbergten im Erdgeschoß verschiedene Läden und Bistros, die übrigen Stockwerke boten hauptsächlich Firmen und Agenturen eine Heimstatt, die oft auch noch Sitze in Genf, London oder Paris auf ihren Briefköpfen stehen hatten. Nur die wenigsten Objekte bewohnten Privatleute. Eines davon lag im fünften Obergeschoss. Zu dem Appartement gehörte auch einer der markanten Dachaufbauten mit dem grünspanüberzogenen, malerischen Kupferdach. Die beiden halbrunden Arkadenhäuser bildeten den Abschluss der nach französischem Vorbild gestalteten Wasserturmanlage mit ihren Wasserspielen und Wandelgängen.

Rund um den Dachaufbau befand sich eine stilvoll mit Kolonialmöbeln eingerichtete Dachterrasse mit spektakulärem Blick auf den Wasserturm, die beleuchteten Wasserspiele und den Verkehr auf dem Friedrichsring.

Maximilian Appelgaaden ließ seinen Merlot im Glas kreisen und schaute seinen Partner fragend an.

Der Inder gab ihm das Smartphone.

„Einer der wenigen Augenblicke, in denen mich Ratlosigkeit befällt. Die Sprache ist baltischen Ursprungs, doch sind meine Kenntnisse darüber mehr als dürftig."

„Gib her." Appelgaaden nahm das Gerät und stellte das Weinglas ab.

„Tere õhtust ..." Der Inder beobachtete wie sich das Gesicht seines Freundes umwölkte. Appelgaaden sagte noch ein paar Worte in der fremden Sprache und reichte ihm das Gerät wieder.

„Este. Du hattest recht. Der Mann rief vom City-Airport aus an. Er ist angeblich in unserer Halle." Appelgaaden war völlig locker. Es klang, als spräche er über einen bevorstehenden Theaterbesuch.

„Er meint, es gäbe ein Problem mit der Stromversorgung ...“

„Scheiße ...!“ Der Inder war starr vor Schreck.

„Ich muss doch sehr bitten. Contenance! Contenance ist jetzt wichtiger denn je. Kümmere dich schon mal um den Wagen, ich hole noch schnell die wirkungsvollste Waffe des Planeten aus dem Tresor.“ Der Inder schaute immer noch misstrauisch, verschwand aber folgsam im Aufzug. Appelgaaden stieg über die schmiedeeiserne Treppe in den Wohnbereich und betrat sein Arbeitszimmer, einen erstaunlich prosaisch wirkenden Raum ohne jeden Schnickschnack. Er öffnete den mitten im Raum stehenden Tresor und entnahm ihm einen größeren Packen Bargeld, das er in den Taschen seines altertümlichen Gehrocks verstaute. Fast hatte er so etwas Ähnliches erwartet. Die Leute aus der ehemaligen Sowjetunion arbeiteten zuverlässig, billig, aber leider auch recht schlampig. Es war abzusehen gewesen, dass irgendwann mal einer kam, der mit der moralischen Keule fuchtelte und von Ehre und ähnlich närrischem Kram faselte. Jetzt hatte tatsächlich einer die Halle gefunden. Nun, es sollte sein Schaden nicht sein ... erfahrungsgemäß verflogen 99% aller Skrupel bei direktem Kontakt zu den bunten Scheinen der Europäischen Union.

Eine halbe Stunde später rollte der unauffällige 5er BMW vor der Halle auf dem Gelände des Neuostheimer Flughafens aus. Das Sektionaltor war halb offen, in der Halle selbst war es dunkel. Appelgaaden schärfte seine Sinne. Der Gegner war wohl gefährlicher als zunächst angenommen. Wer es schaffte, die elektronischen Sicherungen zu umgehen und das Tor zu öffnen, kannte sich mit derlei Dingen gut aus und verfügte über entsprechende Ausrüstung. Dafür sprach auch die Tatsache, dass nirgendwo Beschädigungen zu sehen waren.

„Bleib beim Wagen, bis ich dich rufe!“, sagte Appelgaaden und ging mit weit ausholenden Schritten auf die halb offene Eingangstür zu.

Der Inder schaute seinem Freund mit gemischten Gefühlen nach, als dieser im Inneren der Halle verschwand.

Seine Augen quollen fast aus den Höhlen, als er die Berührung im Nacken spürte. Eine Waffe. Eine großkalibrige. Die gezischten Worte verstand er genauso wenig wie zuvor am Telefon. Das war auch nicht nötig. Ein markantes Klicken und ein schmerzhafter Druck ließen ihn ganz von allein vorwärts gehen ...

Taavi Kuramaa verspürte keine Befriedigung, als er den Container schloss. Die Verriegelung klemmte etwas, durch die Schäden durch den Beschuss und Taavi musste all seine Kraft aufwenden um die Stangen in die richtige Position zu drehen. Das dumpfe Rufen und das energische Klopfen aus dem Inneren hallten durch das Gebäude.

Taavi lächelte bitter. Außerhalb der Halle würde es kaum noch zu hören sein. Irgendwann würde es aufhören, und in wenigen Stunden würde jegliches Leben in dem rostroten Stahlkasten erloschen sein.

Für kurze Zeit hatte er sich gut gefühlt. Als er dem aufmüpfigen Mann in Oberhausen die Fingerkuppen abschnitt. Schon nach der ersten hatte ihm der abscheuliche Kerl alles gesagt, was er wusste. Aber Taavi hatte weitergemacht. Die Erinnerung an Anneli und ihr ungeborenes Kind hatten eine hemmungslose Wut in ihm entfacht. Er war enttäuscht gewesen, als sein Opfer nach kurzer Zeit das Bewusstsein verlor. Dann war dieses Pärchen gekommen und hatte seine Mission in Gefahr gebracht. Das war auch der Augenblick gewesen, in dem er sich entschlossen hatte, seinen Plan zu ändern. Ursprünglich wollte er sich noch um den Heidelberger Professor kümmern. Diesen Scharlatan, dem es egal war, woher seine „Kunstwerke" stammten. Hauptsache, sie zogen möglichst viele Gaffer und Voyeure an. Ausgehöhlt, aufgeschnitten, zerfetzt und zerstückelt.

Doch bei seinen Ermittlungen war er auf eine undurchdringliche Mauer gestoßen. Luzent wusste wohl, auf welch schmalem Grat er wandelte und sorgte für größtmögliche Anonymität, was seinen privaten Bereich betraf. Außerdem verbrachte er den größten Teil seines Lebens in Asien. Er war eigentlich sein Hauptziel gewesen. Der Lkw-Fahrer war nur ein Komplize. Sein Pech, dass der Este ihn als Ersten traf. Die beiden jungen Verleger dagegen waren schuldig. Sie trieben ein übles Spiel mit Leichen, versagten ihnen jegliche Würde und benutzten sie für ihre niederen Zwecke. Geschäftemacher übelster Sorte. Abschaum. Nun würden sie am eigenen Leibe erfahren, wie es war, wenn das Leben erlosch und ihre Körper nur noch Abfall waren. Doch das Schlimmste war für ihn, dass er Anneli nicht mit nach Hause nehmen konnte. Unerreichbar ruhte sie in den Kühlkammern der Heidelberger Rechtsmedizin. Natürlich hätte er als ihr Ehemann die Freigabe der Leiche verlangen können. Doch dann wäre er offiziell in diesem Land aufgetreten. Hätte Anträge und Formblätter ausfüllen, seine Papiere vorzeigen und den Transport organisieren müssen. Dann hätte er seine Rache zurückstellen müssen. Die Schänder wären ungestraft davongekommen. Etwas, mit dem er keinen Tag lang hätte leben können.

Das überraschende Auftauchen des Pärchens signalisierte, dass es Zeit wurde, den Rückzug anzutreten. Schneller als erwartet waren die hechelnden Hunde auf seine Spur gestoßen. In diesem übervölkerten, total überwachten Land gab es kein Versteck, das sicher genug war. Sie waren ihm auf den Fersen. Er musste weg. Mit dem Benz. Es war niemand mehr da, der ihn als gestohlen melden konnte. Er hatte das Portemonnaie des Besitzers samt Fahrzeugschein an sich genommen. Das Coupé würde so schnell in keinem Fahndungscomputer auftauchen. Zudem war es alt. Alt, aber komfortabel, und es war ein Mercedes. Er und Anneli hatten immer von einem Mercedes geträumt. Als er die Stelle bei der Elektronikfirma übernahm, war der Traum in erreichbare Nähe gerückt. Er würde ihr posthum diesen Wunsch erfüllen. Solange er atmete, würde sie neben ihm sitzen und die Fahrt genießen.

Er startete den Motor und steuerte den Wagen zur Schranke am Ausgang des Geländes. Er hielt einen kleinen Sender aus dem Fenster, und augenblicklich öffnete sich der gelb-schwarz gestrichene Aluminiumbalken. Alles eine Frage der Frequenz. Das Gerät hatte er schon drei Jahre zuvor entwickelt. Ein Scanner, der in Millisekunden große Bandbreiten bestrich. Bei modernen Autos geriet es an seine Grenzen, doch Absperrschranken und Industrietore, ja sogar Verkehrsampeln waren da simpler gestrickt. Er bog rechts ab und hielt bereits nach wenigen hundert Metern wieder an. An der Bushaltestelle wurde ein neues Wartehäuschen gebaut. Neben der verlassenen Baustelle stand ein blaues Dixie-Klo. Taavi griff nach der Papiertüte, in der sich neben den Resten seiner Burger noch die Mobiltelefone der Eingeschlossenen befanden. Er öffnete die Plastiktür der Toilette und versenkte die Tüte in der nach Marzipan stinkenden Kloake. Die Akkus hatte er bereits vorher entfernt, den Rest besorgte die aggressive Chemie. Freudlos lächelnd pisste er in die dunkle Brühe.

Sieben Minuten später erreichte er das Mannheimer Kreuz und schwenkte auf die Richtungsfahrbahn Frankfurt ein. Wenn er durchfuhr, würde er im Morgengrauen die polnische Grenze erreichen. Der Tank war voll, und das alte Coupé war ein schneller Reisewagen. Taavi stellte die Rückenlehne etwas nach hinten und entspannte sich. Links von ihm glitzerten die Lichter der fremden Großstadt, vor ihm der beeindruckend dichte Verkehr im Herzen Europas. Auf der rechten Spur reihte sich Lastzug an Lastzug, und immer wieder wurde er von unglaublich schnellen Autos überholt. Eine andere Welt, in der er sich unendlich einsam fühlte.

„Komm, Anneli", dachte Taavi und sah zärtlich zu der blonden Frau mit den feinen Gesichtszügen auf dem Beifahrersitz, „wir fahren wieder heim. Du, ich und unser Kind. Nach Hause, für immer ..."

Es war nur ein kurzer Rausch der Hoffnung, als noch einmal die quietschenden Gestänge der Verschlüsse zu hören waren. Tarzan und Solo hatten alle Skrupel verloren und die Leichensäcke geöffnet. Viele der insgesamt zwölf Toten waren unbekleidet. Manche trugen aber noch Kleidung. Solo und Tarzan zogen alles an, was sie fanden, wickelten sich Pullover und in Streifen gerissene T-Shirts um die Köpfe, hopsten und trampelten auf der Stelle, um die Blutzirkulation zu erhalten. Die einzige Lichtquelle war Tarzans Sportuhr, deren Display einen gespenstischen blauen Lichtschein warf, der in der absoluten Finsternis des Containers aber ausreichte um zumindest Konturen erkennen zu können. Alles andere hatte ihnen der Killer abgenommen. Mobiltelefone, Papiere, Bargeld. Sogar Solos falsche Cartier aus dem Urlaub. Tarzans Uhr war aus schwarzem Plastik und sah genauso billig aus, wie sie war. Wohl der Grund, weshalb er sie behalten durfte.

Die Geräusche an der Tür ließen ihre Herzen in wildem Galopp klopfen. Der Kerl war erwartungsgemäß nicht weit gekommen, und gleich würde ein SEK-Beamter in martialischer Ausrüstung mit einer schweren Stablampe ins Innere leuchten und „Auf den Boden!“ brüllen.

Das aggressive, heisere Geschrei, das plötzlich durch die sich öffnende Tür drang, zerstörte diese naive Hoffnung mit der Wucht eines Axthiebs. Eine hochgewachsene Gestalt in wehendem Mantel taumelte durch die Tür. Ihr folgte ein protestierend schreiender Mann, der über die Schwelle fiel und vor Schmerz schrie, als er mit den Knien auf den harten Stahlboden knallte. Schon krachte die Tür wieder zu, und die Eisenstangen kreischten in ihren verzogenen Lagern, als der Killer sie wieder verriegelte.

„Zwei Dinge sind unendlich, sagte Einstein“, erklang Augenblicke später eine wohlbekannte Stimme in gepflegtem Hochdeutsch, „die menschliche Dummheit und das Universum. Bei Letzterem war sich der Meister aber nicht sicher. Mon Dieu, dieser Ignorant hat noch nicht einmal nachgezählt! Sid, bist du verletzt?“

Das Stöhnen hörte auf, und eine gepresste Stimme antwortete ins Dunkel: „Nicht der Rede wert, den Waldlauf morgen werde ich aber lassen müssen. Ich denke, wir haben eben einen Menschen kennengelernt, bei dem die schärfste Waffe der Welt wohl eine Ladehemmung hatte. Entschuldige meine Respektlosigkeit, aber du hast da wohl eine ziemlich folgenschwere Fehlentscheidung getroffen, wenn ich diese Worte einmal gebrauchen darf.“

Tarzan glaubte, sich verhört zu haben. Bereits nach den ersten Worten hatte er den Mann erkannt, der zuerst in den Container getaumelt war. Maximilian Appelgaaden, Schöngeist von feinstem Geldadel. Den zweiten kannte er nicht, aber wer so geschwollen daherredete, noch dazu in einer solchen Situation, hatte nicht nur ein Rad ab, der rutschte schon auf dem Bodenblech über den Asphalt, äh, den Containerboden.

Grellweißes LED-Licht erhellte plötzlich den Stahlkasten. Tarzan und Solo schlossen geblendet die Augen. Die arrogante Stimme Appelgaadens erklang erneut.

„Wen haben wir denn da? Die Experten für Einbruchssicherung und Fernüberwachung. Gehe ich recht in der Annahme, dass dies hier der Antagonist zu Ihrem sonstigen Betätigungsfeld ist?“

Das Licht ging von einem der Manschettenknöpfe des Jungverlegers aus. Tarzan wusste nicht, ob er lachen oder weinen sollte. Eingeschlossen in einem ausbruchssicheren Stahlkasten, dessen Temperatur von einer außenliegenden Kältemaschine auf minus 50 °C gehalten wurde, frönte diese James-Bond-Parodie dem Small-Talk. Ging's noch?

„Haben Sie vielleicht noch einen kleinen faltbaren Ofen im linken Absatz? Oder besser noch einen Mikro-Schneidbrenner, mit dem wir uns hier rausschneiden können?“ Wenn dieser Dandy lose Sprüche klopfen wollte – das konnte Tarzan schon lange besser.

„Ich habe auf meinem Mobiltelefon eine App, mit der ich die Temperatur hier regeln kann. Ich kann das Aggregat sogar so steuern, dass es heizt.“

„Dann mach das doch, du Depp!“, fauchte Solo, der das ganze nervige Gezwitscher gewaltig auf den Zeiger ging.

„Sehr gerne würde ich dem äußerst undamenhaft vorgetragenen Wunsch der Dame nachkommen, jedoch hat mich unser gemeinsamer estnischer Bekannter mittels eines sehr überzeugenden Argumentes aus kasachischem Waffenstahl davon überzeugt, ihm das Gerät auszuhändigen. Auch mein Partner zog es vor, mir nachzueifern. Die Manschettenknöpfe entgingen dem Esten wohl. Es sind zwei seltene Stücke aus dem Fundus der britischen BBC. Sie haben mir schon in manch übler Situation gute Dienste geleistet.“

„Was ist mit dem zweiten? Was haben Sie im zweiten Manschettenknopf?“ Abermals flackerte Hoffnung in Tarzan auf. Der Kerl spielte hier den Coolen, weil er gewissermaßen den Schlüssel zurück ins Leben am Ärmel seines Designerhemds trug.

„Oh, das wird Ihnen gefallen ..." Appelgaaden schob den Ärmel seines altertümlichen, halblangen Mantels zurück und öffnete den Knopf.

„Ursprünglich für eine Zyankalikapsel entwickelt, später für Kokain umgewidmet. Ich verwende ihn als Salzspender. Sie glauben gar nicht, wie viele teure Restaurants billigstes Speisesalz auf die Tische stellen. Kosten Sie mal: Flor de Sal. Ohne die richtigen Verbindungen zahlen Sie dafür bis zu 80 Euro pro Kilo."

Tarzan starrte den Manschettenknopf an und dachte an ganz andere Dinge als daran, etwas so Dekadentes wie 80 Euro teures Salz zu kosten. Er dachte an einen Fausthieb, punktgenau platziert mitten auf dem Grübchen dieses ausdrucksvollen Jungmännerkinns.

„Ist Ihnen klar, dass wir innerhalb von dreißig Minuten sterben werden, wenn es uns nicht gelingt, hier rauszukommen?"

„Zwanzig, werter Freund, zwanzig, und bereits nach zehn bis fünfzehn Minuten werden Sie apathisch, setzen sich hin und schlafen ein. Ein sehr sanfter, angenehmer, schmerzfreier Tod."

„Wissen Sie was?" Tarzan bebte vor Zorn. „Am liebsten würde ich Ihnen ..."

„Helfen", unterbrach ihn Appelgaaden, „Sie werden mir jetzt helfen, die Kühlluftzufuhr zu blockieren. Suchen Sie alles zusammen, was sich irgendwo hineinstopfen lässt. Holen Sie die Leichen aus den Leichensäcken und verwenden Sie die Säcke. Die Kühlluft wird durch die Schächte oben an der Stirnseite herein geblasen. Wickeln Sie sich etwas um die Hände, bei Berührung mit den Luftleitblechen wird Ihre Hand festfrieren. Sid: Hilf ihnen, ich muss nachdenken."

„Er hat recht", sagte Solo, „das ist unsere einzige Chance!"

Samstag, 04.05.2013, 01.06 Uhr

Taavi war gut durchgekommen. Am Kirchheimer Dreieck war er falsch abgebogen, hatte seinen Irrtum aber schnell bemerkt. An der Raststätte Osterfeld legte er eine Pause ein, verzehrte ein labbriges belegtes Brot von der Tanke, kaufte noch eine Tafel Schokolade, vier Dosen Red Bull und trank einen großen Becher Kaffee für sündhaft viel Geld. Der Kaffee war gut. Auf der Toilette wusch er sich das Gesicht kalt ab und steckte sich draußen eine Zigarette an. Er rauchte bedächtig und mit Genuss. Er war nicht auf der Flucht. Er war auf der Rückfahrt. Ein junger Mann, der seine Arbeit erledigt hatte und sich auf daheim freute. Taavi wusste nicht, ob es an dem Koffein lag, aber er fühlte sich wie in einem Traum. Die Realität verschwamm zu einem diffusen Nebel, durch den das Geräusch des vorbeiziehenden Verkehrs nur leise drang. Anneli sang. Mit ihrer hellen, klaren Stimme sang sie ein altes Volkslied aus ihrer Schulzeit. Taavi trat die Zigarette aus und stieg in den Wagen. Seine Besorgungen warf er auf den Beifahrersitz. In zweieinhalb Stunden konnte er an der polnischen Grenze sein. Merkwürdigerweise war dieses Etappenziel für Taavi sehr wichtig. Der ehemalige eiserne Vorhang war nur noch ein im Wind flatterndes Seidentuch. Trotzdem war er für Taavi eine Art Notausgang. Wenn er Deutschland erst einmal verlassen hatte, würde sich seine Spur verlieren. Das Geld dieses arroganten jungen Kerls würde ihn sicher und unbeschadet durch sämtliche Kontrollen geleiten. Geld ... Taavi trat das Gaspedal durch und wechselte auf die linke Spur. Die Reichen glaubten, alles kaufen zu können. Sie irrten. Seine Anneli konnten sie nicht kaufen. Für kein Geld der Welt.

A12, Oderbrücke, 03.28 Uhr

Taavi schielte zu den leeren Red-Bull-Dosen im Beifahrerfußraum. Scheißzeug. Taugte nichts. Alles leere Versprechungen. Zweimal war er am Steuer eingeschlafen. Einmal war er sogar kurz an der Leitplanke entlang geschrammt. Der Schrecken hielt ihn aber wenigstens für den Rest der Fahrt wach. Links funkelten die Lichter von Frankfurt/Oder. Mit sattem Flap-Flap rollten die Räder über die Dehnfugen der Oderbrücke. Die Gemeinschaftszollanlage lag kurz hinter dem Brückenbauwerk auf polnischem Hoheitsgebiet. Taavi nahm das Gas weg. Die Verkehrsschilder erlaubten zuerst 80, dann 60 und direkt an der Grenze nur noch 30 km/h. Normalerweise konnte man hier ohne anzuhalten gelassen durchfahren. Gelobt sei das Schengener Abkommen. Doch was war das? Eine lange Reihe polnischer Streifenwagen blockierte eine der drei Pkw-Spuren. Mit roten Baken war eine weitere Spur blockiert, so dass der um diese Zeit spärliche Verkehr nur eine Fahrbahn zur Verfügung hatte. Uniformierte liefen überall herum, und Taavi sah auch viele deutsche Polizisten darunter. Was zum Teufel ... er rollte hinter einem litauischen Kleinbus her, der auf einem Anhänger einen Unfallwagen transportierte. Davor befanden sich mehrere Pkw. Zwei polnische Grenzpolizisten musterten gelangweilt die Fahrzeuge und winkten sie mit knappen Bewegungen weiter. Routinekontrolle. Taavi gestattete sich ein leises Aufatmen. Immer wieder gab es hier schwerpunktmäßige Kontrollen. Wegen Autoschiebereien, Waffenschmuggel und Drogenhandel. Das Übliche eben im modernen Europa. Der Litauer mit seinem übel zugerichteten Wrack auf dem Hänger wurde ebenfalls durchgewinkt. Taavi sah, wie die Augen des Grenzers seinen Wagen registrierten und der Mann in das Mikro an seiner Schulter sprach.

„Pask!“[21] zischte er und sah gleichzeitig, wie der Mann die Hand hob. Er wies ihn auf die Kontrollspur ein, während andere Beamte weiter auf den vorbeikriechenden Verkehr achteten. Rechts ging eine junge Beamtin in die vorgeschriebene Sicherungsposition. An der feingliedrigen Frau sah die Maschinenpistole riesengroß aus.

Taavi ließ den Mercedes neben dem Beamten ausrollen und öffnete das Fenster.

„Guten Morgen, Fahrzeugkontrolle, bitte Führerschein, Fahrzeugpapiere und Ihren Ausweis“, sagte der Mann in gutem Deutsch, allerdings mit hartem Akzent. Taavi hatte

---

21 Estnisch für „Scheiße“.

den Fahrzeugschein vorsorglich hinter der Sonnenblende deponiert. Er klappte sie herunter und gab dem Mann das Papier. Dann zog er seine Brieftasche heraus und reichte Führerschein und Pass hinterher. Der Grenzbeamte hob die Brauen, als er die estnischen Dokumente sah und trat einen Schritt zurück.

„Steigen Sie bitte aus."

Aus ... das letzte Wort des Mannes hallte in Taavis übermüdetem und gleichzeitig aufgeputschten Kopf wider wie Donnerhall. Das Ende? Hier? Schon?

Annelis Stimme klang wie ein Choral in ihm auf. *Anneli! Anneli, ich lass dich nicht allein!*

„Hallo? Bitte aussteigen!"

Taavi öffnete die Tür. Sie klemmte, ein Andenken an den Ausrutscher in die Mittelleitplanke und höchstwahrscheinlich der Grund, warum man ihn herausgewinkt hatte.

Anneli sang. Wie schön ihre Stimme war!

„Machen Sie den Motor aus und steigen Sie aus!" Der Polizist wurde nun deutlich gebieterischer. Auch das Wörtchen Bitte fehlte. Es war keine Bitte, es war ein Befehl.

Taavi trat das Gaspedal bis zum Anschlag durch. Der Benz war ein Automatik. Die Hinterräder drehten durch, und der Grenzbeamte und seine Kollegin sprangen erschrocken beiseite. Die Tür krachte durch das ruckartige Beschleunigen zurück ins Schloss, rote Leitkegel flogen durch die Luft, und die Grenzer brüllten auf Polnisch Befehle. Der Beamte, der Taavi angehalten hatte, zog seine Dienstwaffe und feuerte einen Warnschuss ab. Mehr war nicht drin. Zu viele Personen im unmittelbaren Umfeld des Fliehenden. Die Vorschriften regelten das eindeutig.

Weiter vorne quietschten nochmals gepeinigte Antriebsreifen, als zwei Streifenwagen mit zuckenden Einsatzlichtern die Verfolgung aufnahmen.

Der Grenzpolizist grinste seine erschrockene Kollegin aufmunternd an. Wieder einer. Wie so oft. Den Benz hatte er garantiert gestohlen oder unterschlagen. Weit würde er nicht kommen. Kennzeichen und Fahrzeugbeschreibung waren längst bei den Kollegen von der Autobahnpolizei.

A2, Raststätte Sosna,
knapp fünf Kilometer hinter der Grenze

Rasch aufgestellte, gelbe Blitzlampen leiteten den Verkehr auf das Gelände der Tank- und Rastanlage um. Zwei Streifenwagen blockierten mit eingeschalteten Blau- und Rotlichtern die beiden Richtungsfahrbahnen und ließen in der Mitte eine Lücke frei, durch die problemlos ein Pkw passte. Das war gewollt. Die Lücke war mit Nagelketten präpariert. Jedem, der hier durchfuhr, riss es die Reifen in Fetzen. Die Beamten waren ausgestiegen und hatten sich hinter den Leitplanken in Sicherheit gebracht. Brav zuckelten Lkw und Pkw durch die Rastanlage, fast alle Fahrer sahen neugierig zu den Einsatzkräften hinüber.

Um 3.32 Uhr meldeten die in großem Abstand hinter dem Fluchtfahrzeug herfahrenden Streifenwagen den Benz einen Kilometer vor der Rastanlage. Anspannung machte sich breit. Würde der Unbekannte aufgeben?

Ein greller Lichtkegel blendete die Beamten an der „Mausefalle“, wie diese Methode im Polizeijargon hieß. Fernlicht. Da wollte einer ganz genau sehen, wie er scheiterte ...

Aufgeregte Rufe erschollen, als der schwere Wagen wie ein Geschoß heran huschte und die Lücke durchquerte. Durch den Sog des Mercedes wurden die Nagelketten hochgerissen, und zwischen dem Rasseln der Hindernisse klangen die platzenden Reifen wie ein Feuerstoß aus einer automatischen Waffe. Die Polizisten schrien wild durcheinander und beobachteten mit weit aufgerissenen Augen das Schauspiel, das sich ihnen bot:

Der Benz war mit knapp 180km/h ungebremst in die Nagelfalle gerast. Das Fahrzeug schlidderte funkensprühend etwa hundert Meter weit und begann sich dann zu drehen wie ein Brummkreisel. Ein kollektiver Aufschrei erscholl, als der Fluchtwagen den Seitenstreifen durchpflügte, sich auf die Seite legte und mit entsetzlicher Wucht gegen den stählernen Werbemast der Raststätte prallte. Eine der großen, beleuchteten Werbetafeln fiel herunter und zerschellte auf dem völlig deformierten Wrack, das sich nahezu komplett um den Betonsockel gewickelt hatte, die Lichter der Tankanlage erloschen, und mit einem dumpfen Laut schoss ein Feuerball aus dem rauchenden Blechknäuel. Binnen Sekunden erfassten die Flammen das gesamte Wrack, Funken stoben durch die Luft, und eine gewaltige, ölige Rauchwolke stieg in den Nachthimmel. Von der Tankstelle rannten zwei Männer mit Feuerlöschern herbei. Ein hoffnungsloser Versuch. Das rasende Feuer ließ niemanden näher als zwanzig Meter an die Unglücksstelle. Es knallte, zischte und prasselte, und wie ein letzter Klagelaut erklang jäh die Hupe des alten Mercedes, hervorgerufen durch einen Kurzschluss in der verglühenden Elektrik.

Der Fahrer hatte nicht den Hauch einer Chance.

Taavi Kuramaa wurde 35 Jahre alt. Angehörige gab es keine. Die Behörden fanden heraus, dass seine Ehefrau Anneli Kuramaa am 14. März dieses Jahres gestorben war.

Mit dem jungen Esten starb der einzige Mensch, der wusste, wo sich Solo, Tarzan und die beiden jungen Verleger befanden ...

Samstag, 04.05.2013, 07.18 Uhr

„D-OOOA[22] für Verfolger, kommen!“ Michael Bering betätigte den Brennerhebel, und mit mächtigem Fauchen schoss eine meterlange Flamme in die gewaltige Rot-weiße Kugel über dem Ballonkorb.

„Verfolger hört!“, krächzte es aus dem leistungsstarken Funkgerät.

„Ich mache noch etwas Höhe, wegen der Hochspannungsleitung, und versuche, zwischen dem See und Rheinhausen zu landen. Der Wind steht gut. Standort?“

Hundert Meter tiefer und etwa drei Kilometer von dem mächtigen Heißluftballon entfernt steuerte Anja, die seit zweieinhalb Jahren mit Michael Bering liiert war, den

22 Zulassungscode für Luftfahrzeuge. „D“ für Deutschland, „O“ für Ballon. Die letzten drei Buchstaben sind das individuelle Kennzeichen.

Landrover mit Anhänger über die Landstraße zwischen Kronau und Kirrlach. Neben ihr saß Mike Lobedasch und sprach mit unverkennbar sächsischem Zungenschlag in das Funkgerät:

„Nu, wir fohr'n gerade durch'n Wald. Zwischen Kronau und Kirrlach. Warte mal, da vorne hört der auf. Da müssten wir euch eichentlich sehn. Bingo! Sichtkondagd! Sieh zu, dass ihr geene nasse Fiese kriecht!"

„D-OOOA bestätigt. Leite Landung ein, Ende und aus."

„Gib Gas, Anja! Los, mach Feuer, Mädel!" Mike spähte angestrengt durch die Frontscheibe auf den gerade noch über den Dächern von Kirrlach sichtbaren Ballon mit der Arcflow-Beschriftung.

„Wegen dir bin ich letzten Monat erst geblitzt worden! Soll er es doch genießen, der alte Odenwaldschrat! Wie ich den kenne, macht er noch den Korbboden im See sauber, bevor er den Ballon auf die Wiese pflanzt. Nee, nee, wir halten uns schön brav an die Regeln!"

Ballonverfolger, auch Erdferkel genannt, waren das Bodenteam einer Heißluftballonmannschaft. Sie waren stets bestrebt, noch vor ihrem Ballon an dessen Landeplatz zu stehen. Was gar nicht so einfach war, mussten sie sich doch, anders als der Ballonpilot, nach Straßen und Wegen richten. Die Erdferkel transportierten in dem Anhänger die Hülle, den Korb und alles was dazugehörte und im Neunsitzer-Landy die Passagiere und den Piloten zum jeweiligen Startplatz. War der Ballon gestartet, trieb er mit dem Wind, wohin der ihn eben wehte. Ballone waren nicht frei steuerbar, und es gehörte zur Kunst des Ballonfahrens, den Startplatz so zu wählen, dass man eine attraktive Strecke fahren konnte. In diesem Fall war der Ballon kurz vor Sonnenaufgang in der Nähe von Kirchardt gestartet. Eine seltene östliche Luftströmung erlaubte einen Kurs, der über den Golfclub Buchenauer Hof führte. Dort standen die Clubkameraden Albert Kaschenrieders, der an diesem Tag Geburtstag hatte und die Ballonfahrt von seinen Kindern zum 60. geschenkt bekommen hatte. Michael Bering, Pilot und Eigner des D-OOOA, hatte sich nicht verrechnet: In etwa 150 Meter Höhe schwebte das anmutige Luftfahrzeug über das Green. Die Golfer holten sich Halswirbelsäulen-Traumata beim Hochstarren und winkten den Aeronauten ausgelassen zu. Später würde Albert mit ihnen zünftig feiern, bis keiner mehr einen Ball traf.

„Seht mal, da liegt ja ein Auto im Wasser!“, rief Manuela Wendel, die Tochter des Geburtstagsgolfers. Ihr Bruder Torsten sah ebenfalls nach unten, und auch der Pilot, der gerade die Hochspannungsleitung in gebührendem Abstand passiert hatte, gestattete sich einen Blick. Albert Kaschenrieder stand auf der anderen Seite des Korbes und konnte im Augenblick nichts sehen.

„Sieht aus wie ein großes Cabrio“, bemerkte Bering und widmete sich wieder der Suche nach einem passenden Landeplatz. Der Ballon sank nun stetig tiefer, und schon blieben unten Leute stehen und fotografierten und filmten mit ihren Handys. Der Pilot hatte sich entschieden: Am westlichen Seeufer gab es eine Wiese, auf der weder Tiere weideten noch irgendwelche Feldfrüchte kultiviert wurden. Er plante, den Ballon fast direkt neben der Straße aufzusetzen. Der Wind war beinahe eingeschlafen. Ideal. Höchstwahrscheinlich würde nicht einmal der Korb kippen. Bilderbuchlandung. Zwei-, dreimal ließ er noch den Brenner fauchen. Jetzt trieb der elegante Riese nur noch etwa zehn Meter über dem Boden.

„Ich hab's fotografiert", rief Torsten und klappte den Monitor seiner Nikon auf. Er vergrößerte das Bild, bis nur noch die verschwommenen Konturen des Objektes im See zu sehen waren. „Es ist ein Cabrio. Den Proportionen nach ein Amischlitten. Da ist auch Öl auf dem Wasser! Herr Bering, Sie müssen einen Notruf absetzen! Herr Bering?"

„Ich muss landen, sonst nix", klärte ihn Bering auf, „und Sie sollten jetzt alle in die Hocke gehen und sich an den Halteschlaufen festhalten, so wie Sie es in der Vorbesprechung gelernt haben, und Ihre Kamera gut verstauen. Ich habe keine Lust, Ihretwegen einen Notruf zu tätigen."

Die Vorsichtsmaßnahme erwies sich als unbegründet. Seidenweich streichelte Bering den Korb auf die Wiese. Lächelnd bemerkte er die in einer Staubwolke über die sandige Straße heran fegenden Erdferkel. Beinahe hätten sie es geschafft, zeitgleich am Landeplatz aufzuschlagen. Beinahe war aber auch daneben.

„Rufen sie am besten die Polizei", riet er Torsten Kaschenrieder, „die veranlasst alles Nötige. Wir werden solange hier bleiben müssen, bis die da sind, aber wir machen ja sowieso zuerst mal unser Landefest und die Ballonfahrertaufe. Aber fassen Sie sich kurz, wir brauchen gleich jede Hand, um den Ballon einzupacken!"

Der Sekt perlte bald in den Gläsern, und gerade als Michael Bering die Urkunden verteilte und seine Passagiere mit launigen Sprüchen in den Adelsstand erhob, traf ein Streifenwagen ein, gefolgt von einem Rüstwagen der freiwilligen Feuerwehr Rheinhausen.

Maimarkt Mannheim, Halle 25
Samstag 04.05.2013, 09.25 Uhr

„Kein Zweifel?“ Elke schluckte schwer. Die Frage war rein rhetorisch. Nemeth wäre nie persönlich hier erschienen, um ihr irgendwelche Vermutungen mitzuteilen.

Der große Polizeikommissar schüttelte den Kopf, „Nein. Feuerwehr und THW haben das Fahrzeug vor einer halben Stunde geborgen. Ein 68er Pontiac Firebird. Blau mit weißem Verdeck. Die Kennzeichen fehlen, aber besonders viele blaue Firebirds dürfte es nicht geben, oder?“

„Ist ...“

Weiter kam sie nicht, Nemeth fiel ihr ins Wort: „Fahndung ist raus. Die Kollegen sind unterwegs zum Wohnschiff der beiden. Du solltest mir jetzt alles sagen. Alles.“

Die pensionierte Kommissarin sah Nemeth entgeistert an. Die Versammlung von Kinnfalten bebte wie einst Sue Ellens Unterlippe in Dallas.

„Was meinst du damit? Was soll das heißen? Du glaubst doch nicht im Ernst, ich koche hier irgendein geheimes Süppchen, um irgendwann die Lösung mit Tusch und allem Trara zu präsentieren? Franz, du hast sie doch nicht mehr alle! Ich bin, ich war, schließlich Polizistin, du weißt, was das für Menschen wie uns beide bedeutet!“

Franz ruderte zurück wie auf einer Regatta.

„Mensch Elke, komm wieder runter! Ich bin wegen der ganzen Sache auch nicht mehr der Allerfrischeste. Aber ich habe Bauchschmerzen, wenn ich das alles in Zusammenhang bringe. Du hast mehr Dienstjahre auf dem Buckel als ich Haare. Sei ehrlich: Es gibt nichts, was es nicht gibt. Ich glaube fest daran, dass zumindest deine beiden Freunde auf etwas gestoßen sind, dass ihnen zum Verhängnis wurde." Nemeth trat dicht an seine ehemalige Kollegin heran und sah ihr in die Augen.

„Soll ich dir noch etwas sagen? Ich bin überzeugt, dass dies heute der erste Tag ist, an dem hier keine Leiche gefunden wird. Es ist etwas passiert, und deine Freunde stecken da mitten drin. Ich werde das Gefühl nicht los, dass uns die Zeit wegläuft."

Schnaufend erhob sich Elke und watschelte zu der Kammer im Hintergrund des Standes. Als sie wieder zurückkam, trug sie Hut und Umhang und hatte ihre riesengroße Handtasche umhängen.

„Ich fahre nach Lampertheim. Ich schaue, ob ich irgendwas finde. Irgend etwas. Es muss etwas geben. Sackschwerenot!"

Nemeth schob sich die Dienstmütze aus der Stirn und kratzte sich am Haaransatz. Nachdenklich schaute er der entschlossen davonstiefelnden Frau nach. „Wie eine Witzfigur sieht die aus", dachte er. In den Gefängnissen des Landes hockten immer noch jede Menge Typen, die das auch gedacht hatten. Die fanden Lukassow mittlerweile gar nicht mehr witzig.

Lampertheim, alter Hafen, eine halbe Stunde später

Als Elke auf den Parkplatz am Altrheinufer einbog, sah sie vor dem Steg, der zur Lady Jane führte, einen Streifenwagen und ein ziviles Auto stehen. Die Tür zum Wohnbereich stand offen. Ein paar Spaziergänger waren stehengeblieben und blickten neugierig zum Schiff.

„Iss do oner umgebrocht worn?“, fragte ein alter Mann mit Batschkapp, der ein Fahrrad bei sich führte, als die ehemalige Kommissarin an ihm vorbeiwalzte. Elke blieb stehen und musterte den Mann.

„Wie kommen Sie darauf?“, schnarrte sie, „haben Sie vielleicht etwas gesehen, dass Sie der Polizei mitteilen sollten? Möchten Sie gerne mit auf die Dienststelle kommen, um dort Ihre Aussage zu machen?“

„Isch hebb gaa nix g'seh! Isch bin ewe grad aus 'm Ort kumme, noch 'm Houchwassa gugge!“[23] beeilte sich der Mann zu sagen und schob eilig sein Rad aus der Gefahrenzone der fülligen Frau.

Kopfschüttelnd betrat Lukassow den durch den hohen Wasserstand fast waagrecht verlaufenden Steg, der zur Lady Jane führte.

Ein junger Gesetzeshüter versperrte ihr den Weg.

„Wer sind Sie? Hier können Sie jetzt nicht rein!“

„Elke Lukassow, Kripo Heidel...“ Verflixt noch mal, das passierte ihr in letzter Zeit wieder öfter. Rasch korrigierte sie sich: „Mein Name ist Elke Lukassow, ich bin eine Freundin der Bewohner dieses Wohnschiffes und als Bera-

---

23 „Ich habe gar nichts gesehen! Ich bin eben gerade aus der Stadt gekommen, um nach dem Hochwasser zu schauen.“

terin der Ermittlungsgruppe tätig, die die Maimarktleichen bearbeitet."

„Elke Lukassow?", ertönte eine Stimme aus dem Hintergrund, „Die Schnappschildkröte aus Heidelberg! Die in Pension zu schicken war ein Verbrechen gegen den Rechtsstaat! Komm, lass dich drücken, du altes Schlachtross!" Niemand auf diesem Planeten durfte so über oder gar mit der Ex-Kommissarin reden. Niemand außer Regina „Panzer" Pansalitalis. Da stand sie auch schon im Vorraum, scheuchte den jungen Polizeimeister aus dem Weg und umarmte ihre einstige Kollegin. Panzer war nicht nur eine Verballhornung ihres aus Litauen stammenden Familiennamens, sondern auch eine recht brauchbare Beschreibung der kräftigen Gestalt. Die Kriminalhauptkommissarin hätte gut in eine Wagner-Oper gepasst. Sie hatte ein ebenmäßiges Gesicht mit etwas zu ausgeprägtem Kinn, wallendes blondes Haupthaar, das sie im Dienst immer zu einem Zopf geflochten trug und mit dem sie der Sage nach auch schon mal ertappte Missetäter auspeitschte, und ragte knapp zwei Meter über Normalnull in die Höhe. Aus einem einzigen ihrer muskulösen Schenkel hätte ein Chirurg locker drei Mager-Models herstellen können. Sie presste Lukassow energisch in die wogenden Massen ihrer Oberweite und ließ erst kurz vor dem Atemstillstand wieder los.

„Gut siehst du aus, altes Mädchen. Komm rein, schau dich ruhig um, aber komm meinen Buben nicht in die Quere." Panzer und Elke kannten sich schon seit der Ausbildung und waren eine Zeit lang in der gleichen Dienststelle eingesetzt gewesen. Irgendwann hatte man einander aus den Augen verloren, vor vier Jahren auf irgendeinem

Dienstjubiläum liefen sich die beiden Frauen wieder einmal über den Weg. Panzer hatte es zunächst nach Osthessen verschlagen, und vor nunmehr fünf Jahren war sie in Heppenheim bei der Kripo gelandet.

„Sag, wie sieht's aus mit euren schockgefrosteten Maimarktleichen? Habt ihr schon was?"

Elke gab Panzer einen kurzen Überblick und erwähnte dabei auch die Vermutungen Franz Nemeths, dass Solo und Tarzan wohl irgendetwas herausgefunden hätten und das dieser Umstand mit ihrem Verschwinden zusammenhing.

„Außerdem habe ich Bauchweh", erklärte sie zum Schluss ihres Vortrags. „Das Auto im See hat alles verändert. Jetzt ist das kein normaler Vermisstenfall mehr. Jetzt gehen wir von einer Straftat aus."

Panzer stellte Elke ihren Mitarbeitern vor, die gerade dabei waren, einen Stapel von Aktenordnern zu sichten.

„Wir suchen nach Hinweisen, die es uns ermöglichen, ein Bewegungsprofil der beiden vom Tag ihres Verschwindens zu entwickeln. Bis jetzt sieht es aber eher düster aus", erklärte die hünenhafte Kommissarin.

„Im Arbeitszimmer steht ein iMac. Passwortgeschützt. Ich habe unseren IT-Spezialisten gebeten herzukommen. Kann aber noch dauern, er kommt aus Frankenberg/Eder."

„Ein Computer-Nerd? Blödsinn, lass mich das machen, dann geht das auch ohne so einen Fachidioten, wieso kommt der Arsch überhaupt aus Frankenberg?"

„Wir haben dort ein Wochenendhaus, der Arsch ist mein Mann ..."

Ungerührt schaute die Lukassow ihre ehemalige Kollegin an. „Wir sollten einander nicht so lange aus den Augen lassen, Süße. Tut mir leid."

„Was? Dir tut es leid, dass Roger mein Mann ist?"

Hoch über dem Miesbacher Dirndlhut lief das Walkürengesicht puterrot an. „Hallo? Es tut mir leid, dass ich deinen Roger einen Arsch genannt habe! Soll ich es auch noch aufschreiben oder was?" Elke entschuldigte sich eigentlich nie.

Die beiden Frauen schauten einander einige Sekunden schweigend an. Dann prustete Panzer los, dass die Schiebefenster im Wohndeck wackelten.

„Du hast dich absolut nicht verändert, weißt du das?", stammelte sie zwischen zwei dröhnenden Lachsalven.

„Das weiß ich, und jetzt geh zur Seite, in diesem Türrahmen ist nur Platz für eine von uns beiden!"

Einer der Kollegen bat Panzer, sich etwas anzuschauen, und Elke nutzte die Gelegenheit, sich an den Schreibtisch im Arbeitszimmer zu setzen. Verdrießlich musterte sie den Bilderrahmen, der eine ausgelassen lachende Solo zeigte. Sie startete den Rechner und musterte das Fenster mit dem Feld, in dem der Cursor einsam blinkte. Passworteingabe. Klar. Dies war kein Spielcomputer, dies war ein Arbeitsgerät voller sensibler Daten.

Sie brauchte keinen IT-Kasper. Kein Mensch brauchte so was, wenn es darum ging, ein Passwort zu knacken, das ein gewisser Lothar Zahn gesetzt hatte. Erster Versuch: Ein fetter Zeigefinger huschte über die ultraflache Tastatur. T-A-R-Z-A-N.

Das Fenster schüttelte sich. Es wirkte, als sei es angewidert. Na gut. Zweiter Versuch: S-O-L-O. Wieder schüttelte das biestige kleine Viereck den digitalen Kopf. Elke seufzte. Sie ließ den Schreibtischsessel in die Ruheposition wippen und dachte nach. Tarzan war ein dementer Legastheniker, wenn es darum ging, sich PIN-Nummern oder Passwörter zu merken. Das hieß, das Passwort sollte hier, in unmittelbarer Nähe des Rechners, zu finden sein. Unauffällig, aber doch so präsent, dass Tarzan es selbst nach zwei Weizenbieren noch auf die Reihe kriegte. Hmm ...

Ihr Blick fiel auf den Pfeifenständer auf dem Regal . Davor lag eine hübsche Tabaksdose aus Metall. W-O Larsen 2013 hieß der Knaster. Elke schmunzelte wissend und gab diese Kombination ein. Schüttel, schüttel ...

Vielleicht sollte sie doch auf diesen Roger warten.

Dann sah sie die Whiskyflasche. Macallan stand auf dem Etikett. MAC!-allan. Das war Tarzan! Genau so! Flink gab sie „macallan" ein. Alles klein, denn Tarzan war faul. Das Fenster verschwand, und das Hintergrundbild wurde heller. Am unteren Rand erschien das Board mit den Anwendungen, und Elke ging geschwind auf den Finder. Sie kannte sich aus mit PCs, mit Macs, mit Smartphones und dem ganzen modernen Geraffel. Bloß bei Facebook war sie nicht. Warum sich die Mühe machen, die NSA wusste doch schon längst alles über sie.

Das Klackern des Keyboards hatte Panzer angelockt, und mit bewundernd heruntergezogenen Mundwinkeln stand sie hinter ihr.

„Bist halt doch noch kein altes Eisen, meine Gute. Ich rufe gleich mal meinen Ar... äh, meinen Mann an, er kann gleich wieder umdrehen.“

Elke nickte. Hoch konzentriert durchstöberte sie Tarzans weitverzweigte Dateistrukturen. Im Ordner Aktuell/Neukunden/Kontakte stieß sie auf einen Namen, der sie ansprang wie ein gefräßiges Insekt: Luzent. Prof. Erich-Maria Luzent, Institut für anatomische Präparate, Heidelberg. Alles in ihr krampfte sich zusammen. Der Leichenprofessor! Das war es! Das, wonach eine ganze Sonderkommission seit Tagen suchte: das fehlende Bindeglied! Luzent präparierte Leichen, so dass man sie dauerhaft ausstellen konnten. Anatomic World faszinierte genau so viele Menschen, wie es abstieß. Wie lagerte man Leichname? Kalt! Eiskalt!

Mit fliegenden Fingern nestelte sie ihr Mobiltelefon aus der Tasche, kniff die Augen zusammen um die Telefonnummer vom Bildschirm abzulesen und gab diese ein.

Es läutete dreimal, dann schaltete sich ein Anrufbeantworter ein: „Institut für anatomische Präparate. Leider rufen Sie außerhalb unserer Geschäftszeiten an. Diese werden Ihnen im Anschluss an diese Durchsage genannt. Wenn Sie Ihren Körper oder einzelne Organe dem Institut spenden wollen, drücken Sie jetzt bitte die Eins ...“

Entschlossen drückte Elke Lukassow die Eins. Nach einer kurzen Wartezeit, die mit Fahrstuhlmusik untermalt wurde, klickte es in der Leitung, und eine angenehme Frauenstimme meldete sich:

„Institut für anatomische Präparate, Madeleine Kampa, was kann ich für Sie tun?“

„Lukassow, Kripo Heidelberg“, blufffte Elke. Zum Teufel mit der Amtsanmaßung, hier ging es um Solo und Tarzan.

„Ich möchte den Professor sprechen, es ist dringend!“

„Tut mir leid, Frau Lukassow“, flötete Samtstimmchen unbeeindruckt, „Der Herr Professor ist heute Morgen nach Buenos Aires geflogen. Wir erwarten ihn erst in der kommenden Woche zurück.“

„Es geht um die Geschäftsbeziehung zwischen ihm und zwei vermissten Personen, Bertha Solomon und Lothar Zahn, Inhaber der Firma LOGSAVE Consulting.“

„Tut mir leid, aber wir geben am Telefon grundsätzlich keine Auskunft über unsere Klienten und Geschäftspartner. Bitte hinterlassen Sie Ihre Dienstnummer und Ihren Namen, dann werde ich den Professor über Ihren Anruf inform...“

Da hatte Lukassow aber schon aufgelegt. Samtstimmchen war garantiert hellblond, schlank und hübsch. Zumindest das hübsch ließ sich garantiert ändern, wenn man ihr mit zwei Händen den makellosen Hals zusammendrückte.

Sie notierte sich die Daten des Instituts. Da sollte Bluhm mal nachhaken. Vielleicht verkaufte er denen ja gleich noch seine Leber. Das wäre mal ein lohnendes Objekt. Frustriert wollte sie sich weiter durch Tarzans Datendschungel klicken, da fiel ihr der zweite Kontakt ins Schweinsauge: Spedition Knubben, Binnenhafenstraße 20, 68159 Mannheim, 0621 150000. Eine Spedition. So, so ...

Mit wenig Hoffnung gab sie die Nummer ein. Samstags wurde in den meisten Transportbetrieben höchstens im Lager gearbeitet. Bereits nach dem zweiten Klingeln nahm jemand das Gespräch an.

„Wolfspezzonknubbenguntag, ich grüße Sie!“, fegte eine sehr selbstbewusste und energiegeladene Männerstimme aus dem Handy.

„Äh, Lukassow, Elke Lukassow hier. Ich arbeite für eine Sonderkommission der Kripo Mannheim, sagt Ihnen der Name Zahn etwas?“

„Zahn? Lothar Zahn? Klingt so ähnlich wie Johnny Weißmüller, hähähähähä!“ Elke seufzte. Ein ganz Ausgeschlafener.

„Äh, Augenblick, Frau Lukowitsch, mein Kollege macht mir gerade ein Zeichen, ich zieh Sie gleich mal über den Tisch, äh, ich meine, ich reiche Sie rüber. Späßle g’macht, hähähähähä!“

„Koob!“ Leicht genervt, aber wenigstens ernsthaft.

„Lukassow, ich ermittle in der Angelegenheit der Maimarktleichen. Sie haben bestimmt davon gehört ...“

„Wer hat das nicht? Ich hatte gestern oder vorgestern ein Telefongespräch mit einem Herrn namens Lothar Zahn. Er wollte Auskünfte über unsere Containertransporte, speziell über einen bestimmten Fahrer.“

„Wie hieß dieser Fahrer? Haben Sie eine Adresse für mich?“

Koob lachte. „Gute Frau, wenn Sie Daten unserer Mitarbeiter haben wollen, dann müssen Sie schon persönlich hier erscheinen, mit Dienstausweis. Am Telefon kann sich jeder für jeden ausgeben. Verstehen Sie mich nicht falsch, aber meine Fahrer würden mir was erzählen.“

Während des Telefonats hatte Elke die Adresse der Spedition in Google eingegeben und ließ sich die schnellste Route anzeigen.

„Einverstanden. Ich bin in zwanzig Minuten da."

Im ersten Stock des Backsteingebäudes im Mannheimer Handelshafen starrte Frank Koob überrascht sein Mobiltelefon an. Aufgelegt.

„Michael?" Doch sein Kollege Michael Wolf tigerte am anderen Ende des um diese Zeit leeren Großraumbüros herum und redete ohne Luft zu holen mit seinem Gesprächspartner.

Die Kühlung war aus. Alles, was die Toten an Kleidung hergegeben hatten sowie die Leichensäcke hatten sie in die Luftaustrittsöffnungen unter der Containerdecke gestopft. Irgendwann war auch Appelgaaden mit Nachdenken fertig geworden und hatte sich am Arbeitseinsatz beteiligt. Bereits nach kurzer Zeit war das leise Brummen des elektrischen Kühlaggregats verstummt.

„Eine Sicherheitsschaltung. Das Aggregat wird bei einem Luftstau automatisch abgeschaltet, um eine Überhitzung zu vermeiden", dozierte Appelgaaden. Seine Stimme klang undeutlich unter den vielen Lagen Stoff hervor. Nur die Augen waren zu sehen. Wie die anderen hatte er sich eingepackt wie ein Eskimo. Leider hatten sie keine Robbenpelze wie die Inuit. Gemeinsam hatten sie die Leichname in die Mitte des Stahlkastens geschoben. Tarzan hatte diese Idee gehabt und anschließend einen ständigen Gang darum herum verordnet. Bewegung war alles. Bewegung bedeutete Leben. Stillstand bedeutete den Tod. So schlurften sie schweigend um die Toten. Ein grotesker Anblick im irrlichternden Schein von Appelgaadens Manschettenknopf. Immer wieder blinzelten sie das Eis von ihren Augäpfeln, eine irritierende Erfahrung. Es war, als schaue man durch eine dick vereiste Frontscheibe, und die Augenlider waren die Scheibenwischer. Appelgaaden ermahnte sie, nicht zu tief einzuatmen, da sonst die Bronchien vereisen konnten.

„Wenigstens ist die Kühlung aus", muhte Tarzan durch den Pullover, den er sich um die untere Gesichtshälfte gewickelt hatte.

„Prima", entgegnete Sid, „das gibt uns zwei Stunden mehr Zeit zum Sterben ..."

„Haltet einfach das Maul, ja?", rief Solo, schwankte leicht und stützte sich mit der mit drei Paar Socken geschützten Hand an der dick isolierten Containerwand ab. Kraftlos sank sie in die Hocke und vergrub den Kopf in den Armen.

„Ich kann nicht mehr, ich halte das nicht mehr aus. Lasst mich ein paar Minuten hier sitzen."

„Solo!" Tarzan packte seine Lebensgefährtin an den Armen und versuchte, sie hochzuziehen.

„Solo, das darfst du nicht! Hörst du? Du darfst dich nicht hinsetzen! Solo, komm, steh auf, Solo, bitte ..." Tarzan ließ sie los, riss sich den Pullover vom Mund und brüllte wie ein Drill-Sergeant: „DU STEHST JETZT AUF! SOFORT!" Benommen rappelte sich Solo auf und hakte sich bei ihm unter. Erneut drehten sie ihre Runden. Zweimal linksrum, zweimal rechtsrum. Tarzan hatte sich den Gesichtsschutz wieder zurecht gezupft und kämpfte mit den Tränen. Die unbändige Verzweiflung in Solos Augen machte ihm zu schaffen. Solo war schon immer die Pragmatikerin von ihnen beiden gewesen. Sie sah alles mit den Augen der Besonnenheit. Auch diese Situation in diesem Kühlcontainer. Die Vernunft sagte ihr, dass sie hier ins Gras beißen würden. Irgendwann in den nächsten Minuten oder Stunden würde der Erste von ihnen still zu Boden sinken. Dann der Zweite ... der Dritte ... dann würden hier eben vier weitere Leichname liegen.

Der Danse macabre wäre vorbei.

Alles wegen dieses perversen jungen Dandys. Maßloser Zorn wallte in Solo auf. Heiß und glühend wie Lava. Lava war gut! Lava war Wärme, Hitze, Leben ... er hatte ihnen alles erzählt. Die Idee mit den Leichen auf dem Maimarkt war ihm aus Anlass eines Besuches von Anatomic World gekommen. Er und sein indischer Freund planten, eine Bestsellerserie auf dem Buch- und E-Book-Markt zu etablieren. Kein einzelnes Buch, nein! Eine Serie sollte es sein. Unter dem Label TRUE KILLING schrieb ein Dutzend ausgewählter Autorinnen und Autoren nach festen Vorgaben, die Appelgaaden nach sorgfältigem Studium der weltweit meistverkauften zehn Thriller erarbeitet hatte. Jede Maimarktleiche symbolisierte einen Band. Elf waren geplant. Alle bezogen sich auf tatsächlich verübte Morde. Am Maimarktdienstag, dem letzten Messetag, hätten Appelgaaden und Sing das Geheimnis öffentlich gelüftet, die strafrechtliche Verantwortung übernommen und europaweit einen noch nie dagewesenen Werbefeldzug vom Stapel gelassen. Von Appelgaaden stammte die Weisheit: „Autoren schreiben Bücher. Bestseller werden von Geschäftsleuten gemacht.“

Tarzan hatte nach diesem Geständnis bemerkt, die Vertragsautoren könnten ja nun noch einen zwölften Band hinzufügen. Das Buch, in dem der Bestsellerfabrikant selbst zum Opfer wurde.

Niemand hatte gelacht.

Elke Lukassow parkte den Audi auf einem der Besucherparkplätze und betrat ein karges Treppenhaus, das in die erste Etage des zweigeschossigen Zweckbaus führte.

Die Tür, die als Besuchereingang beschildert war, war verschlossen. Daneben gab es noch einen Eingang, hinter der Männerstimmen ertönten.

Ohne sich mit Anklopfen aufzuhalten trat Lukassow ein und stand in einem typischen Großraumbüro voller Schreibtische und Computermonitore. Große Laserdrucker und Kopierer standen vor der Fensterfront, durch die man auf den vorderen Speditionshof sah.

An den beiden ihr am nächsten stehenden Arbeitsplätzen saßen ein großer Mann mit Glatze und kariertem Hemd, der energisch in ein Handy sprach und ihr mit der freien Hand bedeutete, näherzukommen. Neben ihm hämmerte ein hemdsärmeliger Banker-Typ mit Gelfrisur, für die er mindestens zehn Jahre zu alt war, auf seiner Tastatur herum, während ein Telefonhörer zwischen Schulter und Ohr klemmte und ein zweiter auf dem Tisch lag. Ein Mobiltelefon kroch summend und dudelnd gerade auf die Tischkante zu.

„Herr Belloff", knurrte der Gel-Banker, „das können Sie sich doch denken, dass der Bulle so reagiert. Herr Belloff, das glaube ich jetzt nicht, da fällt mir doch ein Ei aus der Hose! Hallo? Herr Belloff? Hallo?"

Resigniert pfefferte der Mann den Hörer auf den Apparat, drückte den Handyanrufer weg und wandte sich an Elke.

„Frau Lukassow? Entschuldigen Sie das Theater, wir hatten heute Morgen in Spanien eine Havarie. Deshalb sind wir überhaupt am heiligen Samstag hier. Scheiße. Entschuldigung, ich bin Michael Wolf. Das ist mein Kollege Koob. Wie kann ich Ihnen helfen?"

Der Glatzkopf hatte sein Gespräch ebenfalls beendet, stand auf und reichte Elke die Hand.

„Wir helfen gerne und tun was wir können, von welcher Dienststelle, sagten Sie, kommen Sie?" Die Frage war bewusst so gestellt. Sie hatte in dem Telefonat gar keine Dienststelle genannt. Sie zückte das Dokument, das sie als offizielle Beraterin der Soko Maimarkt auswies, und der Mann schaute es sich aufmerksam an. Als er es wieder zurückgab, war jeglicher Argwohn aus seiner Stimme verschwunden.

„Sie verstehen sicher meine Vorsicht. Aber es ist okay. Wir helfen gerne, und ich hoffe, dass Sie nicht umsonst zu uns gekommen sind. Herr Zahn hatte wohl schon gewisse Vorabinformationen. Der Mann erkundigte sich explizit nach einem Transport am ..." Koob suchte in dem Wust aus Papieren vor sich nach einem bestimmten Zettel, fand ihn und schaute kurz darauf. „Hier habe ich es: am Mittwoch, den 20. März von Mannheim nach Heidelberg. Ich habe ihm das Gleiche gesagt wie Ihnen, aber er ist nicht gekommen."

„Lothar Zahn und seine Lebensgefährtin sind seit Freitag vermisst. Das Auto der beiden haben wir heute Morgen aus dem Erlichsee in der Nähe von Oberhausen-Rheinhausen geborgen. Wir haben Grund zu der Annahme, dass ein Verbrechen vorliegt."

„Aus dem Erlichsee? Der Fahrer, um den es da wohl geht, wohnt in unmittelbarer Nähe dieses Sees. Sein Name ist Klaus Roggenfell. Warten Sie, ich drucke Ihnen die Adresse aus." Der Mann widmete sich seinem Computer, und Elke schaute zu Herrn Wolf, der nun das Handy am Ohr hatte und losbrüllte:

„Walter, wo fährst du denn hin? Mensch Walter, du bist auf der falschen Autobahn! Sieh zu, dass du an der nächsten Ausfahrt drehst, bevor du im Atlantik landest. Was?" Wolf lauschte mit schmerzverzerrtem Gesicht in das Handy.

„Nein! Die A9 musst du fahren! Du bist auf der 61! Was? Ja, bitte, bitte, gern geschehen! Der liebe Gott und Michael Wolf passen auf dich auf, und wenn du den Ladetermin versaust, wirst du auf die Gnade des Schöpfers angewiesen sein! Ja, ich hab mich auch lieb, ciao!" Augenrollend schaute Wolf Lukassow an und deutete auf den Bildschirm, auf dem ein Ausschnitt Südfrankreichs zu sehen war.

„Sehen Sie sich das an! Schauen Sie nur, wo der Vollpfosten rumfährt!"

Elke beugte sich über den Schreibtisch, und Wolf erklärte ihr, was es da zu sehen gab:

„Sehen Sie, das ist mein Lkw, der soll heute noch in Girona laden, und jetzt ist er bei Narbonne falsch abgebogen.

Er hat Glück, dass ich zufällig die Ortung laufen habe. Der wäre glatt bis Toulouse gebrettert, ehe der was gemerkt hätte."

„Sie können sehen, wo Ihre Fahrzeuge unterwegs sind?" Elke war beeindruckt. Bei der Kripo mussten Staatsanwälte kontaktiert werden, die man vollschleimen musste, wenn man mal eine Handyortung vornehmen wollte. Anträge, Genehmigungen, Beweismittel, alles in dreifacher Ausführung, und dieser Spediteur klickte sich einfach in seinen PC.

„Klar!" Lächelnd wippte der Mann in seinem Sessel. „Wir leben im 21. Jahrhundert, gute Frau. Schauen Sie hier, der rote Punkt. Wissen Sie, was es damit auf sich hat?" Er wartet keine Antwort ab und klickte stattdessen auf die rote Marke. Ein Textfenster erschien: „DA-PL 1655, überhöhte Geschwindigkeit im Kurvenbereich"

„Ich nenne es das Vettel-Syndrom! Walter kommt aus Heppenheim. Seit einiger Zeit glauben die alle, sie säßen in Formel-1-Autos. Ich zoome mal rein und schalte auf Satellit. Schauen Sie!" Elke sah einen Kreisverkehr aus der Vogelperspektive.

„Das ist die Einfahrt zu einem Autohof, da ist der mit dem Sattel durch wie ein Steilwandfahrer und hat mindestens für 200 Kilometer Autobahn Gummi auf der Straße gelassen. Lass den bloß heimkommen. Onkel Michael lässt den nachts um drei die Schlappen auf dem Trailer nachschneiden, ehe er heim zu Mutti darf."

„Können Sie so was auch speichern?" Elkes Fahnder-Gene schlugen an.

Wolf schaute sie entrüstet an. „Na logo! Einmal im Monat, wenn die Jungs ihre Fahrerkarten auslesen, reibe ich ihnen ihre Eskapaden unter die Nasen. Nichts geht verloren, gelobt sei die digitale Revolution!“

„Auch im innerdeutschen Verkehr?“

„Gerade im Binnenverkehr! Wir speichern nicht nur, wir analysieren damit auch die Touren und versuchen sie zu optimieren. Wissen Sie, solange einer seine Tour sauber fährt und seinen Job gut macht, ist es mir egal ob der zwei- oder dreimal am Tag vor der Würschtelbude hält oder zwischendurch in einen Baggersee hüpft. Wir machen das, weil wir effizienter arbeiten wollen als die Konkurrenz. Wir haben bei Knubben die modernsten Autos, die besten Fahrer und das beste Equipment.“

„Das heißt, Sie könnten mir die Tour zeigen, die Roggenfell am 20. März mit diesem Container gefahren hat?“

„Habe sie schon“, meldete sich Koob zu Wort, der das Gespräch verfolgt hatte und dessen Telefone ausnahmsweise nicht im Chor klingelten.

„Was ist denn das?“ Der Speditionsleiter zoomte in die Ansicht und schüttelte den Kopf.

„Er hat da eine ganz merkwürdige Strecke genommen. Michael, schau dir das mal an.“

Wolf rollte mit seinem Sessel heran, und Elke trat einen Schritt zurück. Auf Koobs Monitor war der südliche Teil von Mannheim zu sehen. Eine himmelblaue Linie schlängelte sich hindurch. Die Fahrtroute des Transporters.

„Schauen wir mal, wo dieser Weiberheld überall seine Mädels sitzen hat“, scherzte Wolf, und sein Kollege schüttelte den Kopf.

„Das wäre in diesem Fall der City-Airport in Neuostheim. Vielleicht nimmt er ja Flugunterricht."

„Das fehlte uns noch, der fliegt doch sowieso immer zu tief. Mach mal größer."

Koob zoomte in die Karte und schaltete auf Satellitenbild. Gestochen scharf zeichnete sich die Start- und Landebahn die Rollbahnen und die Hangars ab. In der rechten unteren Bildecke war ein Teil des Maimarktgeländes zu sehen.

Die himmelblaue Spur führte auf das Gelände und drehte dort eine enge Schleife. Koob vergrößerte abermals, und nun wurden mehrere eng nebeneinanderliegende Linien deutlich.

„Der hat rangiert", brummte Wolf, „zeig mal die Zeit."

Ein Mausklick genügte.

„Sechzehn Minuten. Exakt die Zeit, die man braucht, um einen Container seitlich abzusetzen", stellte Koob fest.

„Geh mal wieder auf die Übersicht!" Wolf klang nervös. Er schien jetzt auf der Jagd zu sein. Elke Lukassow hielt sich im Hintergrund und machte sich Notizen in ihrem abgegriffenen schwarzen Moleskine.

„Er fuhr wieder zurück in Richtung Hafen! Warum zum Teufel tut der das? Warte, ich hol mir die Rollkarte auf den Schirm!" Er stieß den Sessel mit den Füßen wieder zurück an seinen eigenen Arbeitsplatz und hämmerte auf dem Keyboard herum.

„Das ist interessant! Weißt du, wo der hingefahren ist? Auf den alten Lagerplatz der Contargo, wo sie die ausgemusterten Container reparieren und verkaufen. Frau Lukassow, ich denke, das ist was für Sie und Ihre Kollegen von der Kripo, oder?"

„Kann ich noch mal den Ausschnitt vom Flughafen sehen?“, bat Elke, und Koob tat ihr den Gefallen.

„Merkwürdig ...“, murmelte sie, „der fährt auf das Gelände des Flughafens, rangiert kompliziert auf der Wiese herum, setzt wahrscheinlich seinen Container dort ab und fährt wieder weg. Warum macht er das?“

„Weil da vielleicht gar keine Wiese mehr ist, Frau Lukassow“, antwortete der Spediteur. „Die Satellitenbilder sind nicht aktuell. Manche sind ein paar Jahre alt. Vor meinem Wohnhaus zum Beispiel sieht man noch meinen alten, blauen Opel, den habe ich schon vor drei Jahren verkauft. Inzwischen kann auf dem Flughafen ein ganzer Gebäudekomplex stehen.“

„Sind Sie sicher, dass Ihr Fahrer dort seinen Container abgeladen hat?“, fragte Elke und kritzelte wie besessen in ihr Büchlein.

„Sicher bin ich nicht, aber die Zeit käme durchaus hin.“

„Wie stellt man so etwas an? Da muss doch ein Kran bestellt werden oder vor Ort sein?“

Wolf schaltete sich ein: „Das haben wir alles dabei. Der Aufleger ist mit zwei Seitenladerkränen ausgerüstet. Damit können Sie sogar die großen 40-Fuß-Container praktisch an jeder beliebigen Stelle auf- oder abladen. Viele Firmen nutzen diese Kästen auch als temporären Lagerraum.“

Elke hörte gar nicht mehr zu. Sie hatte ihr Mobiltelefon am Ohr und stellte sich etwas abseits von den beiden Männern ans Fenster. Ein Bild formte sich vor ihren Augen: ein Container, der vor fast vierzig Jahren tagelang auf einem sonnendurchglühten Parkplatz in Zentralspanien gestanden hatte. Neunzehn marokkanische Flüchtlinge waren in ihrem engen Versteck hinter der Stirnwand einen grässlichen Hitzetod gestorben.[24] Eine ganze Familie: Onkel, Tanten, Väter, Mütter, Großeltern Kinder und Enkel. Ein Mädchen hatte das Grauen überlebt. Sechzehn Jahre später waren die Rechnungen beglichen worden. Elke war damals die leitende Ermittlerin gewesen. Solos Vater, der Spediteur Erich Solomon, war das erste Opfer gewesen. Noch heute bekam sie Magenschmerzen, wenn sie an die grauenhafte Mordserie an der idyllischen Bergstraße dachte.

Eine Männerstimme erklang an ihrem Ohr und riss die ehemalige Kommissarin aus der Vergangenheit.

„Nemeth!“ Wie immer klang der Mann, als sei er gerade vom Zehnmeterbrett gesprungen. Heiter, sorglos und erwartungsvoll. Elke beneidete ihn glühend um seine zuversichtliche Wesensart.

„Franz! Ich habe ihn! Ich habe den Lagerort der Tiefkühlleichen! Wahrscheinlich hat man dorthin auch Solo und Tarzan gebracht! Gib Großalarm! Alles zum City-Airport, und zwar genau nach ...“ Sie unterbrach sich, presste kurz die Lippen zusammen und herrschte dann Koob an: „Die Koordinaten! Schnell! Die Koordinaten dieser verdammten Dreckswiese, die gar keine mehr ist!“

Koob war bei der freiwilligen Feuerwehr. Erstens konnte er zweifelsfrei feststellen, wenn eine Sache ernst wurde, zweitens war er geschult darin, zuerst zu reagieren und danach zu hinterfragen. Eine Technik, die ihm und einigen seiner Kolleginnen und Kollegen wahrscheinlich schon oft das Leben gerettet hatte.

---

24 s. Krämer, Manfred H.: Tod im Saukopftunnel. Heyne. München 2008

„49.475019, 8.517451, ich wiederhole: 49.475019, 8.517451!“, kam es ruhig und deutlich aus seinem Mund. Elke hatte das Mobiltelefon in seine Richtung gehalten.

„Hast du das mitgekriegt, Franz? Ruf den Bluhm an und die Rettung, Feuerwehr und alles, was ein Blaulicht hat. Wenn es das ist, was ich befürchte, kann es schon zu spät sein! Ich bin in fünf Minuten vor Ort!“ Grußlos und für eine so schwere Frau erstaunlich flink stürzte Lukassow zur Tür. Das Klackern ihrer Absätze hallte durch das Treppenhaus, und Sekunden später quietschten die gemarterten Reifen des A6 über den Speditionshof.

Michael Wolf und Frank Koob schauten einander an.

„Cobra 11 oder was?“, fragte Wolf und schüttelte den Kopf.

„Eher eine Mischung aus Miss Marple und Bella Block“, sagte Koob und schaute nachdenklich die Karte auf dem Monitor an.

„Der Roggenfell hat damals ein paar Tage später unbezahlten Urlaub genommen und sich einen Mercedes gekauft. Erinnerst du dich?“

„Klar erinnere ich mich. Der hat sogar rumerzählt, dass es ihm egal ist, ob wir ihn rausschmeißen oder nicht. Einige der Kollegen glauben, dass er im Lotto gewonnen hat.“

„Lottogewinner werden normalerweise nicht von Privatschnüfflern und der Kripo gesucht ...“ Koob schob die Unterlippe vor und betrachtete das bunte Satellitenbild, allerdings ohne es bewusst wahrzunehmen.

„Teilen wir uns die Belohnung?“ Wolf grinste dreckig und riss Koob aus seinen Gedanken.

„Was für eine Belohnung? Wovon redest du?“

Michael Wolf holte tief Luft.

„Wenn ich das hier richtig interpretiere, dann haben wir mit unserer Ortungssoftware dieser lodengrünen Beißzange einen entscheidenden Hinweis in Bezug auf eine schwere Straftat gegeben. Wir sollten unbedingt am Ball bleiben, Herr Kollege!“

Koob sah Wolf nachdenklich an.

„Ich denke, da sollten wir lieber Lotto spielen.“

„Wie der Roggenfell?“

„Besser nicht. Ich werde das Gefühl nicht los, das der alles andere als ein glücklicher Gewinner ist.“

„Bleiben wir also hier hocken und ärgern uns mit dem spanischen Havarie-Kommissar, der Policia Stradale und unserem eingebuchteten Fahrer herum.“ Wolf schnappte sich seufzend sein Mobiltelefon und begann, eine lange Nummer einzugeben. Koob nickte.

„Das können wir eh am besten.“

„Was?“

„Rumärgern. Da sind wir Weltklasse drin. Richtige Fachkräfte.“

Wolf hörte gar nicht mehr hin: „Wolfspezzonknubbenbuenosdiassenor!“, schnarrte er ins Telefon.

„Was heißt überhaupt „Ich grüße Sie“ auf Spanisch?“, dachte Koob und nahm seufzend den Hörer ab, als das Festnetztelefon seine Funkstille mit nervtötendem Gedudel beendete.

City-Airport Mannheim, 11.48 Uhr

Schon während der Anfahrt wurde die Betriebsleitung des Flughafens über den Polizeieinsatz informiert. Ein Mitarbeiter stand an der Einfahrt bereit, um die Einsatzfahrzeuge einzuweisen. Als erstes traf der Streifenwagen von der Maimarktwache mit Franz Nemeth am Steuer ein, dicht gefolgt von einem Rettungswagen der Johanniter und einem Löschzug der Feuerwache Mitte. Nemeths Mercedes brauste vorbei an Hangars und Wirtschaftsgebäuden. Mit einem Auge beobachtete der Hauptkommissar das Display seines Navigationsgerätes, auf dessen unterem Rand die Zahlenkolonnen der Koordinaten rasend schnell durchliefen.

„Sie haben Ihr Ziel erreicht!", verkündete die teilnahmslose Frauenstimme schließlich, und Franz Nemeth schaute durch die Frontscheibe auf den grauen Zweckbau aus Fertigelementen mit dem großen Rolltor. Neben ihm bremsten die Fahrzeuge der Rettungsdienste, während die beiden Feuerwehrfahrzeuge links an der Seitenwand anhielten. Türen flogen auf, und Männer in Einsatzkleidung kletterten heraus.

Jetzt kamen auch die unauffälligen VW Touran der Mannheimer Kripo und mehrere andere Zivilfahrzeuge. Darunter war auch ein schwarzer Audi A6, der am Heck einen Aufkleber „Freistaat Bayern" trug.

Franz Nemeth und Hans-Peter Bluhm sahen Elke Lukassow erwartungsvoll entgegen, als sie sich umständlich aus dem Auto wuchtete und mit verkniffenem Gesicht auf sie zu ging. Keine dicke, ältere Frau kam da anmarschiert, nein, hier kam der Rottweiler ... ein schlecht gelaunter dazu.

„Elke." Nemeth legte grüßend die Hand an die Mütze, Bluhm grunzte etwas, nickte aber respektvoll.

„Da drin?" Bluhm wies mit dem Kopf zur Halle, während er sich eine Zigarette anzündete.

„Da drin!", klirrte die Lukassow, „Wir gehen da rein. Sofort. Die Feuersalamander da drüben sollen die Seitentür aufbrechen. Wenn es sein muss, mit Dynamit!"

„Wem gehört die Halle?" Nemeth hasste es, wenn er sich vor Gericht dafür rechtfertigen musste, in fremde Gebäude eingedrungen zu sein.

„Barack Obama, und es ist mir scheißegal, wenn der morgen mit einer Brigade Abrams-Panzer meine Gartenlaube plattmacht und in meinem Gewächshaus nach Massenvernichtungswaffen sucht. Ich habe berechtigten Grund zu der Annahme, dass im Inneren dieser Halle ein Kühlcontainer in Betrieb ist, in dem Menschen gegen ihren Willen festgehalten werden oder womöglich schon tot sind. Du weißt, wie man das nennt: Gefahr im Verzug! Wir gehen rein. Jetzt!" Lukassow wandte sich um, steckte zwei Finger in den Mund und ließ einen durchdringenden Pfiff hören. Die Feurwehrmänner fuhren herum und schauten die grüne Wutkugel fragend an.

„Tür öffnen und sichern! Sofort! Da drin sind Menschen in Lebensgefahr!" Das war für die Männer in den schwarzgelben Einsatzjacken das Stichwort. Kurze Befehle ertönten, die Werkzeugklappen an den Fahrzeugen wurden geöffnet, und schweres Gerät wurde verteilt. Wie in einem perfekt choreografierten Ballett wusste jeder, was er zu tun hatte. Jeder Handgriff saß, die Kommunikation war knapp und sachlich. Innerhalb von zwei Minuten schwang die stabile Metalltür auf. Zwei Polizisten mit gezogenen Waffen sicherten den Bereich schulmäßig, und nach kürzester Zeit erscholl der Ruf „Sauber!“. Weitere Beamte betraten daraufhin das Gebäude, und erst nachdem auch diese sich von der Sicherheit im Inneren überzeugt hatten, wurde der Zugang für die anderen freigegeben.

Elke stockte der Atem, als sie die inzwischen hell erleuchtete Halle betrat. In der Mitte des großen Bauwerks stand der rostrote Container. Auf dem blitzsauberen Betonboden waren noch die Rangierspuren der großen Lkw-Reifen zu sehen.

Der kantige Container strahlte etwas Bedrohliches aus. Wären sie hier in dieser Halle auf ein außerirdisches Raumschiff gestoßen, es hätte gespenstischer nicht sein können. Elke erkannte, was diese Szene so surreal machte: die Stille. Die Totenstille ...

Sie hatte richtig vermutet. Wie so oft. Trotzdem wünschte sie sich in diesem Fall, sie hätte unrecht gehabt. Sie sandte ein Stoßgebet zu Gott, dass die andere Hälfte ihrer Vermutung sich nicht bestätigen würde. „Lass mich irren“, flehte sie innerlich, „bitte, lieber Gott, lass mich irren!“

„Aufmachen!“ Nemeths Stimme klang belegt. Zwei Feuerwehrleute entriegelten die Türen, wobei sie Schwierigkeiten mit der beschädigten Verschlussstange hatten. Nemet, Bluhm und Lukassow schauten einander vielsagend an. Dass die Spuren an der Tür von einem Beschuss mit einer großkalibrigen Waffe stammten, erkannten sie auf Anhieb.

„Lass mich irren!“, flüsterte Elke, und Franz Nemeth warf ihr einen raschen Seitenblick zu. Der Polizist zwinkerte ihr aufmunternd zu. Elke registrierte es dankbar. Ein feiner Kerl. Ein Mann mit Antennen für Menschliches. Wenigstens war sie nicht allein.

Die Türen schwangen auf, und eisiger Nebel waberte heraus. Dadurch war es zunächst unmöglich, Einzelheiten im Inneren des Behälters zu erkennen.

Doch die kalten Schwaden verflogen schnell. Viel zu schnell ...

Die Feuerwehrleute hatten starke Handlampen bei sich, deren breitgefächerte Lichtkegel jedes Detail im Inneren gnadenlos aus der Dunkelheit rissen.

Entgeistert starrten die Menschen auf die bizarre Szenerie: In der Mitte des Containers lagen übereinander gestapelte nackte Leichen, unmittelbar vor den nun offen stehenden Türen vier bis zur Unkenntlichkeit eingepackte Körper, dicht aneinander geschmiegt und mit dickem Raureif überzogen. Elke spürte die Kälte, die von ihnen ausging, bis ins Mark.

Niemand sagte ein Wort. Bluhm schaute verstohlen zu Elke, die neben ihm stand. Dicke Tränen rannen über ihre rotgeäderten Wangen und versickerten in dem mit traditionellen Mustern versehenen Schal.

Ein Notarzt stellte seinen Koffer ab, kniete sich neben eines der vier Bündel und befreite den Kopf von der Verpackung. Als Elke das feuerrote, kurze Haar erkannte, wandte sie sich ab und stürmte aus der Halle. Bluhm wollte ihr nach, aber Nemeth hielt ihn zurück.

„Lass sie. Lass Sie ein paar Minuten allein. Wir haben zu tun. Wir kriegen den, der das zu verantworten hat. Er wird bezahlen, das verspreche ich dir.“

BG-Unfallklinik Ludwigshafen-Oggersheim
Drei Tage später

Der Mann im Rollstuhl sah durch die halb offene Tür in den Aufwachraum der Station. Eine Krankenschwester zog das weiße Laken über den Kopf der schmalen Frau, bekreuzigte sich und dimmte die Beleuchtung. Tarzan weinte lautlos. Die Tränen liefen wie aus einer unerschöpflichen Quelle über sein stoppeliges Gesicht.

„Herr Zahn, Sie sollten hier nicht sein", sagte die Krankenschwester freundlich und schob den Rollstuhl mit dem immer noch weinenden Mann ans andere Ende des langen Flurs. „Danken Sie Gott, dass Sie noch leben. Zwei Zehen kann man verschmerzen, bald werden Sie wieder Tango tanzen wie Valentino. Ihre Frau hat schon nach Ihnen gefragt."

„Sie ist nicht meine Frau, Solo ist meine Lebensgefährtin. Wir sind nicht verheiratet", schniefte Tarzan, und neue Tränen schossen ihm aus allen Knopflöchern, als die Schwester ihn in das Zimmer mit der Nummer 316 schob. Diesmal waren es Freudentränen. Das verhärmte, blasse Gesicht mit den hohen Wangenknochen, den leicht schräg gestellten grünen Augen und der etwas zu groß geratenen Nase war für ihn das schönste auf der Welt. Die roten Haare standen nach allen Seiten ab.

„Hör auf zu plärren, Elke kommt gleich. Sie hat gerade angerufen. Sie kommt etwas später, weil sie in der Kirche noch zwei Kerzen anzünden muss."

„Die Elke? In der Kirche? Da war sie doch zum letzten Mal, als sie Kommunion hatte."

„Sie sagt, sie hätte einen Deal mit Gott. Da käme sie jetzt nicht mehr raus. Ich glaube, sie wird langsam alt."

„Wir auch." Tarzan sah Solo an. Seine Augen wurden schon wieder feucht.

„Was soll denn das jetzt wieder? Alle werden älter. Wir auch. Na und?"

„Ich habe leider keine Blumen dabei, nur ..." Tarzan suchte nach Worten und zog schließlich einen Schokoriegel aus der Tasche.

„Nur das hier, aus dem Automaten am Fahrstuhl. Hatte nur noch einen Euro klein. Der ist für dich." Formvollendet überreichte er Solo den schon etwas angewärmten Riegel.

„Für mich? Hab ich Geburtstag, oder was?"

„Oder was!", entgegnete Tarzan und zog geräuschvoll die Nase hoch.

„Nimm diesen Riegel. Den Ring besorg ich, wenn wir wieder draußen sind. Hiermit frage ich dich ganz offiziell und im Vollbesitz meiner geringen geistigen Kräfte: Solo, willst du meine Frau werden?"

Solos Augen wurden starr. Ihre Lippen pressten sich aufeinander, und Tarzan wünschte sich, in diesen weit aufgerissenen grünen Augen zu versinken.

„Tarzan ... ich ..."

ENDE

Kohlemord

Ein Mannheimer
Rhein-Neckar-Krimi

ISBN Taschenbuch	978-3-927455-86-3
ISBN E-Book EPUB	978-3-86476-500-1
ISBN E-Book PDF	978-3-86476-501-8

Ein toter Stadtstreicher in Mannheims feinster Hotelsuite, ein verschwundener Koffer, den seine Eigentümer mit allen Mitteln, Mord nicht ausgeschlossen, wieder in ihren Besitz bringen wollen, ein knorriges Urgestein von Schiffmann auf Kriegspfad gegen die Kohlemafia, Tarzan als Leichtmatrose auf dessen museumsreifem Frachter, Mannheims meistabgemahnter Kommissar Bluhmepeter aus der „Tschäänau“ als Fahnder, das typische Lokalkolorit Mannheims und seiner Häfen als Bühnenbild sowie ein grandioser Showdown im geheimnisumwitterten Bunkerkraftwerk unter den Kohlehalden des GKM:
Das sind die Zutaten für einen Krämer-Krimi der Superlative, das Ergebnis aufwendiger und intensiver Recherche und sprachlicher Eloquenz. Manfred H. Krämer vom Feinsten.

Spargelmord

Ein Rhein-Neckar-Krimi

ISBN Taschenbuch 978-3-927455-83-2
ISBN E-Book EPUB 978-3-86476-502-5
ISBN E-Book PDF 978-3-86476-503-2

Beschmierte Wände, Brandstiftung und ein versuchter Mord! Wer will mit allen Mitteln verhindern, dass die Lampertheimer Landwirte die romantischen alten Spargelhäuschen abreißen?

Solo und Tarzan, Krämers kultige Ermittler, geraten wieder einmal unfreiwillig zwischen die Fronten.

Birgt eine der maroden Hütten ein grausiges Geheimnis? Tarzan steht kurz davor, dieses Rätsel zu lösen, da wird er plötzlich selbst zur Zielscheibe eines kaltblütigen Mörders.

Ein rasantes Abenteuer rund um die Spargelstadt Lampertheim. - Solo und Tarzan in absoluter Topform!

Mit Bonus für treue Fans:

- Das kleine Lampertheimer Wörterbuch: Loambaddarisch fa Främme.
- Leckere Spargelrezepte

Mordsquilt

Der etwas andere Krämer...

ISBN Taschenbuch	978-3-86476-020-4
ISBN E-Book EPUB	978-3-86476-506-3
ISBN E-Book PDF	978-3-86476-507-0

Fünf Frauen - Fünf Tote.

Unfall? Selbstmord? Herzversagen?

Alle Fäden laufen buchstäblich in Bernardines Stoffstübchen zusammen!

Quilterinnen sind äußerst kreativ. Auch beim Beseitigen untreuer Ehemänner!

Ein rabenschwarzes, herrlich schräges Meisterwerk aus der Feder des Erfolgsautors Manfred H. Krämer.

Desperate Housewives meets Agatha Christie!

„Wo alle Fäden zusammenlaufen,
sitzt entweder ein Gangsterboss oder eine Quilterin.“
Maurizia Klawuttke - Giftmörderin

Leseprobe – Mimenmord

Essstörung

Marly
Welserstraße 25
Ludwigshafen am Rhein
Sonntag, 25. 3. 2012

Ein kluger Mann hatte einmal gesagt, es gebe Orte, die man beschreiben könne; andere müsse man schlicht erleben. Zu letzteren gehörte zweifelsfrei das Restaurant Marly im ansonsten eleganter Gaumenfreuden eher unverdächtigen ältesten Ludwigshafener Stadtteil Hemshof.

Während sich anderswo ein arglistig präparierter Glasfaserspeer final in die Seite eines Star-Opernsängers bohrte, verzehrte Leo Lessing geradezu andächtig einen lauwarmen Oktopussalat und ließ sich dazu ein Glas perfekt temperierten Rieslings vom Weingut Reichsrat von Buhl munden, der auf den schönen Namen *Jesuitengarten im Forst* hörte. Sein Gegenüber, die Psychologin Geza Wolf, die im Gegensatz zu ihrem Begleiter nicht „über die volle Distanz ging“, wie Lessing das auszudrücken pflegte, also auf zwei Gänge des großen Menüs aus der übersichtlichen, aber erlesenen Karte verzichtet hatte, sah amüsiert zu, wie er mit zart schmatzenden Geräuschen und den entsprechenden Lippenbewegungen verzückt die ganze Fülle der Geschmacksnuancen des intensiv fruchtigen, aber dennoch mit eleganten Säuren aufwartenden Pfälzer Weines zu erhaschen suchte. Die Wölfin, wie ihre Freunde sie nannten, wusste, dass Leo sie in solchen Augenblicken nicht brauchte. Hier, schlemmend, genießend und ja, völlernd war er ganz bei sich, da wollte er nicht reden, da wollte er stille kulinarische Andacht. Aber da ihre über anderthalb Jahrzehnte bestehende Freundschaft zu jenen seltenen Fällen guter, platonischer Erwachsenenlieben gehörte, die es aushielten, wenn auch mal eine Viertelstunde gemeinsam geschwiegen wurde, nippte sie an ihrem San Pellegrino und frönte ihrer eigenen größten Leidenschaft: dem Beobachten von Menschen.

Obgleich sie Leo Lessing schon seit sechzehn Jahren kannte – sie hatte als frischgebackene Polizeipsychologin die Ermittlungen in einem Mordfall an dem Mannheimer Gymnasium begleitet, an dem er damals als junger Lehrer für Deutsch und Geschichte und Oberstufenberater tätig gewesen war –, hatte sie seine vielschichtige, facettenreiche Persönlichkeit immer noch nicht restlos durchschaut. Der alte Freund gab ihr immer noch Rätsel auf, und das war gut so.

Lessing stammte weder von dem gleichnamigen Dichter und Aufklärer noch von dem deutsch-jüdischen Philosophen und politischen Publizisten ab, auch wenn er sich beiden durchaus in manchen Belangen seelenverwandt fühlte. Auf den ersten Blick hätte man Leo, wie es viele seiner Schüler taten, als den literaturbesessenen, gemütlichen Dicken aus der Oststadt abtun können. Aber das, soweit war die Wölfin in ihrer ganz privaten Analyse gediehen, griff viel zu kurz. Er war zweifellos bibliophil, wie man an seiner von Büchern geradezu überquellenden Singlewohnung in der Leibnizstraße unschwer ablesen konnte, und auch seine Leibesfülle war unbestreitbar. Er selbst bezeichnete sich schwarzhumorig als „untergroß", aber man sah dem Mann, der bei einer Größe von knapp unter einem Meter achtzig die Hundert-Kilo-Marke schon vor Jahren locker gerissen hatte, ohne irgendetwas an seinen Essgewohnheiten zu ändern, mittlerweile leider an, dass sein Übergewicht begann, seiner Gesundheit abträglich zu sein. Geza wusste, dass Leo Medikamente gegen Bluthochdruck nahm. Sie war keine klinische Medizinerin, aber aus ihrer Sicht war es nur noch eine Frage der Zeit, bis Diabetes hinzukam.

Wenn sie ihm so beim Essen, nein, beim Erleben seines Oktopussalates zusah, verstand sie, dass sich seine Lust am Leben, am Genuss teilweise in maßlosem Essen und Trinken ausdrückte. Es war seine Form der Lebensgier.

Das passte zu der Lust am Leben, die er auch in anderen Bereichen des Alltags an den Tag legte. Geza kannte kaum einen beleseneren, kunstsinnigeren, zugleich aber auch politischeren und dem Jetzt zugewandteren Menschen als Leo Lessing. Er war ein Mann der Gegensätze. Ein Kapitalismuskritiker vor dem Herrn. Ein Nonkonformist, ein „Feind der Herden", wie er es nannte. Trotz des verbeamteten Lehrerjobs trug er das noch immer volle, braun-silbern melierte Haar über schulterlang und zumeist als Pferdeschwanz. Er war ein stets makellos gekleideter Mann mit kurz gestutztem Kinnbart, der dreiteilige Anzüge liebte, die er sich maßschneidern lassen musste, weil er sie von der Stange nicht kaufen konnte. An diesem Abend trug er einen mittelbraunen Anzug mit dezenten cremefarbenen Nadelstreifen. Gleichzeitig war Lessing ein streitbarer Opernnarr (wenngleich Wagnerhasser) und eingefleischter Krimifan. Er betätigte sich als Hobbykoch auf Gourmetniveau und sammelte Wein und Whisky. Am heimischen Piano coverte er mehr als passabel Tom Waits. Bei zahlreichen gemeinsamen Kinobesuchen hatte er sich als Cineast erwiesen. Zweifellos schrieb er selbst, vermutlich Lyrik, auch wenn er die Wölfin daran nie hatte teilhaben lassen.

Zudem war er ein hervorragender, einfühlsamer Liebhaber, wie die Wölfin aus einer betrunkenen Silvesternacht, die sich, wie sie einander geschworen hatten, niemals wiederholen würde, wusste.

Doch da war mehr, dessen war sich Geza Wolf sicher. Sie war der festen Überzeugung, dass es weit zurückliegende Verletzungen im Leben des Freundes gab. Er sprach nicht über sie, hatte sie in sich verkapselt. Dazu passte auch, dass der im Grunde seines Herzens sanftmütige, trotz seiner Leibesfülle behände Mann eine sehr laute Diktion hatte und keine Angst kannte, andere vor den Kopf zu stoßen. Er hatte sich einen Panzer angefressen. Geza witterte Dinge, die er nicht ertragen hatte und schon gar nicht noch einmal ertragen müssen wollte. Wie der nur ein paar Steinwürfe von hier geborene ehemalige Bundeskanzler Dr. Helmut Kohl, dachte die Wölfin, auch wenn Leo diesen Vergleich sicher gehasst hätte.

Apropos Doktor … den hatte Lessing auch. Über Hölderlin hatte er promoviert, „das Hölderle“, wie er den Tübinger Romantiker gern liebevoll nannte, aber er führte seinen akademischen Titel nicht. Die Wölfin fand, ihr Freund verschwende sein Talent als Gymnasiallehrer an der Mannheimer Schule, die auch noch wie er den Namen des berühmten Schriftstellers trug, als Pädagoge im besten Sinne des Wortes. Wie Sisyphus versuchte er, in Generation um Generation X-Box-daddelnder, von YouTube und Wikipedia verdorbener Schüler die Liebe zur Literatur zu wecken. Scheinbar unverdrossen …

Die Lebensgefährtin des Restaurantbesitzers und Kochs riss Geza Wolf aus ihren Gedanken, indem sie mit der ihr eigenen unaufdringlichen Aufmerksamkeit Mineralwasser nachgoss. Dann trat der Meister selbst an ihren Tisch, ein kulinarischer Überzeugungstäter, der hier mitten im Hemshof seit Jahren konsequent auf Sterneniveau kochte, ohne sich nach dieser zweifelhaften Ehre allzu sehr zu verzehren.

„Hallo, Leo“, grüßte er den Stammgast der ersten Stunde, der inzwischen zum guten Bekannten avanciert war. „Die Schweinebäckchen kommen gleich, und für die Dame der Rochenflügel.“ Der Mann in der weißen Kochjacke warf Geza ein bezauberndes Lächeln zu. „Hat das Entrée gemundet?“

„Ja und wie“, lobte Leo. „Ich finde, wenn du jetzt noch deinen größten Fehler korrigierst, bist du nur noch einen Fingerbreit vom wahren Genius entfernt.“

„Und der wäre?“, fragte Gregor Ruppenthal irritiert.

„Du kochst in Lumpehafe, dabei gehört einer wie du nach Monnem“, grinste Lessing.

Ruppenthal lächelte. Ehe er Lessing aber darüber aufklären konnte, dass es durchaus sehr konkrete Umzugsüberlegungen auf die andere Rheinseite gab, ertönte Aaron Coplands *Fanfare for the Common Man* aus der Brusttasche von Lessings Jackett. Sie erklang in der Version von Emerson, Lake & Palmer, unterstützt durch heftige Vibration.

„Entschuldige bitte …“

Es war Lessing anzusehen, dass ihm diese Störung sehr unangenehm war. Er fischte sein HTC, mit dem ihn eine intensive Hassliebe verband, aus der Brusttasche und nahm das Gespräch mit einem energischen Druck seines fleischigen Daumens an, ohne aufs Display zu sehen.

„Lessing. Wer stört?“, knurrte er.

Dann hörte er eine Weile zu. Geza versuchte anhand der Hälfte der Konversation, die sie mithören konnte, das gesamte Gespräch zu rekonstruieren.

„Ach, du bist es, Anton … wo bist du? … Im Nationaltheater? Oh. Ja, ich weiß, wir waren für die *Walküre* verabredet, aber mir ist …“, er warf einen verschwörerischen Blick auf den Weinkühler und auf Geza, „… etwas dazwischen gekommen. Tut mir leid.“

Er nahm einen Schluck Riesling, dann zählte er eins und eins zusammen und fragte: „Wieso telefonierst du mit mir, wenn du in der Oper hockst? Was? Das Stück wurde abgebrochen … na, was Besseres hätte wahrscheinlich nicht passieren können.“ Wieder lauschte er eine Weile in sein Handy. „Oh, das ist schlecht … och komm … muss das sein? Ich sitze gerade beim Essen … mit einer tollen Frau … na gut. Ja, ich komme rüber.“

Misslaunig unterbrach er das Gespräch und steckte das Handy weg.

„Geza, tut mir leid, ich muss weg. Das war Anton – drüben im Nationaltheater hat es einen Mord gegeben. Ich nehme nicht an, dass dir schon wieder der Sinn nach Ermittlungsarbeit steht?“

Die honigblonde Psychologin schüttelte den Kopf. Nach dem, was sie etwas weniger als zwei Jahre zuvor in Frankreich erlebt hatte[1], versuchte sie, einen weiten Bogen um tote Menschen zu machen.

Missmutig winkte Leo Lessing seinen Freund herbei. „Gregor, ich muss leider weg. Aber meine Begleiterin isst in Ruhe zu Ende. Schreib einfach alles auf, ich komme die Tage rum und zahle.“

Gregor Ruppenthal nickte. Lessing küsste Geza Wolf flüchtig auf die Wange und rauschte hinaus auf die Welser Straße. Vor der Tür schwang er sich in seinen BWM Z3, den einzigen sichtbaren Luxus, den er sich neben seinen Anzügen gönnte, und brauste über die Brücke gen Mannheim.

Nach Hause.

Judith von Reichenbach wusste nicht mehr, wo ihr der Kopf stand. Hunding, der jetzt wieder ganz bürgerlich Christian Walther hieß, hatte einen Nervenzusammenbruch erlitten, als ihm die ganze Tragweite dessen, was er getan hatte, klar geworden war. Er hockte jetzt am Bühnenrand und wurde vom Kollegen Erich Grambitter, dem Leiter der Spurensicherung, fürs Erste notfallseelsorgerisch betreut. Die Spurensicherer taten ihr Möglichstes, um, nun ja, Spuren zu sichern, aber zum einen wäre die Bezeichnung Hühner-

1 vgl. Oliver Hoffmann & Thommy Mardo, Der Facebook-Killer, VerlagWaldkirch, Mannheim 2012

haufen noch ein Euphemismus für das gewesen, was auf der Bühne des Großen Hauses gegenwärtig los war, zum anderen war die Sachlage eigentlich klar. Jemand hatte den stattliche acht Meter langen, signalroten Glasfaserstab, der Hunding als Speer diente, auf üble Art und Weise präpariert. Das gepolsterte Schaumstoffende, das da ursprünglich hätte sein sollen und dazu diente, Verletzungen jeglicher Art bei dem Heldentenor zu vermeiden, war durch eine perfide Vorrichtung modifiziert worden: Sie erhielt nun im Inneren eine beidseitig scharf geschliffene Metallklinge, die sich beim Aufprall auf den Körper des Sängers durch den Schaumstoff geschnitten hatte. Der Schwung von Hundings/Walthers Stoß hatte den Schaumstoff am Stab entlang zurückgeschoben, und die dolchartige, mattschwarz schimmernde Klinge hatte ungehindert ihr zerstörerisches Werk tun können.

„Zerbrochene Schwerter aus Zuckerguss. Faszinierend." Mit diesen Worten schreckte eine äußerst wohlklingende Stimme die Kommissarin aus ihren Gedanken hoch. Sie sah sich suchend nach dem Sprecher um, denn die Akustik der Opernbühne sorgte dafür, dass er durchaus ein ganzes Stück weg stehen, sie ihn aber dennoch glasklar verstehen konnte. Ihr Blick wanderte über Brünnhilde alias Julia Haffner, die schlaff wie eine Puppe aus Lumpen am Hals des Generalmusikdirektors hing und haltlos weinte, Grambitter, der immer noch in der Hocke neben Christian Walther kauerte, und Regisseur Schlaffe, der zusammen mit dem inzwischen eingetroffenen kommissarischen Generalintendanten Will Fendrich heftig gestikulierend auf den Kollegen Neumann einredete, und blieb schließlich an einem rundlichen, gepflegt aussehenden Mann hängen. Der stand über der Stelle, wo die schwärzlichen Zuckergusssplitter Nothungs noch neben der Tatwaffe auf den Bühnenbrettern lagen und starrte nachdenklich zu Boden, den schweren, runden Kopf mit dem Kinnbart und dem gepflegten, graumelierten Pferdeschwanz in den aromatisierten Dampf einer schwarzen Elektrozigarette gehüllt.

Ehe Kommissarin von Reichenbach die wohl eher an ihn selbst gerichteten Worte des Nadelstreifenträgers in irgendeiner Form kommentieren konnte, schoss aus den Kulissen eine Theatermitarbeiterin hervor, deren Äußeres eine gewagte, aber durchaus spannende Mischung aus modebewusstem Punk und Spät-Öko war. Sie wedelte heftiger, als der Dampf – Nelkenaroma, wie von Reichenbach geistesabwesend registrierte – es eigentlich rechtfertigte und fauchte: „Hier ist rauchen verboten. Wollen Sie die ganze Sauerei etwa auch noch mit der Sprinkleranlage gepflegt unter Wasser setzen?“

Der Mann musterte den weiblichen Mode-Punk mit der schwarzen Strubbelfrisur einen Moment lang und sagte dann würdevoll: „Ich rauche nicht. Ich entziehe meine Sucht mit einer Ersatzdroge. Das“, er schwenkte die Elektrozigarette, „ist quasi das Methadon zu meinem Heroin – Nikotin, meine ich.“

Judith von Reichenbach trat zu den beiden. „Dürfte ich fragen, wer Sie sind?“

„Steffi Hunger, Leiterin der Requisiten-, Pyrotechnik- und Waffenabteilung dieses Hauses“, sagte die Frau. Der rundliche Mann nickte, als habe er sich entweder genau das gedacht oder als enthülle diese Antwort ein großes Mysterium, an dessen Enträtselung er seit Jahren arbeitete. Er machte allerdings keine Anstalten, seinen eigenen Namen preiszugeben.

„Und Sie sind?“, hakte von Reichenbach nach.

„Leo Lessing, Deutschlehrer am gleichnamigen Gymnasium“, sagte der Mann irritiert. „Die Polizei hat mich hergebeten, um in diesem Fall zu assistieren.“

„Die Polizei bin ich“, knurrte Judith von Reichenbach, „und ich habe bestimmt niemanden hergebeten.“

„Das geht schon in Ordnung“, hörte sie plötzlich knapp hinter ihrer linken Schulter die Stimme des Kollegen Neumann, der dienstgradmäßig ihr Vorgesetzter, wenn auch rein technisch gesehen nicht mit dieser Ermittlung betraut war. „Herr Lessing ist ein alter Freund und auf meine Veranlassung hier. Niemand kennt sich mit Opern und mit diesem Theater so gut aus wie er.“

Die beiden so ungleichen Männer umarmten einander, und Kriminalhauptkommissar Anton Neumann klopfte dem Runden mit dem langen Haar etwas ungelenk, aber durchaus freundschaftlich auf die Schulter.

„Wer hat den Speer geführt, Anton?“, fragte der den Kriminalhauptkommissar.

„Christian Walther. Er spielt und singt den Hunding“, antwortete der.

„Mit dem würde ich gern als Erstes sprechen“, sagte Leo Lessing.

Mord in den besten Kreisen

Der Debütroman

Taschenbuch, 11,7 x 18,7 cm, 288 S.
ISBN: 978-3-86476-004-4

ISBN E-Book EPUB	978-3-86476-602-2
ISBN E-Book PDF	978-3-86476-603-9

Ein Serienkiller wütet in den besten Mannheimer Kreisen und hinterlässt am Tatort und bei den Leichen merkwürdige Hinweise. Der ratlose Kommissar Theobald Wagner, derzeit ohnehin in einer Sinnkrise, kann diese Symbolik nicht enträtseln. Alle Ermittlungen enden in der Sackgasse. Erst die Hinweise einer älteren Dame, der begeisterten Wagnerianerin Elsbeth Winkler, bringen die ins Stocken geratenen Untersuchungen wieder ins Rollen.

Sie glaubt, Parallelen zur Symbolik in Richard Wagners Weihefestspiel „Der Ring des Nibelungen“ entdecken zu können. Da geschieht der nächste Mord und Elsbeth Winkler gerät in die Gewalt des Mörders. Kommissar Wagner ist verzweifelt und wirft alle Bedenken über Bord.

Leseprobe – Schattenkörper

Geli Franke saß in ihrem Wagen und starrte in den strömenden Herbstregen hinaus. Die letzten Takte von Hometown Glory klangen gerade aus. Geli liebte Adeles satte Stimme und speziell diesen Song. Eine eigenwillige Hommage an die Heimatstadt der Künstlerin.

Ein Gefühl, das Geli mit Adele aus tiefstem Herzen teilte.

Gut – dies war nicht London, sondern Mannheim. Dies war nicht Notting Hill, sondern Neckarstadt-Ost. Dennoch, was dem Londoner die Royal Albert Hall bedeuten mochte, war für jeden stolzen Mannheimer der Rosengarten!

Neckartstadt! Tiefstes, unverfälschtes Mannheim! Herrlich! Geli atmete lächelnd tief durch und betrachtete versonnen ein Sandsteingebäude mit hohen Fenstern.

„Du musst durch den Innenhof und dann so ´ne wackelige Treppe rauf!"

So hatte ihr Kollege Rudolph Pollock den Weg zum Tatort beschrieben. Dies war eben ein absolut typisches Haus für jenen Teil der Stadt, den Geli ganz besonders liebte.

Kurz schloss sie die Augen, so wie immer, wenn sie an einen neuen Tatort kam.

Eine neue Begegnung mit dem Tod und den erschreckenden Abgründen der Menschheit!

„Und los!" Mit einem Ruck riss Hauptkommissarin Franke die Tür ihres Jeeps auf und spurtete über den nassen Asphalt in die Hofeinfahrt der oberen Clignetstraße 29.

An deren Ende stieß sie ein Holztor auf und blickte in einen wunderbaren kleinen Innenhof. Das holprige

Kopfsteinpflaster am Boden war geschmückt mit unzähligen Blumenkübeln und Terracottatöpfen. Ringsherum schmiegten sich Blumen, Palmen und Kletterpflanzen an die schmucklose Fassade des Hauses. Mit wenigen großen Schritten durchquerte Geli dieses Idyll.

Dies war eine echte Perle der Neckarstadt mit einem leicht baufällig anmutenden Hinterhaus, dessen tatsächlich wackelige Treppe respektvoll erklommen werden wollte.

Oben angekommen, schob Geli sich unter dem Absperrband durch und folgte dem Stimmengewirr.

Der schmale Korridor öffnete sich in einen offenen, lichtdurchfluteten Raum, der ohne Zweifel jede Menge Platz für Kreativität ließ.

Geli Franke stand nun an der Schwelle des Ateliers von Helena Wildhaus und verschaffte sich gewohnheitsgemäß einen schnellen Überblick über die Szenerie.

Rudolph Pollock kam grinsend auf sie zu, während Geli sich die gereichten Handschuhe und den Mundschutz überstreifte.

„Soll ich dir den Arm reichen, damit du die sexy-hexy Hufschoner überstreifen kannst ohne umzufallen, werte Chefin?“

„Oh ja, bitte, catch my fall!“ Geli rollte theatralisch die Augen und grinste bevor sie sich wieder dem Geschehen im Raum zuwandte: „Wer ist der Arzt da?“

Mit einer knappen Kopfbewegung deutete Geli auf den Mediziner, der gerade über die Leiche gebeugt war und ihnen den Rücken zustreckte.

„Naja, es ist Sonntagmorgen. Er hat Bereitschaft und konnte sofort herkommen, “ antwortete Pollock zögernd.

„Passt doch! Sorge dafür, dass sie auf dem Tisch von Wiedmann landet, klar?"

Nickend machte er sich auf der Stelle entsprechende Notizen.

Rudolph Pollock wusste genau, was Geli von ihm erwartete. Er war ihr Gehirn, ihr Arbeitsspeicher und Notizheft in einem. Es war sein Job, dafür zu sorgen, dass Geli sich auf das Wesentliche konzentrieren konnte.

Im Gegenzug teilte sie all ihre Erfahrung und ihr Wissen mit ihm.

Die perfekte Symbiose.

„Guten Morgen, Doktor. Franke mein Name." Freundlich lächelte Geli den Mann an, der abwesend zu ihr hinaufsah.

„Gilbert. Mathias Gilbert."

„Ihr erster Tatort?" Diese Frage war zwar überflüssig, dennoch hoffte Geli, so mit dem jungen Arzt ins Gespräch zu kommen. Dr. Gilbert nickte kurz und senkte den Blick wieder. Hauptkommissarin Frankes Augen folgten seiner Bewegung und hefteten sich auf die Leiche einer jungen Frau.

Helena Wildhaus lag auf dem Rücken, ihr blasses Gesicht war von einem Meer aus schwerem, dunkelblondem Haar umrahmt. Offenbar hatte der Arzt ihr die Augen geschlossen.

Vielleicht wurde der Anblick für ihn so erträglicher.

Gelis Blick glitt über den schmalen Körper der jungen Frau.

Schön war sie zu Lebzeiten gewesen, diese Helena Wildhaus. Nun lag sie in einer riesigen Blutlache und unüberschaubar vielen Tonscherben verschiedenster Größen.

Eine davon ragte aus ihrer Brust wie ein Achttausender.

„Sie ist wohl rückwärts in die Tonskulptur gestürzt“, murmelte der Arzt.

„Ich habe in dem Bericht einen Alkoholtest empfohlen.“

Mit seinem Kugelschreiber deutete er auf ein zerbrochenes Weinglas und einen beachtlichen Rotweinfleck auf dem Holzdielenboden, bevor er sich erhob.

„Den Rest erledigen sicher die Kollegen in der Gerichtsmedizin. Es ist wirklich schwer, hier Genaues zu sagen. Ich habe meine Eindrücke aufgeschrieben. Fremdeinwirkung konnte ich nicht feststellen, aber meine Möglichkeiten sind auch dementsprechend beschränkt…“ „Danke Doktor. Ich hoffe, wir müssen Sie sobald nicht mehr bemühen“, antwortete Geli betont mitfühlend.

Dr. Gilberts Augen waren merkwürdig leer als er ihr kurz zunickte und sich zum Gehen abwandte. Wissend, wie er sich fühlen musste, sah Geli ihm nach.

Den ersten Tatort vergisst man nie!

Schnell schüttelte sie die aufkommenden Erinnerungen ab und wandte sich ihrem Kollegen zu: „Rudolph, erzähl mal! Was wisst ihr bisher?“

„Tja, der Doc hat es dir ja schon gesagt. Er geht von einem Unfall aus, vielleicht unter Alkoholeinfluss. Bisher hat niemand Anzeichen für einen Zweifel daran gefunden. Wir haben den Zeugen hier, der das Opfer gefunden hat und den Notruf gewählt hat. Er heißt Phillip Farrenberg und ist… ähm… war der Agent und Manager von Frau Wildhaus. Außerdem hat er eine bekannte Galerie in der Innenstadt. Und… und hat mit dem Opfer zusammen studiert. So haben sie sich auch kennengelernt.“

Geli beobachtete Rudolph Pollock während seines Monologs stirnrunzelnd. Zum einen, weil er die Hauptperson, Helena Wildhaus, nur beiläufig erwähnte, und weil er außerdem diesen Vortrag auswendig herunterbetete, obwohl er nur angestrengtes Vorlesen aus seinem Notizbuch simulierte.

Gelis scharfer Beobachtungsgabe entging nämlich nicht, dass sein Blick direkt an dem speckigen Heft in seiner Hand vorbei auf die schicken Lederschuhe fiel.

Nach einer kurzen Schweigeminute war ihre Beherrschung dahin und sie lehnte sich mit vor der Brust verschränkten Armen in seine Richtung. „Uuuund?"

Rudolph Pollock zuckte kaum merklich zusammen. „Was, und?"

Nun platzte Hauptkommissarin Franke doch noch der Kragen.

„Hallooo? Wer ist die tote Frau, die hier von einer Scherbe durchbohrt vor uns liegt? Oder willst du mir erzählen, du wüsstest nicht mehr über sie als ihren Namen und ihren Beruf?" Pollock war mittlerweile rot angelaufen.

„ Ähm … Ja … ähm … Helena Wildhaus ist einunddreißig Jahre alt. Sie hat eine Wohnung in der Innenstadt, aber in letzter Zeit lebte sie überwiegend hier. Schlief wohl oft auf dem Sofa im Nebenraum, und eine Dusche gibt's dahinten auch."

Mit dem Daumen deutete er in Richtung der Eingangstür über seine Schulter. Geli korrigierte die Position ihrer Arme, begleitet von einem leisen Seufzen, und hob die rechte Augenbraue.

Vorboten einer neuen Ungeduldswelle – soviel wusste Rudolph Pollock – deshalb fuhr er hastig fort: „Sie war offenbar im Begriff eine neue Ausstellung, oder wie das heißt, vorzubereiten.

All die Bilder hier sollten da ausgestellt werden. Helena Wildhaus hat die letzten Wochen wohl fast ununterbrochen daran gearbeitet. Der Zeuge… also ihr Agent… also Herr Farrenberg kam her, um sie davon zu überzeugen, eine Pause einzulegen. Er wollte sie zum Essen einladen.“

Ungeschickt klappte Rudolph Pollock das Notizbuch zu und studierte nun offenbar intensiv dessen äußerliche Beschaffenheit.

Geli Franke indes durchbohrte den jungen Kollegen mit ihren Blicken, als könne sie so hinter sein auffallend merkwürdiges Verhalten kommen.

Gut, Rudolph war häufig ein wenig konfus, allerdings versuchte er diese Eigenschaft normalerweise mit seinem messerscharfen Sarkasmus zu überspielen.

So brachte er Geli häufig zum Lachen.

Heute jedoch war er seltsam nervös und wirkte auf eine undefinierbare Weise verschlossen.

Scheinbar konnte er nicht einmal ihrem Blick standhalten. Was immer der Grund dafür war, es musste warten. Egal wie sehr der Junge ihr am Herzen lag.

Die Arbeit hatte absoluten Vorrang! Basta!

Mit einem leisen Seufzer brachte Geli ihre Konzentration zurück auf den Fall.

„Na gut, wo ist denn unser Zeuge?“

Stefanie Fritzsche (Hrsg.)

Mörderisches Zwingenberg

Anthologie

Tatort Zwingenberg

Heimtückische Morde, listige Verbrechen und außergewöhnliche Aufklärungsansätze – dieses Dutzend mörderischer Krimikurzgeschichten zeigt die ganze Palette des Verbrechens in der sonst so idyllisch erscheinenden ältesten Stadt der hessischen Bergstraße.

Die Sammlung ist das Ergebnis des ersten Zwingenberger Krimiwettbewerbs, bei dem Laienautoren dazu aufgefordert waren, eine kriminalistische Kurzgeschichte mit Bezug auf Land und Leute der Region zu verfassen.

Im Anhang finden sich die Kurzbiografien der Autoren sowie eine Beschreibung der regionalen Tatorte und ihrer Besonderheiten.

Taschenbuch, 224 S.
ISBN 978-3-86476-018-1